LA LOI DES HOMMES

Wendall Utroi est un auteur français de romans à suspense. Policier aux différentes facettes, officier de police judiciaire (OPJ), instructeur, Wendall Utroi est curieux de tout et attiré par les missions à l'étranger. Il a commencé à écrire son premier roman *Un genou à terre* alors qu'il était en mission en Afghanistan en 2009.

Paru au Livre de Poche :

Les Yeux d'Ava

WENDALL UTROI

La Loi des hommes

SLATKINE

ISBN : 978-2-253-18157-6 – 1re publication LGF

1

Jacques fêtera ses cinquante-huit ans dans trois jours. Il n'y pense pas plus que ça. Souffler une année échue, passer le témoin, entamer un nouveau tour de piste, toutes ces petites victoires le lassent. Chaque fois, c'est un peu la même chose.

Sa femme et lui attendront samedi pour que leur fille unique puisse être de la fête, ils chanteront en chœur la petite mélodie de circonstance, sa femme, comme chaque fois, aura préparé une charlotte aux fraises, il éteindra les bougies en forme de chiffres, d'un souffle fatigué mais volontaire, avec un grand sourire gravé sur les joues, pour ne pas décevoir.

Jacques n'a pas l'impression d'être malheureux, sa vie se balance doucement, régulière, comme le tic-tac de l'horloge de la cuisine. Il a bien un rêve secret, qui le hante depuis des années, s'offrir un séjour en Écosse pour taquiner le brochet. Mais personne ne le sait. Il n'y aura pas de whisky non plus pour son anniversaire.

Jacques ne boit pas d'alcool, enfin, plus depuis son alerte cardiaque, il y a deux ans. Il ne fume quasiment plus. De temps à autre, il s'autorise un cigarillo qu'il crapote, pour le plaisir de laisser s'échapper en nuages épais des volutes brunes, mais c'est uniquement lorsqu'il pêche. Pas en Écosse, non. À une petite dizaine de kilomètres de Houtkerque, Hauts-de-France, 1 022 habitants, son coin sauvage à lui. Il y a un morceau de canal tranquille et poissonneux qu'il est seul à connaître. Il apprécie ce moment, loin de tout, de sa femme, de sa maison en briques rouges, et de la flèche de l'église Saint-Antoine qu'il aperçoit au bout de son jardin, magnifique, immense, comme pour lui rappeler qu'un jour elle sonnera pour lui.

L'arrivée du maire le ramène à la réalité.

— Jacques, je suis désolé… je sais que tu as horreur de ça, mais il faudrait déloger…

— Oh non ! Ne me dites pas ça !

— Je suis navré, trois concessions viennent de passer les cent ans, et nous devons faire un peu de place. Le cimetière n'est pas extensible, je ne te l'apprends pas, et on n'est pas immortels non plus.

Gilles lui sourit et lui tend une feuille que Jacques saisit, sans la regarder.

— Bon ! Bon ! Je connais la chanson ! J'y vais, monsieur le maire !

— Promis, on fera tout pour garder nos anciens en bonne santé, tu devrais être tranquille un moment !

— C'est ça ! fichez-vous de moi, en plus !

— Allez, ne joue pas les ronchons, c'est mauvais pour ton cœur.

Les deux hommes se côtoient et s'apprécient depuis longtemps, unis par une passion commune pour la musique. À la fanfare municipale, Jacques joue de la flûte, le maire du saxophone. En dehors du travail, ils se tutoient, mais quand il endosse sa tenue de cantonnier, Jacques use du « vous ».

Une heure plus tard, l'employé de la commune, perché dans la cabine de sa mini-pelle, avance doucement dans l'allée principale. Il ne faut pas détériorer la couche de cailloux blancs avec les chenilles.

Jacques conduit l'engin vers le fond du cimetière. Par chance, les tombes ne sont pas trop éloignées les unes des autres. Il les connaît par cœur, cela fait des années qu'il les bichonne, les habitants de Houtkerque lui en sont reconnaissants. Entretenir, nettoyer, désherber, le travail dans ce lieu de recueillement ne le dérange pas, Jacques l'apprécie même. Il aime rendre service.

Mais, les *déménagements*, comme il les appelle avec pudeur, il déteste ça. Lorsqu'il s'attelle à cette tâche difficile, Jacques n'aime pas être dérangé, il tend toujours une rubalise pour éviter que des visiteurs indélicats ne s'approchent. Certains sont curieux, parfois trop, attirés par on ne sait quelle force, entre peur et fascination.

Le caveau des Pichot est dégagé, celui de la famille Orcival aussi. Jacques a entrouvert la plaque de béton qui recouvre la fosse commune où il transfère avec beaucoup de soin, de respect et de cérémonial, les dépouilles des défunts.

Il est presque cinq heures, le cimetière est désert, mais pas question de remettre au lendemain le transfert de la troisième tombe, autant travailler quelques minutes de plus. Cette sépulture a toujours intrigué Jacques. Elle est dépourvue de stèle, les inscriptions sur la pierre tombale laissent à peine deviner l'identité de l'homme qui y repose. Mais Jacques la connaît. Sans même la lire, il peut la réciter par cœur : J. Wallace Hardwell 1857-1917. Un Anglais, ou un Irlandais, peut-être un Américain. Un commandant de la Première Guerre égaré ? Un amoureux de la France ?

À Houtkerque, ce Hardwell a été, pendant des décennies, le sujet de mille rumeurs, on le disait enfui d'Angleterre, endetté, criminel, rentier, chercheur et même écrivain raté, et Jacques va vider sa tombe. Le godet de la pelle descelle sans difficulté la dalle de pierre taillée dans un bloc de calcaire. La lumière du printemps qui s'essouffle arrose un nuage de poussière grise qui s'efface sous le vent. Il est cinq heures, le ciel s'assombrit.

Le cercueil n'est plus que l'ombre d'une caisse de bois. L'inconnu repose là, bras croisés sur un sternum blanchi par le temps, immobile statue que de fines bandelettes de tissu habillent encore par endroits.

Un reflet métallique attire l'attention de Jacques. C'est infime mais inhabituel. Il stoppe la machine hydraulique, ce diable de fer qui hurle dans un monde de silence, et descend de son promontoire plus vite que de coutume. Il se penche, détaille l'endroit et aperçoit un petit coffre métallique aux trois quarts rongé par la rouille. Dans un angle, un copeau de peinture noire résiste encore.

Des découvertes, Jacques en a fait, des photos, des bijoux, des peluches et un tas d'objets tourmentés par le temps, mais un coffret en fer, c'est la première fois. Jamais l'idée de récupérer quoi que ce soit dans une tombe ne lui a traversé l'esprit. Aujourd'hui, sa curiosité semble plus forte, aiguisée. Que peut bien contenir cette boîte ? Et si elle matérialisait la réponse à toutes les questions qu'on s'est posées ici sur J. Wallace Hardwell ?

Jacques se penche un peu, saisit délicatement la poignée et remonte la boîte de fer oxydé. Elle pèse dans les trois kilos, au bas mot. Jacques la hisse à ses côtés. En la bougeant, il le sent, c'est indéniable, il y a quelque chose à l'intérieur. Un cadenas d'un autre temps bloque la patte d'ouverture du coffret. Jacques se redresse, pivote, jette un coup d'œil autour de lui, le cimetière est vide.

Il hésite. Quand Jacques trouve des souvenirs lors des *déménagements*, il les laisse toujours enterrés. Mais, dans ce cas précis, il ne sait pas ce que contient la valisette, et ce point bouscule ses habitudes et ses certitudes. Il se dit qu'il va l'ouvrir, regarder, refermer, et replacer le tout avec les ossements. C'est on ne peut plus clair dans son esprit.

La caisse à outils à l'arrière de la pelleteuse, la pince coupante, une pression sèche sur le cadenas qui dans un clic net et précis décapite le silence du cimetière.

Jacques hésite encore, pour la forme, ou à cause d'une pointe d'inquiétude. Un dernier coup d'œil autour de lui. Les fermetures cèdent sans effort, il bascule doucement le couvercle en arrière et découvre un large paquet de feuilles noué avec soin. La filasse de chanvre tient encore bon, elle entoure sans force de vieux journaux en décomposition.

Le cantonnier soulève le paquet par la ficelle, et aperçoit, sous les journaux qui s'émiettent, un sac de jute épais en bien meilleur état. Le canif sectionne les liens, il ouvre avec soin le sac, à l'intérieur, un second, plus fin, en soie blanche. Il l'extrait et découvre une pochette de cuir marron presque intacte. Jacques en soulève le rabat, le cœur serré. Le porte-documents renferme une liasse impressionnante de feuilles d'un papier un peu jauni.

Il écarte la première page, les suivantes sont noircies d'une écriture élégante, faite de pleins et de déliés d'une beauté remarquable. Jacques déchiffre les premiers mots, il ne comprend pas cette langue mais devine tout de suite qu'il s'agit d'anglais.

« *It is time for me to pass away, but I have so much to say.* »

2

Quand le cantonnier rentre chez lui, Mireille, sa femme, comprend tout de suite que quelque chose ne va pas. Certes, il est six heures et quart et il est en retard, mais ce n'est pas ce qui l'intrigue. Son mari s'agite bien plus qu'à son habitude, il est pressé. Une chaussure vole dans le placard, puis l'autre.

— Qu'est-ce qui se passe, mon chéri ?

Un flot de paroles, un torrent impétueux, jaillit de la bouche de Jacques. L'inquiétude, l'excitation, tout se bouscule dans son esprit et ses mots s'entrechoquent. En quelques minutes, cousu de remords, il expose la situation, et sort de son cabas la pochette de soie blanche qu'il dépose sur la table de la cuisine.

— Mais retire ça tout de suite ! Tu es devenu fou ! Depuis quand voles-tu des trucs dans les tombes ? Débarrasse-moi de ça ! Ouste ! Je ne veux plus voir ça ici !

Il récupère le sac, la main hésitante. Au fond de lui, la réaction de sa femme le rassure un peu ; c'était stupide de rapporter ça chez eux.

— Je vais le ranger dans l'atelier, demain je le rendrai à son propriétaire.

— Lave-toi les mains ! Et ne reviens plus jamais avec des horreurs comme ça à la maison !

Jacques ne répond pas, il sait qu'elle a raison. Quelle folie a pu lui passer par la tête.

Son atelier de bricolage est installé dans le garage accolé à la maison. L'endroit respire la propreté, la minutie : les clés s'alignent comme un bataillon de légionnaires un 14 Juillet. En ouvrant le tiroir où il range son bloc-notes, ses règles et ses crayons, la tête de Jacques ballotte. L'idée de découvrir ce que cachent ces centaines de pages ne le quitte pas.

Mireille l'observe du coin de l'œil, suspicieuse. Trente-cinq ans de mariage. Jacques connaît ce regard. Il s'assied sur le canapé, allume le téléviseur, comme chaque jour, appuie sur la télécommande pour trouver son programme favori : un reportage animalier sur la chaîne « Planète + ». Mireille est rassurée.

Mais les images de la savane africaine ne parviennent pas à l'embarquer, il ne voyage pas, ni ne rêve. Ses pensées se projettent ailleurs, entortillées dans le labyrinthe de ses questions, et cela l'inquiète.

Le lendemain, après une nuit agitée, le cantonnier récupère le sac blanc et part pour les ateliers de la commune. Il s'est décidé : il va replacer le coffre, là où il devrait être, avec son propriétaire. Et ça le met de bonne humeur.

Mais le vendredi est toujours une journée chargée. Aujourd'hui, un peu plus que d'habitude. Les travaux de curage des fossés l'occupent sans discontinuer, et il n'a pas une minute pour aller au cimetière. Il rentre avec son butin chez lui, et le dissimule à nouveau dans le tiroir de l'atelier.

Comme le rituel l'impose, le dîner sera à base de poisson. Lui, pêcheur dans l'âme, amoureux de la nature, relâche toujours ses prises, même les plus belles… surtout les plus belles. Vendredi, jour du poisson, repas immuable auquel Mireille ne déroge jamais.

Un jour, il faudra qu'il lui dise qu'il lutte à chaque bouchée. Le comprendrait-elle, après toutes ces années sans jamais émettre une protestation ?… Jacques a horreur des arêtes. Malgré le soin qu'y met sa femme, il hérite chaque fois du morceau où elles se sont cachées.

Elle lui raconte quelques moments de sa journée, avec les enfants de l'école maternelle. Elle voue une passion à son métier, professeur des écoles, mais elle préfère dire « maîtresse ». Depuis son plus jeune âge, l'idée d'exercer cette profession ne l'a plus quittée, et elle ne le regrette pas un instant.

Son caractère bien trempé s'évapore quand elle se retrouve en présence des enfants. Les journées de Mireille sont riches en anecdotes et en bons mots, et Jacques aime l'écouter.

Le samedi, Aude, sa fille, arrive un peu avant midi. Elle vit seule depuis son divorce, et habite à une quinzaine de kilomètres de chez eux, à Dunkerque. Elle est infirmière à l'hôpital et cumule horaires décalés et fatigue. Elle passe voir ses parents une ou deux fois par mois, mais téléphone presque tous les jours à sa mère. Fille unique, dorlotée par l'un, éduquée par l'autre, elle a été une enfant facile, une adolescente docile, elle est devenue une femme fragile, collectionneuse de déceptions amoureuses.

Le bruit du bouchon de la bouteille de champagne qui saute résonne dans le salon. Jacques s'accordera une coupe, sans doute la seule de l'année. Il ouvre ses cadeaux : un flacon d'eau de toilette de la part de sa fille. Mireille a choisi une montre sans pile ni remontoir, qui se recharge avec les mouvements du poignet. C'est sa troisième, il n'en porte jamais au travail. Il préfère se fier aux cloches de l'église qu'il ne risque pas de casser.

L'ambiance est joviale, le repas animé, le plaisir de se trouver ensemble. Après le fromage, le ciel tire au bleu, et ils décident d'une petite promenade digestive. Le chien Youki bondit comme un dauphin. C'est un husky abandonné qu'ils ont recueilli deux ans auparavant, il vagabondait dans un sale état sur un parking de l'autoroute des vacances. Ils ont essayé tous les noms qui leur venaient à l'esprit, et le chien avait semblé reconnaître celui de Youki.

De retour de leur promenade, Mireille marche un peu devant, ballottée par les secousses du chien qui tire sur sa laisse avec un plaisir évident. Jacques glisse son bras sous celui de sa fille.

— Toi qui as vécu deux ans à Londres quand tu étais jeune fille au pair, tu crois que tu pourrais me traduire un texte anglais en français ?

— Oui, bien entendu, mais pourquoi tu ne demandes pas à maman ? Elle se débrouille bien !

— Non, non ! Surtout pas ! Elle piquerait une colère.

— Qu'est-ce que tu racontes !

— Écoute, je ne demande jamais rien pour mon anniversaire, mais cette année j'aimerais faire une exception. Tu pourrais me rendre ce service, et faire plaisir à ton vieux père ? Mais surtout, sans en parler à ta mère.

Mireille se retourne.

— Tu veux t'occuper de Youki, s'il te plaît ! Il ne m'obéit pas !

— J'arrive !

Avant de rejoindre sa femme, Jacques glisse à sa fille :

— Ce soir quand tu partiras, je te donnerai des documents, et je t'appellerai demain matin pour tout t'expliquer. Tu travailles demain ?

— Je travaille cette nuit, ne m'appelle pas avant dix heures. C'est bizarre quand même… Depuis quand tu fais des cachotteries à maman ?

— Je t'expliquerai ! Merci ma puce !

Après la sortie au grand air, l'épreuve du gâteau attend Jacques. Il se plie à la coutume, et on le gratifie à nouveau du refrain de circonstance. Le jour commençant à tomber, Aude prend son chandail et se lève. Elle voudrait se reposer un peu avant d'aller travailler, dit-elle à ses parents.

Le plus difficile reste à venir, son père doit lui glisser son colis sans éveiller les soupçons de Mireille. Elle a la fâcheuse habitude de se planter sur le perron jusqu'à ce que les feux de la petite voiture d'Aude disparaissent. Lui vient alors une idée, il attend de croiser le regard de sa fille, lui adresse un clin d'œil appuyé et lance avec une pointe d'hésitation :

— Avant de partir, donne-moi les clés de ta voiture si tu veux que je vérifie ton niveau d'huile.

Elle hésite un instant, puis sort son trousseau.

— Ah oui ! Merci papa.

Il reparaît trois minutes plus tard, le visage radieux.

— C'est fait, le niveau est bon !

Les embrassades claquantes terminées, Mireille se plante sur les marches de l'entrée et patiente jusqu'au coup de klaxon habituel… comme un dernier au revoir qui met fin au cérémonial.

Le lendemain matin, Jacques se réveille vers sept heures, son heure, même le dimanche. Il prépare la cafetière, ouvre les volets sans un bruit et s'assied près de la fenêtre. Le paysage n'annonce rien de bon, le ciel gris embrasse la terre et mange l'horizon. Il prend son petit déjeuner, et tourne en rond.

Mireille se lève à son tour, elle grimace à la vue des nuages poussés par les vents marins venus de la Manche.

— Il ne faut pas que je traîne si je veux aller au marché.

— Tu me prendras le journal ?

— Mais oui, soupire-t-elle, ça fait trente ans que tu me poses la même question !

— Et trente ans que si je ne t'en parle pas tu oublies !

À dix heures, Mireille s'éclipse enfin et il se rue sur son téléphone portable.

À la première sonnerie, Aude décroche. Elle est surexcitée et coupe la parole à son père.

— Tu as trouvé ça où ? Ces feuillets ? Ça vient d'où ?

Il inspire avec force et lui explique les circonstances

de sa découverte. Il s'excuse à demi-mot, mais Aude, au contraire de sa mère, ne montre pas une once d'embarras. À l'hôpital elle en voit d'autres, elle côtoie la mort chaque jour.

— Écoute papa, hier soir, ta demande m'a paru si étrange que quand je suis rentrée j'ai ouvert le paquet et j'ai lu les premières pages. C'est un truc de dingue, ce que tu as trouvé !

— Comment ça ?

— Ça prendrait trop de temps de t'expliquer. J'ai commencé à retranscrire le début. L'anglais est ancien, la formulation parfois un peu alambiquée, mais rien d'insurmontable. Je ne te garantis pas une traduction parfaite, mais je t'envoie le tout par mail. Je suis tellement curieuse que je poursuis ce matin. Si la nuit est calme, je continuerai à l'hôpital.

— Il ne faut pas en parler, je pourrais avoir des ennuis.

— Rassure-toi, je fais ma garde avec Lucie, celle qui prend des boutons quand elle aperçoit un livre, alors des papiers en anglais, aucun risque ! Elle n'aime que le tricot. En revanche, il faut me promettre, une fois cette histoire terminée, que tu rendras tout ça à son propriétaire. Allez, je t'envoie le fichier. Bisous.

— Merci mon cœur !

3

Jacques n'a plus qu'une priorité, remettre la main sur son ordinateur portable qu'il n'utilise que très rarement. L'informatique n'a jamais été son truc, il a bien essayé, mais préfère regarder la télévision. Mireille ne rentrera pas avant onze heures, cela lui laisse le temps de découvrir ce que sa fille lui a envoyé.

Il retrouve l'ordinateur au-dessus de la garde-robe de sa chambre. Chargeur en main, il se dirige vers le salon et s'installe dans son fauteuil.

Trois longues minutes avant que l'écran s'allume et qu'il accède à sa boîte de réception. Le mail d'Aude est le dernier reçu, les autres ne sont que des spams. Un court message de sa fille indique simplement que la traduction se veut fidèle, sans commentaire de sa part. Un double-clic sur la pièce jointe, le fichier s'ouvre, son cœur s'affole à la vue des premières lignes, il va enfin savoir. Son regard avale les premiers mots :

Il est temps pour moi de m'effacer, mais j'ai tellement à dire, ou plutôt à écrire. J'ai prêté le serment de ne jamais parler de ce qui suit, mais je ne me suis pas interdit de l'écrire. J'emporterai ces pages dans ma tombe, avec moi, sans regret. Mon père me répétait souvent qu'une parole donnée, lorsqu'on se veut un homme de valeur, est un gage de grandeur. La trahir, c'est se déshonorer.

La maladie, cette traîtresse aux dents longues, m'arrache chaque jour un peu plus à la vie. Je partirai seul, sans famille, sans descendance, et avec un poids sur le cœur : celui de n'avoir jamais parlé de ce que je sais. Certes, j'ai juré, mais je ressens aujourd'hui le besoin de libérer mon âme qui se lamente, enchaînée par les souvenirs, cadenassée par les remords. Ma plume sera la clé, le remède à ce mal qui me ronge et qui habille mes nuits de cauchemars.

Je me nomme J. Wallace Hardwell. Je suis un sujet de Sa Majesté la Reine Victoria. Je suis né le 3 avril 1857 à Londres, au cœur de la cité de Westminster, dans Castle Street, non loin des jardins de Lincoln. Je suis fils unique. Mon père exerçait l'honorable métier de médecin et comptait parmi ses patients des gens de haute lignée, des bourgeois, des nobles et même un membre de la Chambre des lords. Ma mère se dévouait tout entière à sa demeure et au bien-être de ses proches. Que Dieu bénisse mes parents qui furent charitables toute leur vie.

Après des études qui me vouaient à une carrière dans les banques, je me suis engagé dans la police de la cité de Londres, je parle ici d'engagement, car ce fut le cas dans toutes les acceptions du mot. Et, après quelques années à livrer le meilleur de moi-même, j'ai eu l'immense honneur d'intégrer les services de Scotland Yard.

Mon silence, mes dispositions pour la boxe, mon abnégation, ainsi que mon implication, me valurent d'être remarqué par l'adjoint du directeur.

En 1884, après une affaire que je qualifierais de malaisée, j'avais informé directement un proche de la famille royale d'une indélicatesse de Son Altesse le Prince Albert Victor de Galles. Il était âgé à l'époque d'à peine vingt ans, et créait de l'embarras à ses pairs. Grâce à cela, je suis devenu l'un des plus jeunes inspecteurs de l'histoire de cette institution.

J'avais dénoué quelques belles affaires et montré mon sens aigu du service, lorsque je fus contacté par un membre proche de la Couronne, un émissaire dénué de prestance, à l'allure plus qu'étrange. J'ignore encore aujourd'hui son nom. Nous étions en juin 1889, je venais de fêter mes trente-deux ans, et mes supérieurs m'accordaient une confiance aveugle.

On me demanda, en dehors de tout ordre de ma hiérarchie, de me charger d'un dossier délicat, toutes affaires cessantes. On me donnait carte blanche concernant le choix des équipiers et des moyens illimités, mais je devais n'en référer qu'à cet émissaire, et surtout me montrer d'une discrétion sans pareille. On m'expliqua que le jeune prince dont j'avais déjà sauvé la réputation était susceptible de se trouver en mauvaise posture. Des révélations couvaient, et si elles parvenaient jusqu'aux salles de rédaction, la presse à scandale en ferait ses choux gras.

Ma mission consistait à découvrir, le plus rapidement possible, des informations qui risquaient de fuiter dans la presse afin d'étouffer au mieux le scandale qui, sans aucun doute, éclabousserait des membres de la famille royale, ou leurs proches. On ne voulut rien me confier quant à la nature des propos qui devaient être publiés, dans l'unique but, m'avait-on précisé, d'éviter que mon enquête ne soit trop orientée. Mais je connaissais un peu la vie décousue de ce jeune prince indomptable. On me précisa néanmoins qu'il s'agissait simplement de rumeurs, que rien ne prouvait que les rédactions en fussent réellement informées à ce jour. Charge m'était donnée de le découvrir.

J'avais trouvé regrettable qu'on me transmette si peu d'informations, ce qui était dommageable à la bonne conduite de mon enquête. Mais malgré mes demandes, l'émissaire m'avait opposé un refus catégorique. J'en conclus que moins j'en savais mieux c'était, mais j'en gardai une sensation de frustration que je n'avais pas rencontrée jusque-là. L'unique concession de l'émissaire fut de me communiquer l'identité des trois personnes censées être à l'origine des dénonciations qui risquaient de salir la Couronne. Trois suspects aux profils nauséabonds qui me laissaient déjà entrevoir la nature du scandale.

Il s'agissait de Rebecca Brianey, patronne d'un lupanar sans histoires situé à Pelham Street, dans la partie nord de Whitechapel ; de Myrtle River, une vieille femme de soixante-quatorze ans, ancienne entremetteuse, racoleuse, et recruteuse, jadis très connue du milieu ; et de Timothy Brianey, fils adoptif et homme de main de la première nommée. Je n'avais jamais entendu parler de ce dernier, mais la discrétion est aussi gage de qualité dans ce type d'emploi.

En quelques heures, j'ai organisé l'arrestation de ces trois suspects. L'interpellation s'est faite à l'aube par des enquêteurs en civil en dehors des formes habituelles et du protocole.

On m'avait alloué une aile complète d'un bâtiment militaire situé dans la périphérie de la capitale, dans laquelle je disposais de cellules et de soldats triés sur le volet qui n'attendaient que mes ordres. Ils endosseraient les rôles de surveillants, de geôliers. Je n'avais pas participé à l'arrestation ; j'avais toute confiance en mes deux équipiers, Christopher et William, ainsi que dans le jeune Howard et son camarade Milton, qu'on m'avait conseillé d'adjoindre à l'équipe.

On plaça Rebecca, Myrtle et Timothy dans trois pièces séparées, espacées de plusieurs pieds pour qu'ils ne puissent pas communiquer, ou tenter de le faire. Le motif de leur arrestation ne leur fut pas donné, mais ils ne formulèrent aucune protestation. Quand on vit du crime, on ne pose pas de question.

Les trois prisonniers furent bien traités : un lit confortable, une table, un tabouret, un pichet d'eau et du pain frais les attendaient dans leur cellule. Un soldat montait la garde en permanence devant chaque porte et pouvait répondre à leurs doléances, pour peu qu'elles soient raisonnables.

On les laissa seuls jusqu'au lendemain. Mon expérience m'avait prouvé à maintes reprises que le pire ennemi d'un suspect reste lui-même. Leur offrir le temps de réfléchir, de s'inquiéter, de douter, constitue un atout majeur qui rend les voyous bien plus loquaces. De plus, cela permettait aux quatre inspecteurs qui travaillaient avec moi de procéder aux vérifications courantes qu'on pratique, en règle générale. Plus on connaît un criminel, mieux on détecte le mensonge.

4

Un bruit de ressorts torturés parvient jusqu'au salon ; les suspensions de la Kangoo, qui, comme toujours, se lamentent quand la voiture grimpe la bordure du trottoir. Mireille rentre du marché.

Jacques éteint aussitôt son ordinateur. Il allume la télévision et s'engouffre dans le couloir qui mène à sa chambre pour ranger son portable. Quand sa femme pousse la porte d'entrée, il se hâte et se laisse tomber dans son fauteuil, attrape la télécommande. Son cœur cogne et pulse le sang jusque dans ses tempes, il tente de se calmer et inspire avec force. Il se revoit enfant, surpris à jouer avec des allumettes, la peur ne vieillit pas.

— Qu'est-ce qui se passe ? On dirait que tu viens de voir un fantôme. Tiens, voilà ton journal ! Tu es allé voter ?

— J'ai complètement oublié, pourtant ils nous ont bassinés avec ça toute la semaine à la mairie.

— Moi, je n'irai pas ! Les législatives… je n'y comprends rien, j'attendrai le deuxième tour, les candidats seront moins nombreux.

— Tu pourrais faire un effort, tu sais bien que dans

la commune tout le monde est au courant de qui a voté ou pas !

— Non, et puis je n'y crois plus. Tu y vas quand, toi ?

— Après la sieste, je pense, ce sera plus calme.

— Tu as décidé pour qui tu vas voter ?

— Tu me poses la question chaque fois, tu le sais bien, comme d'habitude, pour une liste écologiste, je vois le monde en vert !

La sieste du dimanche s'inscrit aussi dans la liste des rituels sacrés de Jacques. Pendant une heure ou un peu moins, rideaux tirés, il s'allonge sur le couvre-lit et digère pendant que Mireille bouquine dans le canapé du salon. Le réveil se fait souvent au cri de « Café ! », quand elle trouve qu'il profite un peu trop de son sommeil.

Mais aujourd'hui l'envie de découvrir la suite du mystère Wallace se montre la plus forte et, pour la première fois de sa vie de couple, Jacques s'enferme dans sa chambre et verrouille la porte de l'intérieur. Tout cela l'électrise. Le dos calé sur l'oreiller, il reprend sa lecture.

La maladie me devient familière, la douleur aussi, je l'endure dans les affres d'une mort annoncée, mais je ressens le besoin de penser à autre chose, et écrire me soulage le corps et l'esprit. Je ne veux en aucun cas romancer ce que j'ai vécu. Certains hommes se complairaient à se dépeindre différents de ce qu'ils sont, enjoliveraient leurs parcours. Je sais qui je suis, et je ne souhaite pas, au crépuscule de ma vie, me mentir ou me trahir. Je n'ai plus l'âge ni la force. J'affronterai les événements tels que je les ai vécus.

Pour garde-fou de la réalité, j'utilise les carnets de notes que j'ai remplis lors des différents interrogatoires. Je les ai conservés avec soin et placés en lieu sûr. J'ai consigné toutes mes questions et écrit toutes les réponses des suspects. Cela me permettra, à la relecture de ces moments difficiles, de me regarder en face. Mais, à vrai dire, je pourrais me passer de ces notes, je me souviens de chaque instant, des odeurs, des sourires, des larmes, ils sont gravés à jamais dans ma mémoire.

À six heures précises, j'ai demandé qu'on amène Rebecca Brianey dans le bureau qu'on m'avait aménagé. Ce fut notre première rencontre, et la banalité n'y trouva pas sa place. Par anticipation, on esquisse souvent le profil, le portrait de ceux qu'on s'apprête à découvrir. On construit une marionnette imaginaire et on la coud sur des stéréotypes avec le fil de l'expérience. Je m'attendais à rencontrer une femme vulgaire, la figure boursouflée par l'alcool, le chignon imparfait. Je me trompais. Malgré son séjour de près de vingt-quatre heures au cachot, je fus surpris par tant de fraîcheur chez une femme de son âge. Elle portait un chapeau de paille de riz agrémenté de cordons colorés, mais sans excès, qui rehaussait le blond cuivré de sa coiffure bien mise, où quelques mèches grises se perdaient avec innocence. Elle approchait de la soixantaine mais sa beauté aurait pu rivaliser avec celle de ses cadettes. La peau très claire, l'œil rieur, ombragé de cils insolents, une bouche fine, les lèvres d'une coupe délicate que deux pommettes rosées tiraient vers le haut, Rebecca Brianey était charmante.

Elle se tenait droite devant moi, le port altier, un regard pétillant, provocateur. Un collier à trois rangs de perles grises habillait son cou gracile, sa robe d'un bleu profond enserrait sa taille modeste d'un ruban de taffetas vert olive. Je l'invitai à s'asseoir, elle refusa, je dus insister, me lever pour avancer sa chaise. Enfin, elle accepta. J'adoptai le ton respectueux qui, je le savais, lui conviendrait.

Je me présentai, sans indiquer que j'appartenais à Scotland Yard, et lui demandai d'en faire autant. La réponse m'estomaqua :

— Cher inspecteur, n'ayant aucune raison de me trouver ici, en tout cas pas de raison formelle, je vous saurais gré d'embrasser mon postérieur !

Je faillis m'étouffer, et mimai une toux. Son visage marquait la satisfaction, elle venait de prendre l'ascendant sur moi. Je détestais cela. J'ai essayé de reprendre la main.

— J'aimerais simplement vérifier votre état civil et m'assurer que vous êtes bien la personne avec qui je suis censé avoir un entretien. Ce serait une manière de l'entamer sur de bonnes bases.

— Si vous m'informez du lieu où se trouvent Myrtle et Timothy, je consentirai à vous répondre.

— Mais certainement, ils sont ici, tous les deux dans le même bâtiment, mais dans des cellules éloignées de la vôtre.

— Et pourquoi cela ? lança-t-elle d'un ton incisif en levant le menton vers moi.

D'évidence, cette femme ne craignait ni la police ni les hommes.

— Je crois avoir répondu à votre question, j'attends

donc que vous teniez parole, et que vous vous présentiez.

Elle se redressa sur sa chaise, grimaça et, sans me quitter des yeux, commença d'une voix sèche :

— Je me nomme Rebecca Brianey, je suis née en Irlande le 10 septembre 1832, d'un père irlandais et d'une mère polonaise. Je réside au 42 Pelham Street, où vos hommes m'ont interpellée. Je vis à Londres depuis 1845 où mes parents m'ont envoyée afin de trouver un travail et d'échapper à la misère. Je n'avais en poche que quelques pence, mais je savais lire et écrire, ce qui se révéla d'un grand secours.

— Vous avez des enfants, miss Brianey ?

Je constatai aussitôt la surprise sur son visage. Je venais de lui offrir le titre de « miss », et je crus deviner la satisfaction dans son sourire pincé.

— Miss !

— C'est ma façon de vous montrer toute ma déférence.

— C'est bien la première fois qu'on me nomme ainsi, mais j'en suis fort aise.

— Avez-vous des enfants, miss Brianey ?

— Pourquoi cette question ?

— On m'a informé que vous aviez une fille et un garçon.

— Laissez ma fille tranquille, elle n'est plus, Dieu garde son âme. Quant à mon fils adoptif, il s'agit de Timothy, mais je suis certaine que vous le saviez déjà.

— Je reconnais que je ne l'ignorais pas. Pourriez-vous m'indiquer l'endroit où vous êtes née en Irlande ?

— Dans la banlieue proche de Dublin, dans le village de Milltown. Seriez-vous curieux de connaître aussi mon poids ?

Je concédai un sourire qui sembla la satisfaire. Elle reprit aussitôt :

— Allez-vous enfin me dire pour quelle raison je me trouve ici ?

— Nous n'en sommes pas encore là, miss Brianey, il me faut auparavant poursuivre cette discussion sur votre identité, votre passé. J'aime savoir à qui je m'adresse. N'y voyez aucune curiosité malsaine, mais cela fait partie de mon métier. Si vous ne souhaitez pas vous prêter à cet exercice, je peux aussi ordonner qu'on vous raccompagne à votre chambre… enfin… votre cellule.

Son visage se ferma. Elle émit un petit son de désappointement sans ouvrir la bouche, en expirant par le nez. Je profitai de son silence pour poursuivre mon interrogatoire.

— Je trouve très noble de votre part d'avoir adopté ce garçon. Pourriez-vous me dire comment cela est arrivé ?

Le ton de sa voix se durcit.

— Un très malheureux concours de circonstances, n'y voyez aucune noblesse d'âme.

— Qu'est-ce à dire ? m'étonnai-je.

— C'était peu de temps avant que mes parents m'envoient à Londres. Notre village souffrait de la famine, les épidémies de mildiou avaient ravagé les champs de pommes de terre, et tous les ouvriers agricoles mouraient de faim. Une de nos voisines, âgée de seize ans, avait eu la mauvaise idée de céder aux avances d'un garçon de ferme. Il l'avait séduite, et elle s'était retrouvée en voie de famille. Elle était l'aînée d'une fratrie de cinq enfants, son père s'était pendu quelques mois plus tôt. Dans nos régions, point de médecin ou de sage-femme. Elle me demanda de l'assister avec sa mère au moment de l'accouchement et mit au monde un beau garçon, mais elle était de santé précaire et mourut le surlendemain de saignements. Elle connaissait le projet qu'avaient mes parents de m'envoyer à Londres, et m'adressa une dernière supplication, je devais prendre soin de son fils. Je ne me suis pas senti la force de refuser.

— Je trouve cela très louable, miss Brianey. Et c'est la raison pour laquelle il porte votre nom ?

— Je suis allée le déclarer comme s'il était mon enfant. Personne n'en fut étonné. J'avais treize ans, et ces choses-là, à l'époque, n'étaient pas rares.

Ses traits s'adoucirent dans un sourire, je poursuivis :

— Mais comment une enfant de treize ans peut-elle survivre avec un bébé dans la capitale ? En quelle année était-ce ?

Elle posa les mains sur ses genoux et me dévisagea.

— M'avez-vous arrêtée pour qu'on prenne le thé, inspecteur ? Venez-en aux faits, je vous prie.

— Très bien, comme vous le souhaitez, j'en ai assez entendu pour aujourd'hui, je vous fais reconduire.

Elle écarquilla les yeux d'un étonnement qui n'était pas feint et s'offusqua :

— Mais vous vous moquez, monsieur ?

— Aucunement, chère Rebecca, si vous ne voulez plus répondre, je vous fais raccompagner. Peut-être demain serez-vous dans de meilleures dispositions ?

Je hélai le garde et fis ramener la prisonnière dans sa cellule.

J'étais assez satisfait de ce premier entretien. Après avoir donné différentes instructions à l'un de mes lieutenants, j'ai demandé qu'on m'amène la vieille dame. Un médecin réquisitionné la veille avait indiqué que Myrtle River était en très bonne santé et pouvait endurer facilement, malgré ses soixante-quatorze ans, quelques jours de détention. Il avait simplement prescrit qu'elle puisse prendre du thé à heures régulières et dispose d'une couverture de coton pour la nuit.

5

Vers dix heures, la vieille Myrtle River se présenta devant moi, accompagnée d'un soldat à qui elle adressa un large sourire lorsqu'il quitta la pièce. Malgré son âge et une maigreur qui la flétrissait et rendait sa silhouette presque inquiétante, sa démarche restait alerte. Elle était toute vêtue de noir, les cheveux plaqués sous une coiffe de dentelle, le visage buriné, desséché par le temps, son nez tombant s'étirant jusqu'à la bouche, on aurait dit qu'elle portait le deuil. Myrtle River éveillait autant de curiosité que de pitié.

Son œil gris et perçant me détaillait de pied en cap. J'ai tenu à la rassurer tout de suite. En l'invitant à s'asseoir, je lui ai annoncé :

— Vos amis sont retenus dans ce bâtiment, ils vont très bien.

— J'ose l'espérer !

— Êtes-vous bien traitée ici ?

— Pour sûr ! Tout ce qu'il y a de plus correct, j'ai même des petits biscuits avec mon thé. Merci !

— Parfait, j'en suis ravi. Pourriez-vous me communiquer vos renseignements d'état civil s'il vous plaît ?

Elle ne sembla pas du tout surprise par ma question et poursuivit d'une voix qui frôlait la moquerie :

— Te fatigue pas avec tes ronds de jambe et tes politesses de salon, tu enfonces des portes ouvertes ! Je m'appelle Myrtle River, je suis née le 12 mai 1815 à Leicester. Je ne me suis jamais mariée. Pourtant des hommes j'en ai connu, enfin connu, j'abuse, les rencontres furent souvent très brèves et sans beaucoup de conversation.

Elle gloussa dans un mélange de rire et de déception, puis elle poursuivit aussitôt :

— Je n'ai jamais eu d'enfant, même si j'aurais bien aimé. Cette chienne de vie a jugé que je ne le méritais pas. Qu'est-ce que je peux te raconter d'autre ?

Elle n'attendit pas ma réponse, et comme si elle s'était inventé une question, elle éleva la voix dans un sursaut :

— Ah oui, j'ai été couturière, j'avais à peine dix ans, puis vendeuse dans un grand magasin de voiles et de dentelles. Je n'étais pas niaise et je menais bien mon affaire, j'avais le chic pour persuader les dames d'acheter. Un jour, j'ai rencontré le diable, j'avais dix-sept ans, il en avait vingt-cinq. Il était beau, tu sais. On aurait dit un colosse de marbre qu'on voit dans les parcs ou devant les musées. J'aurais dû me méfier ; une statue, ça n'a qu'un cœur de pierre. Pourtant, à l'époque, j'avais juré de ne plus tomber amoureuse, j'aurais damné mon âme pour lui, c'est d'ailleurs ce que j'ai fait. Quelques semaines plus tard, il me forçait à vendre mes charmes. Ce coquin était un dandy à la solde d'une recruteuse qui cherchait du sang frais pour un lupanar. J'étais plutôt jolie fille à cet âge ! Je suis toujours un peu directe quand je parle aux policiers, cela ne te dérange pas ?

Je n'appréciais aucunement cette familiarité, mais n'en laissais rien paraître. Je préférai la laisser s'exprimer de façon naturelle, éviter de la brusquer.

— Non, cela ne me froisse pas.

— Je parle, je parle… à mon âge, les occasions de causer me manquent. Je passe le plus clair de mon temps seule dans mon appartement, et quand je sors, on me prend pour une pestiférée. Arrivé à un certain âge, je crois qu'on fait peur. La mort, si elle ne parvient pas à te cueillir d'un seul coup, elle s'imprime jour après jour sur ta carcasse. La viande se ramollit, on s'affaisse, on perd la boule, on sent déjà l'odeur de la poignée de terre qu'on jettera sur nous une fois dans le trou.

— Vous me paraissez en parfaite santé.

— Oh oui ! Je suis passée au travers de tant de désastres, je m'accroche, et j'ai toute ma tête, petit ! Mais c'est les autres ! On dirait qu'ils ont peur de me regarder. De voir l'image que leur miroir leur renverra un jour.

Son regard se déplaçait dans la pièce. De temps à autre il accrochait le mien, s'y attardait un court instant. À l'évidence elle ne me craignait pas, j'étais un policier comme tous ceux qu'elle avait dû croiser, pas plus digne d'intérêt que les autres. Elle se tut.

— Vous en étiez au dandy !

— Ah oui ! C'est vrai. Cette vermine s'appelait William ! Une fois qu'on tombe dans la prostitution, c'est comme marcher sur une planche savonneuse, tu voudrais t'en sortir, mais à chaque tentative tu glisses un peu plus. Alors tu te mêles aux groupes de filles, tu goûtes d'abord à l'alcool – faut bien amener le client à boire –, puis tu chiques, tu fumes. Les patrons de lupanar sont malins, tu fais commerce de ton corps, mais tu gagnes tout juste de quoi payer le loyer de ta chambre, du coup, tu continues. Mais moi je n'avais pas l'intention de vendre mon croupion toute ma vie. L'année suivante, malgré toutes les précautions, je me suis retrouvée avec comme une grosseur sur le ventre, si tu vois ce que je veux dire. Là, je n'ai pas eu le choix, j'étais en voie de famille, et vu le minois pas engageant des clients que je récoltais, j'avais pas envie de constater le résultat. De toute façon, je ne pouvais pas le garder. Quand tu n'arpentes pas le trottoir, tu manges des briques à la sauce cailloux. J'étais enceinte de trois mois quand on m'a envoyée chez la faiseuse d'anges. Je ne sais pas si elle l'a fait exprès, mais elle m'a rendue stérile. Ce n'était peut-être pas si mal, élever un môme quand on est une fille de la rue, c'est l'enfer !

Je prenais plaisir à l'écouter, elle se livrait avec facilité. Je percevais dans ses propos comme une envie non dissimulée de se confier. Je l'ai encouragée et je lui ai demandé comment elle était devenue recruteuse.

— Oh, ça n'a pas été difficile. Comme je ne voulais pas rester un morceau de viande, j'ai fait la bouchère ! On te mange ou tu manges les autres. C'est un métier. Celle qui travaillait pour le patron du lupanar n'arrivait plus à satisfaire à la demande. Comme j'avais une bonne tête et que j'arrivais à parler comme il faut, elle m'a expliqué comment ça fonctionnait, elle m'a appris les ficelles. En quelques mois, j'ai commencé à gagner pas mal d'argent, je suis devenue bien meilleure que celle qui m'avait formée. Il faut dire que j'étais douée, rien ne m'arrêtait. Je me suis mise à mon compte. J'avais la belle vie, je m'achetais les dernières toilettes à la mode, j'avais même loué un petit appartement un peu avant les beaux quartiers. Fini le trottoir ! C'était fou, j'avais vingt-trois ans, je dépensais comme un panier percé. Dans la rue, j'attirais les regards. Ensuite, je me suis mise à boire. De plus en plus, le soir, dans les endroits où la bourgeoisie se mêlait à la fange. Je m'épanouissais la rate de cette réussite naissante. Et un jour, j'ai goûté au laudanum, cette boisson faite d'alcool, d'opium et de safran, et j'ai perdu pied. J'en ai consommé à ne plus savoir comment je m'appelais, j'étais devenue l'esclave de cette drogue. La suite est facile à deviner, je ne travaillais plus, j'ai accumulé les dettes, et je suis tombée malade. En quelques semaines, ma vie s'est effondrée, je me suis retrouvée plus bas que terre. Terminé les belles robes, les salons, les parfums… J'étais devenue l'ombre de moi-même. Je volais pour me nourrir. J'ai fini par me faire prendre. Ça m'a valu trois mois de bagne, mes fesses se rappellent encore le lit de planches. Quand je suis sortie, j'étais sevrée, mais j'étais plus pauvre qu'en entrant, et puis j'étais mal en point. En prison si tu purges une courte peine et que tu évites la maladie, tu es une miraculée. On nous traitait comme des animaux même pas dignes du boucher.

Je ressentais un début de sympathie pour cette femme ballottée par la vie.

— J'imagine que cela n'a pas dû être facile.

— Oh, tu ne peux pas t'imaginer ! Si tu n'y as pas vécu, tu ne peux pas savoir. Mais un jour j'ai eu un peu de chance : j'étais en train de mourir dans un parc, quand on m'a ramenée dans un hospice. Une *workhouse*, une maison du labeur qu'ils disaient. À l'époque, on ne savait pas quoi faire des indigents, des vieux, des malades, des filles-mères et des gosses sans famille. Même ceux qui avaient un travail crevaient de faim. Londres, dans ces années-là, c'était l'effervescence, ça grouillait et ça se bousculait de partout. Je n'avais jamais vu autant d'Irlandais, de Juifs, de Polonais, d'Allemands, ça arrivait par bateaux entiers. Dans les campagnes, il y avait la famine, t'as pas connu, et c'est tant mieux. Mais j'arrête avec ça, sinon j'en ai pour des heures à te raconter ma chienne de vie. Je suppose que tu t'en fiches !

— Bien au contraire, je trouve cela fort intéressant.

— En attendant, j'aimerais bien savoir pourquoi on nous a collés en cage. Mes journées sont ennuyeuses parfois, mais je préférerais quand même vite rentrer chez moi.

— Rebecca Brianey et vous tenez un lupanar, on ne peut pas dire que ce soit un métier vertueux !

Elle pouffa sans retenue.

— La belle affaire ! Ce n'est pas interdit à ce que je sache. Des maisons de débauche, il y en a un bon millier dans Londres. Je peux même t'avouer qu'on trouve des policiers parmi la clientèle. Et que la plupart ne paient pas. Pire, ils rançonnent les filles. Alors, pour ce qui est de la morale, tu repasseras, mon garçon !

— Pour le moment, je ne souhaite pas évoquer la raison de votre présence ici. Mais nous y viendrons.

— Tu vas à la pêche, quoi !

La vieille dame était rusée, sous ses faux airs bon enfant, sa facilité à se livrer, elle cachait un esprit vif.

— Non, je dirais que j'aime connaître les gens à qui j'ai affaire. C'est au dispensaire que vous avez rencontré Rebecca ?

Elle hésita un instant, puis sourit d'un air complaisant.

— Je l'ai vue le premier jour où elle s'est présentée à la *workhouse*, avec seulement un châle sur les épaules, un baluchon, et son panier d'osier dans lequel elle transportait l'enfantelet. Elle était grande pour son âge, mais j'ai tout de suite vu qu'elle était à peine sortie de l'enfance, maigrelette, et pâle comme la brume sur la Tamise. Elle avait faim et froid. Elle a raconté qu'elle avait adopté le petit d'une amie morte en couches. Elle faisait peine, et comme j'étais chargée de la pouponnière, c'est moi qui me suis occupée d'elle et du petit. En principe, on ne sépare pas la mère de son enfant tant qu'il n'a pas deux ans, il fallait qu'elle allaite. Elle a dit à la responsable qu'elle pouvait donner le sein, mais la pauvre était aussi plate qu'une limande. Je me suis débrouillée pour faire téter le petit à une mère qui venait de perdre le sien et qui souffrait de ses montées de lait. Je lui ai pris au passage quelques pence, mais c'était pour payer la poitrine nourricière. Et quand elle n'a plus eu le sou, j'ai dépoché mes deniers. Avec le temps, on est devenues des amies. Aujourd'hui, je la considère un peu comme ma fille. Tu as des enfants, inspecteur ?

— Non, je n'en ai pas, j'ai trop de travail.

— Tu es beau garçon pourtant, elles devraient se bousculer si tu prenais le temps de t'intéresser à la chose.

Son absence de tact et sa façon de me regarder me gênaient.

— Vous avez deviné, je n'ai pas une minute à moi. Je vais vous faire raccompagner, cette première entrevue est terminée. Nous allons nous revoir sous peu.

— C'est tout ? Pas d'autres questions ? Tu es étrange

comme inspecteur. Je ne comprends pas bien ce que tu cherches.

— Vous le saurez très vite. J'ai un rendez-vous bientôt et nous poursuivrons cet entretien.

Jacques jette un œil à l'horloge en bas de l'écran, il est trois heures moins dix, il doit ranger l'ordinateur. Il s'est à peine levé qu'il entend sa femme l'appeler.

— Café !

— J'arrive !

Il tourne avec précaution la clé, la serrure grince à peine.

Une heure plus tard, son bulletin de vote glisse dans l'urne, quelques mots avec le président du bureau, une tape amicale dans le dos d'un camarade, un sourire aux voisins qui viennent d'entrer. Dehors, il croise un copain, lui demande de ses nouvelles, et rentre chez lui. Il ne lui restait que quelques pages à lire, mais il ne pourra plus céder à la curiosité aujourd'hui, il le sait. Demain, il emportera son ordinateur au travail, il profitera de la pause déjeuner.

6

Le lendemain, Jacques déjeune en vitesse, s'excuse auprès de ses collègues, et file dans la salle d'attente de l'accueil de la mairie. Il allume son portable et commence à consulter ses mails. Aude lui a envoyé un second message :

« Coucou, papa, il est sept heures et demie et je viens de rentrer à l'appartement. J'ai avancé à grands pas dans la traduction, la nuit a été calme, nous n'avons eu que deux patients. Je suis abasourdie par ce que je découvre. Je descends faire quelques courses, ensuite je m'y remets, mais tu as au moins une heure de lecture. Bisous. »

Il ouvre le nouveau fichier et reprend à l'endroit où il s'est arrêté.

Je décidai de ne pas m'entretenir tout de suite avec le fils adoptif de Rebecca Brianey. J'attendais encore quelques renseignements qui devaient me parvenir dans la journée et je désespérais de les voir arriver.

En milieu d'après-midi, j'ai reçu la visite de l'émissaire

de la famille royale, le commanditaire de cette enquête hors norme. Il m'avait fait mauvaise impression à notre première entrevue. Une nouvelle fois, j'étais frappé par l'odeur âcre qu'il dégageait, celle de l'angoisse et de la peur. Une exhalation typique, presque unique, que je n'avais croisée qu'une fois dans ma vie, cinq ans plus tôt, à la prison d'Exeter, émanant d'un homme condamné à la pendaison, un meurtrier qui criait son innocence. Il s'appelait John Babbacombe Lee. La trappe de déclenchement de la potence s'étant bloquée, sa peine fut commuée en prison à vie. Je n'oublierai jamais cette odeur, l'émissaire dégageait la même, puissante, acide, rance, suffocante.

Il portait un frac démodé qui enfermait un corps maigrelet. Son col trop serré comprimait son cou et lui donnait des teintes rubescentes. Le visage terne des hommes malades, ou que le jour fait fuir, un nez d'oiseau de proie et une bouche sèche et sombre comme une nuit sans lune.

L'émissaire était beaucoup plus crispé que lors de notre première rencontre, il parlait fort et à la hâte, ses politesses sonnaient comme le clairon avant la bataille. Il me prit par le bras, l'odeur devenait insoutenable. Surpris, je reculai d'un pas. J'avais une sainte horreur des familiarités. Comment un tel personnage pouvait-il travailler pour les proches de la Couronne ? Il remarqua mon malaise, s'excusa d'un ton sec, et me demanda de venir marcher avec lui dans la cour de la caserne. L'idée de sortir au grand air me rassura. Je me prêtai de bonne grâce à cette balade forcée.

— Monsieur l'inspecteur, en haut lieu on s'inquiète. Qu'en est-il de votre enquête ?

Je fus surpris par cette question et m'offusquai à demi-mot :

— Pardon ? On s'inquiète ?

— Personne n'a idée de la date à laquelle les journaux publieront leurs souillures, et de ce fait… il y a un peu comme un vent de panique. Vous comprenez ?

L'homme m'agaçait.

— Un vent de panique ! Si je comprends bien, vous représentez la voilure d'un navire en déroute.

— Ne plaisantez pas, je vous prie, les affaires courantes ne le permettent pas. Avez-vous du nouveau ?

— Grand Dieu ! Comment espérez-vous que j'obtienne quelque chose en si peu de temps ? Je les ai enfermés vingt-quatre heures sans aucune information, vous ne m'avez pas donné l'ombre d'une piste, et je commence à peine mon enquête. Croyez-vous que je puisse lire dans leurs pensées ?

— Je comprends, je comprends…

L'homme se passa une main rageuse sur le menton, étira sa barbiche.

— Mais vous détenez les suspects !

— Oui, eh bien, laissez-moi exercer mon métier.

— Nous manquons cruellement de temps, comprenez-vous seulement cela, mon ami ?

— Pardonnez-moi, cher monsieur, mais je n'ai presque pas fermé l'œil de la nuit. Donc oui, ma lucidité en cette matière est entière.

Il interrompit sa marche, pivota vers moi et approcha son visage du mien, l'odeur était envahissante.

— Peut-être devriez-vous employer des méthodes plus… expéditives !

— Qu'entendez-vous par là ?

— Inspecteur, cette enquête est de la plus haute importance, il y va de la stabilité de la Couronne, de la crédibilité de la famille royale, du pays… Il existe des moyens d'obtenir les confidences des suspects… J'imaginais que vous étiez prêt à tout pour aider la Reine…

J'avais donc bien compris. Je faillis vaciller. L'homme me dégoûtait, il m'observait, avec son sourire où se lisait la satisfaction. D'un ton bien pesé, j'ai articulé chaque mot.

— Monsieur, jamais, vous m'entendez, jamais je n'userai de méthodes barbares.

Il leva les sourcils, puis saisit mon coude d'une main ferme.

— Très bien, inspecteur. Il y a ici, dans cette caserne, des gens moins scrupuleux, et prêts à donner leur vie et leur âme pour l'Angleterre, des gens de confiance, sachez-le. Je vous accorde cinq jours, cinq jours et pas un de plus. Ensuite, vous retournerez dans vos locaux de Scotland Yard, et je confierai le travail à quelqu'un d'autre. Je vous souhaite une bonne soirée. Je repasserai, bientôt… J'espère que vous aurez progressé.

L'homme tourna les talons, martela un peu plus fort sa canne sur les pavés et me laissa seul au milieu de la cour. Je ne parvenais pas à me remettre de cette conversation.

Un peu après cinq heures, un enquêteur m'apporta les réponses à mes réquisitions. Elles n'annonçaient pas ce à quoi je m'attendais. Je demandai aussitôt qu'on m'amène Timothy Brianey.

Quand il entra dans la pièce, je fus surpris par sa carrure, son physique de combattant. Il était grand, une tête de plus que moi, une chevelure d'un blond paille marquée par une raie à droite qui découvrait la peau blanche de son crâne. Des arcades sourcilières épaisses et saillantes ne parvenaient pas à noircir son regard, mais lui donnaient une profondeur qui contrastait avec le bleu clair de ses yeux. Son nez à l'arête aplatie s'élargissait à la base et s'écrasait sur des narines puissantes. Son menton proéminent rendait plus fine encore une bouche presque enfantine.

À mon geste de la main, il prit place sur le siège face à moi. Les questions me brûlaient, et je dus me faire violence pour patienter. Je me présentai, comme à mon habitude, et lui demandai de faire de même. Sa voix sonnait grave, mais d'une inflexion apaisante, douce, comme un chuchotement protecteur, un ronronnement.

— Je me nomme Timothy Brianey, monsieur.

— Point besoin de monsieur entre nous, je vous prie. Timothy Brianey, mais encore ?

— Heu ! Encore quoi monsieur ?

— Vos date et lieu de naissance, votre travail et votre parcours, ce que vous avez fait.

— Le 8 décembre 1844, monsieur, en Irlande, c'est ce que m'a dit Rebecca. Rebecca est ma mère adoptive, je ne sais pas qui est mon père, et ma vraie mère est morte après m'avoir mis au monde. Rebecca répète toujours que je suis né sous une mauvaise étoile, je crois qu'elle a raison. Je ne suis pas allé à l'école, mais elle m'a un peu appris. J'arrive à lire, mais c'est compliqué pour moi, et long aussi.

L'homme s'exprimait avec difficulté, ou plutôt comme un enfant qui hésitait. Parfois, il levait les yeux au plafond, fronçait les sourcils, puis baissait la tête.

— Et comment occupez-vous vos journées, monsieur Brianey ?

— Je… j'aide Rebecca.

— Mais encore ?

— Je ne sais pas comment expliquer, monsieur. Je fais ce qu'elle me demande. Je porte ses valises, je l'emmène avec le coche. Je reste avec elle. Les rues de Londres sont dangereuses, je fais attention que personne ne l'embête. C'est arrivé une fois, et j'ai eu très peur pour Rebecca.

— Très bien, je comprends. Que vous a-t-elle raconté sur votre mère ?

Son menton se plissa, il se mit à secouer la tête.

— Rien, monsieur, on ne parle jamais de ça, elle dit que c'est le passé. Je sais seulement qu'elle s'appelait Maureen, et qu'elle a supplié Rebecca de prendre soin de moi avant de mourir. Rebecca est une bonne personne, vous savez, monsieur, je ne voudrais pas qu'il lui arrive du mal.

— Il ne lui arrivera rien, rassurez-vous. Vous êtes traité comme il se doit ici ?

— Oh oui, monsieur, oui, mais je préférerais être dehors avec Rebecca et Myrtle.

— Nous ne vous garderons pas longtemps, je l'espère. (Un frisson me parcourut le dos.) Timothy, vous permettez que je vous appelle ainsi ?

— Oui, monsieur.

— Maureen, c'est un prénom irlandais ?

— Pour sûr ! Irlandais pure souche.

— C'est certainement votre mère qui a choisi votre prénom. Timothy, c'est très joli, mais ce n'est pas irlandais. C'est vraiment elle qui l'a choisi ?

Il frotta nerveusement une main contre sa cuisse, mes questions le mettaient mal à l'aise.

— Je ne sais pas, monsieur. Vous posez des questions bizarres.

— Timothy, ce que je vais vous annoncer risque de vous secouer un peu.

Il cala son dos contre le dossier, sa tête se mit à balancer d'avant en arrière, dans un léger mouvement, à peine perceptible.

— Me secouer ?

J'hésitai.

— De vous surprendre. La femme qui vous a mis au monde n'est pas Maureen mais Rebecca !

— Je sais monsieur, je porte son nom, elle m'a adopté.

— Non, vous ne me comprenez pas, Timothy, c'est Rebecca qui vous a porté dans son ventre, c'est votre mère naturelle.

L'homme écarquilla les yeux, il me fixa un instant. Puis son visage se renfrogna.

— C'est impossible, vous devez vous tromper.

— Je crains que non. Rebecca Brianey s'appelle en vérité Rebecca O'Brianey, elle a supprimé la particule qui sonnait trop irlandais pour vivre à Londres.

Il pencha son buste en avant, posa ses mains sur les genoux, puis me sourit.

— C'est vrai elle dit toujours que pour être un bon Anglais il faut un joli nom anglais. Moi, je l'appelle Becky. Je trouve que Becky c'est joli, Elizabeth, c'est beau aussi. Un joli nom anglais, elle le répète souvent, un joli nom anglais !

— Est-ce que Rebecca vous a parlé du village de Milltown ?

— Je crois l'avoir entendu, une fois ou deux, monsieur.

— C'est le village où vous êtes censé être né, près de Dublin. Là où votre mère est susceptible d'être morte peu après votre naissance, donc les 9, 10 ou 11 décembre 1844. Regardez ce télégramme ! Il arrive de Dublin où j'ai sollicité quelques renseignements. Je pense que vous pourrez le lire vous-même.

Je lui présentai la feuille.

— Je préfère que vous le lisiez, si ça ne vous ennuie pas, je vous crois sur parole.

— Très bien, j'ai demandé qu'on vérifie les décès et les naissances dans cette bourgade, à ces dates. Comme vous le savez, tout est dûment consigné depuis 1830 dans le registre de la paroisse, ainsi qu'au bureau administratif de Dublin. J'ai aussi demandé qu'on vérifie si des femmes avaient perdu la vie dans les huit jours qui suivaient votre naissance. Voici la réponse par télégramme : « Seul décès à Milltown… Stop… le 12 décembre 1844… Stop… Mr Owen MacLane… Stop… zéro naissance en décembre 1844… Stop. »

Son visage blêmit. Il inspira profondément, gonfla sa large cage thoracique, leva la tête au plafond, et ne bougea plus pendant quelques secondes. Son regard croisa le mien, ses yeux brillaient.

— Je suis né où alors ?

— Je ne sais pas encore, ce que je peux vous dire, c'est que votre grand-père, le père de Rebecca, a effectivement vécu à Dublin, il était pêcheur, et se nommait Cahal O'Brianey, mais il a quitté l'Irlande il y a bien longtemps.

— Si Becky est ma vraie mère, pourquoi n'a-t-elle jamais voulu que je l'appelle maman ?

Son visage contracté par la douleur faisait peine à voir. Ses mains pétrissaient ses cuisses, j'ai compris qu'il fallait que je le laisse tranquille. Le soldat est entré pour le raccompagner à sa cellule. Au moment où il sortait, je l'ai rappelé.

— Timothy ! (Il s'arrêta, pivota vers moi.) Vous fumez, Timothy ?

— Oui monsieur. J'ai cette fâcheuse habitude.

— Très bien, soldat, faites en sorte de lui porter une blague à tabac. Et du meilleur !

— Bien, monsieur l'inspecteur.

7

Je restai assis un moment derrière mon bureau, le regard planté sur ce télégramme. Quelques mots collectés dans un office du registre général, griffonnés de façon maladroite, et qui allaient sans doute bouleverser une vie. Ce grand gaillard, montagne de muscles, me semblait fragile, un colosse aux pieds d'argile. Il pourrait devenir un atout précieux dans cette enquête qui ne me disait rien de bon.

On approchait des sept heures, le jour déclinait. La conversation avec l'émissaire résonnait dans mon esprit. Le scandale devait être important pour qu'il envisage de recourir à la torture. Il paraissait impossible que les membres de la Couronne puissent s'abaisser à une telle vilenie. Cette idée ne pouvait venir que de lui. Je tentai de m'en persuader.

Je ne connaissais ni son nom ni ses fonctions officielles. Il détenait un pouvoir certain; être en mesure de détacher cinq officiers de Scotland Yard, réquisitionner une aile complète dans une caserne, me donner carte blanche sur les moyens engagés n'étaient pas à la portée de tout le monde. Curiosité ou défiance, je me décidai à en savoir plus sur l'émissaire.

Une autre question accaparait mes pensées : pourquoi cette femme, au demeurant éduquée et intelligente, avait-elle caché à son propre fils qu'elle était sa mère, et inventé tout un pan de sa vie ? Je devais le découvrir au plus vite. Je me rendis jusqu'à sa geôle.

Rebecca Brianey était assise sur un tabouret et tapotait nerveusement ses ongles sur le bois délavé de la petite table face à elle. Elle avait dû m'entendre et reconnaître le son de ma voix, car elle ne sembla pas étonnée de mon arrivée. Je m'excusai de cette visite tardive et lui demandai la permission de m'entretenir un court instant avec elle. Elle me rendit un sourire pincé.

— Je vous sais gré au contraire de cette visite qui me distrait. Ne me tenez pas rigueur de ne pas vous proposer de siège.

Je me retins de sourire. Son ironie et cette indignation à demi-mot montraient un esprit vif. J'aimais cela.

— Je vous remercie, miss Brianey, ou devrais-je vous appeler miss O'Brianey ?

Elle leva la tête, son regard s'assombrit, je continuai :

— J'ai fait procéder à quelques vérifications concernant vos déclarations. Il semblerait que vous ayez pris des libertés avec la vérité.

Elle ne montra aucun signe de surprise et répondit en s'esclaffant :

— Que voulez-vous dire ? Tout cela pour une malheureuse lettre omise dans un nom de famille. Vous vous contentez de peu, monsieur l'inspecteur !

— Permettez-moi de poursuivre.

— Mais faites, je vous en prie !

— Pourquoi avez-vous menti à tout le monde, y compris à votre fils Timothy, en affirmant que vous n'étiez pas sa mère ?

Elle se redressa sur son siège, piquée au vif, plissa les lèvres comme pour retenir une remarque. J'enfonçai le clou.

— Aucune de vos amies n'est morte en couches, vous n'avez jamais résidé à Milltown, Timothy est votre fils et il n'est pas né dans cette bourgade. Pourquoi ces mensonges, miss Brianey ?

Elle baissa la tête, et commença à frotter un pan de sa robe de velours entre son pouce et son index.

— Vous avez déjà aimé, inspecteur ?

— Il me semble.

— Aimé, au point de vous livrer corps et âme ? Au point de faire fi de tout, de vos parents, du qu'en-dira-t-on, des apparences, des craintes, du danger ? Avez-vous déjà aimé, au point que chaque battement de votre cœur loin de l'autre résonne de vide et de désespoir ? Aimé à en oublier votre propre existence, jusqu'à vivre par procuration ? Aimé à tel point que cela fait seulement souffrir ?

Je ne me permis pas de l'interrompre, elle se mordilla la lèvre inférieure et éleva un peu la voix, comme pour se faire un reproche à elle-même.

— Moi oui !... Je n'avais que douze ans. Pourquoi ai-je menti ? Sans doute pour me préserver. Vous avez raison, je ne suis pas née en Irlande, je viens de Red Hill, un petit village à une dizaine de miles au nord de Londres, mais il n'y a aucune raison que vous le connaissiez. Seuls les gens très pauvres vivent et meurent à Red Hill. Quand Cahal, mon père, a rencontré ma mère, Agnieszka, elle n'avait que dix-huit ans. Il était pêcheur, dans un petit port, à côté de Dublin, elle débarquait de Pologne… Mais peut-être que je vous ennuie avec tout cela ?

Elle se livrait cette fois sans artifice. Je l'encourageai à poursuivre.

— Non, je vous en prie, j'ai tout mon temps.

Elle sembla satisfaite de ma réponse, inclina la tête et soupira.

— Une femme juive polonaise parlant à peine l'anglais, mariée à un Irlandais catholique, dans une île où la religion passe avant toute autre chose… Leur union était vouée à l'échec, mes parents ont donc immigré à Red Hill. J'y suis née quelques mois plus tard.

— Tout cela ressemble plutôt à une belle histoire.

Elle lâcha un petit rire forcé, qui ressemblait à un râle.

— Je vous prierai d'écouter la suite avant d'en juger. Mon père aimait ma mère, mais c'était sans compter l'appel de l'océan. Se reconvertir en garçon de ferme lui demanda beaucoup d'efforts. Il était devenu le valet d'un paysan, l'esclave de la terre, l'ombre d'un homme libre. Il apprenait vite, mais sans aucun plaisir. Ma mère pratiquait sa religion avec ferveur. Trois fois par jour, elle implorait l'Éternel pour qu'Il rende à son mari le goût de vivre et lui fasse passer celui du sel et des embruns. Lui ne se plaignait jamais, Cahal l'orgueilleux travaillait dur, il était fier de pouvoir m'envoyer deux heures par jour à l'étude. C'est là qu'on m'enseigna la lecture, l'écriture. Je me montrais une enfant douée, j'aimais apprendre. En 1843, mon père se brisa la jambe en tombant d'un arbre qu'il élaguait. Il sombrait dans l'alcool depuis quelques mois déjà. Sa plaie s'infecta, l'amputation fut inévitable, au-dessus du genou. Il survécut par miracle. Comme il ne pouvait plus travailler, je m'étais mise au service de la métayère, seize heures par jour. Mon père buvait de plus en plus et passait ses journées à mendier. Une fois, j'ai surpris des gamins qui lui jetaient des pierres et l'insultaient, j'ai tenté d'intervenir, mais j'étais trop jeune et frêle. J'ai essayé de persuader mon père de rentrer à la maison, mais il a refusé, il voulait en découdre, et les autres ont continué à le maltraiter. Un garçon employé dans notre ferme s'est interposé, il a chassé les gamins, il avait à peine quinze ans et se prénommait Jacob. En quelques semaines je suis tombée amoureuse. Un premier émoi qui pimentait ma vie, aiguisait mes sens. Ma mère voyait cette amitié naissante d'un mauvais œil. Jacob avait une tache de vin en forme de clocher d'église sur l'arrière du cou, qui lui semblait un mauvais présage. Mais je me moquais de ce que disait ma mère, nous nous voyions souvent. Jacob était beau, toujours souriant.

— C'est ce Jacob, le père de Timothy ?

Elle releva doucement son visage. Il n'était plus le même, et l'expression de douleur que je crus y voir me surprit. Elle se redressa, me fixa avec fierté.

— Oui… Quelques mois plus tard, il m'a séduite et mon ventre s'est arrondi. J'ai tout fait pour le cacher à ma mère. Elle n'aurait jamais accepté. J'aimais Jacob et je voulais garder son enfant. Il me promettait de veiller sur moi, je le croyais. Quand on n'a que treize ans, on croit à ces choses-là. Ma mère a fini par découvrir mon état, et m'a jetée dehors à coups de bâton et d'insultes. J'avais sali l'honneur de notre famille, offensé l'Éternel. J'étais enceinte de cinq mois. Jacob a obtenu du fermier que je puisse dormir dans la grange. Quand mon père a appris que j'attendais un enfant, il a voulu tuer celui qui m'avait outragée, mais il n'avait plus les forces nécessaires. Pendant un mois, l'homme que j'aimais m'a nourrie de son amour. Il me dorlotait, nous bâtissait un avenir, avec des contrées de cocagne où nous élèverions nos enfants. Le mois suivant, il n'est plus venu qu'un jour sur deux. Il prétextait que ses parents l'empêchaient de sortir, que les travaux de la ferme l'épuisaient. À la fin novembre, il est arrivé avec un large panier d'osier. Il y avait des victuailles pour au moins quinze jours, des pommes, de la viande séchée, du fromage de brebis, du pain, du lait. Je l'ai grondé en lui disant qu'il était fou, et il m'a simplement répondu qu'il ne reviendrait plus, qu'il était trop jeune, qu'il s'était trompé. Je ne l'ai jamais revu. Le 8 décembre 1844, un mois avant terme, j'ai mis au monde son enfant, seule, sur une toile de jute râpeuse. J'ai souffert le martyre, mais je n'ai pas crié, j'avais peur qu'on me chasse. Le travail dura six longues heures, six heures à maudire Jacob et tous les hommes. J'étais si épuisée que je me suis presque évanouie. Ce n'est qu'après un moment, comme je n'entendais pas tousser ou pleurer mon bébé, que je me suis inquiétée. Et je l'ai vu avec son visage qui bleuissait, il avait le cordon ombilical autour du cou, et ne respirait pas. J'ai coupé le lien avec un couteau qui traînait à côté de moi, je paniquais. J'ai posé Timothy contre mon cœur, et je me suis maudite à mon tour. J'avais tant souffert, et lui ne vivrait pas… J'ai frotté son dos, dix fois, cent fois, si fort et si vite que mes mains m'ont brûlé, et un miracle s'est produit, il est revenu à lui. C'est seulement à ce moment-là que j'ai vu qu'il avait une tache de vin sur le cou, exactement la même que son père… Une tache en forme de clocher.

8

Ce soir-là, Mireille s'est couchée tôt mais Jacques ne la rejoint pas. Il patiente quelques minutes pour être certain qu'elle ne reparaîtra pas, et sort l'ordinateur de sa sacoche.

Aude lui a déjà adressé un message. Comme lui, elle trépigne de découvrir ce qui se cache derrière ces pages griffonnées à l'encre de Chine. Elle lui promet de travailler d'arrache-pied.

Il baisse le son du téléviseur et pose son portable sur ses genoux. Le fichier s'ouvre.

Un miracle s'est produit, il est revenu à lui […] Il a crié, toussé puis s'est endormi, comme si rien ne s'était passé. Je suis restée plusieurs heures à guetter sa respiration, à pleurer, à vomir mon amour pour le garçon qui m'avait abandonnée, trahie, à me maudire d'avoir été si naïve. La semaine suivante, le paysan m'a demandé de vider les lieux, sa femme ne tolérait plus ma présence. Il s'est excusé et m'a donné cinquante pence. Je ne savais pas où aller. Il a appelé une voiture pour me déposer à Londres. Les hommes sont lâches. Le cocher m'a expédiée sans un regard dans une ruelle des bas-fonds de la ville. Les boyaux de pavés grouillaient de mendiants, d'ouvriers tous aussi pauvres que moi. Ça sentait la misère, l'urine, les excréments, les relents d'alcool et de mauvais tabac. J'ai erré pendant plusieurs jours, avec mon châle, mon baluchon et Timothy, emmitouflé dans un panier d'osier, avec ce qu'il me restait de nourriture. L'hiver 1844 fut l'un des plus froids de ma vie. On ne comptait plus les cas de pneumonie, de petite vérole, de phtisie, de coqueluche. Au bout de trois semaines, je n'avais presque plus un sou, et je me suis résolue à entrer dans un dispensaire. Les *workhouses* se multipliaient dans la capitale, au rythme de son expansion.

Elle se saisit du pichet devant elle et se servit un peu d'eau. Elle posa à peine ses lèvres à la coupe, puis me sourit avec tristesse.

— Vous ne pouvez imaginer comment les gens vivaient là, dans des bâtiments inhumains où on séparait de leur mère les enfants de plus de deux ans. Les vieux mouraient sans soin. Les sévices se répétaient, le plus souvent sans raison. Les conditions de vie étaient pires qu'au bagne. « Maison de travail » était le nom qu'ils leur avaient donné, mais cela ressemblait plus à de l'esclavage ! Ceux qui semblaient en bonne santé étaient envoyés dans les manufactures et suaient sang et eau dix-huit heures par jour pour un salaire de misère, bien inférieur à celui des vrais ouvriers, ceux qu'on disait respectables. On ne comptait plus les suicides. Mais grâce au ciel, le jour où je me suis présentée à la *workhouse*, Myrtle s'occupait de l'accueil des femmes avec enfants. Certes, je n'étais qu'une fillette, mais la maternité m'accablait du nom de femme et de mère, et pour éviter cela, pour pouvoir garder Timothy avec moi, j'ai menti. Lorsqu'on m'a demandé s'il était mon fils, j'ai dit non, j'ai inventé l'histoire de l'amie morte en couches. Myrtle n'a pas posé de question, elle a tout noté sur le registre des arrivées, sans sourciller. Je venais d'avoir treize ans, je savais que l'enfantement ruinerait à jamais mes espoirs de me marier un jour. Il me restait le mensonge, alors j'ai menti. Et je me suis battue de toutes mes forces pour croire à cette histoire, j'ai fini par y parvenir, grâce à la haine que j'avais pour le père de Timothy. Je sais ce que vous pensez, mais la pauvreté est une malédiction. Être une jeune fille pauvre devient l'enfer. Et être pauvre et mère à treize ans, c'est la promesse de pourrir dans les bas-fonds, d'agoniser dans un caniveau, sans jamais une lueur d'espoir.

— Les choses se sont un peu améliorées ensuite ?

— Myrtle s'est montrée bonne avec moi, et plus que ma mère ne l'avait jamais été. Elle m'a intégrée à une session du dispensaire pour que j'apprenne les bases du travail de domestique. Je savais lire et écrire, j'étais polie, je connaissais déjà les tâches ménagères, l'apprentissage dura un mois et demi. Mais, inspecteur, peut-être pourrions-nous parler de cela une autre fois ? Il se fait tard. Remuer tous ces souvenirs me rend fébrile.

— Je vous prie de m'excuser, je n'aurais pas dû vous rendre visite si tard. Je vous souhaite de trouver le repos et la paix cette nuit, miss Brianey.

— Merci, mais ces mots ne font plus partie de mon vocabulaire. Bonsoir, monsieur !

J'ai quitté sa cellule avec l'envie d'en savoir plus sur cette femme. Je comprenais mieux les raisons de son mensonge, mais Timothy les comprendrait-il ? Je ne devais pas m'apitoyer. Il ne me restait que cinq jours pour démêler l'écheveau de cette enquête. J'allais devoir me confronter aux secrets de famille, aux âmes durcies par la misère et l'envie de s'en sortir, aux réalités d'un monde que je ne connaissais pour ainsi dire pas. Je devais avancer, pour sauver la Couronne, montrer que j'étais digne de confiance et qu'il n'était nul besoin de méthodes barbares.

9

Nous sommes aujourd'hui le 6 avril 1917, et les États-Unis d'Amérique entrent en guerre aux côtés de l'Angleterre et de la France. C'est une triste nouvelle en soi, car on ne peut souhaiter la guerre, mais je suis heureux.

Une semaine désormais que je gratte ma plume, feuille après feuille, jour après jour, à semer tous les souvenirs ancrés dans ma mémoire. En reconstruisant les dialogues de cet interrogatoire, j'ai l'impression d'y être, d'entendre les réponses qu'on m'a données il y a si longtemps. Je me sens bien incapable de dire si cela me fait du bien, mais cela occupe ma vieille carcasse malade. Le médecin m'a annoncé qu'il ne me restait que quelques mois à vivre, une année au mieux. Je me doute qu'il tente de me ménager, et je lui en sais gré. C'est un brave homme, et à travers lui, j'entrevois parfois la ferveur et la passion que mon père vouait à son métier.

Ma dernière escapade au village pour aller chez le docteur a été un choc. Dans la rue, on ne croise plus que des femmes, des enfants, ou des vieillards malades comme moi. Tous les hommes en âge de combattre sont partis, ils ne reviendront peut-être jamais. Même dans la souffrance, j'ai beaucoup de chance.

Ma vie ne ressemble pas à celle que j'aurais souhaitée, mais je n'ai jamais trahi mes convictions ni ma parole. Maigre consolation, je ne laisse aucun sillon derrière moi, aucune descendance, aucun ami malheureux, aucune épouse en pleurs. Je suis un collectionneur de regrets, un homme qui n'a jamais osé vivre, et il est trop tard pour changer les choses. En ce moment précis, alors que rien ne devrait m'y pousser, mes pensées se tournent vers Rebecca, son fils et Myrtle. Trois âmes impures, forgées dans la fange et qui, pourtant, m'ont beaucoup appris. Il est temps que je cesse de m'apitoyer sur mon sort. Il me reste tant à écrire sur cette enquête.

Une bonne partie de la nuit, j'ai ressassé l'histoire que miss Brianey venait de me raconter. Il m'était difficile de me représenter les réalités quotidiennes de ces pauvres gens. On voit les pauvres mais on ne les regarde pas, la Chambre des lords a même fait voter une loi qui interdit la mendicité, comme si on voulait les cacher. Et ils étaient des milliers à Londres, à l'époque, des traîne-misère, des braillards, des enfants blêmes, à vivre à dix dans les caves, à s'agglutiner sous les ponts et à dormir sur les bancs. Leurs ghettos pullulaient : Wapping, Ratcliff Highway, Haymarket, Piccadilly, Bethnal Green, Covent Garden, Drury Lane, mais surtout le quartier de Whitechapel, dans l'East End.

Dans les rares dîners où je m'aventurais, on parlait peu des pauvres, ou pour se rassurer. Je me souviens de ce juge qui expliquait avant de passer à table qu'il fallait éviter de donner de l'argent aux nécessiteux pour ne pas les encourager à rester dans la crasse et la maladie. Une femme qui l'écoutait, dame de la haute société, au chignon digne d'une pièce montée, avait enchéri sur un ton empreint d'outrecuidance. Elle jurait ses grands dieux que les miasmes et la puanteur à Londres étaient dus à la présence des miséreux qui portaient toutes les maladies dans leur sang. Ils n'étaient bons qu'à être jetés dans la Tamise. Mais tout ce que j'ai entendu comme fadaises sur le sujet émanait d'un responsable des Officiers médicaux de santé, organisme créé une dizaine d'années plus tôt, qui se félicitait de la loi Torrens de 1858 qui permettait à ses agents d'inspecter les logements des pauvres, et de les expulser, le cas échéant. Ils n'y voyaient qu'offense à la moralité, crime et vice, puanteur digne de fermes à cochons.

Je me réveillai tôt, un peu avant le lever du soleil. Je n'étais pas rentré chez moi, j'avais somnolé sur place dans la chambre de soldat qu'on m'avait allouée. On m'apporta un breakfast, j'y touchai à peine. Les prochains entretiens accaparaient mes pensées. Je décidai d'entendre Timothy de nouveau. Ce que je lui avais appris la veille l'avait peut-être contrarié, je voulais en avoir le cœur net.

Il s'installa quelques minutes plus tard devant moi. Les traits tirés, le regard fatigué, il se laissa tomber sur le fauteuil.

— J'espère que vous n'avez pas trop mal dormi. Vous a-t-on donné du tabac comme je l'avais demandé ?

— Je n'ai pas fermé l'œil de la nuit, monsieur, et je vous remercie pour le tabac.

— Timothy… avez-vous pensé à ce que je vous ai appris hier concernant votre mère Rebecca ?

Il me fixa un court instant, et je crus lire sur son visage comme un reproche.

— Si vous saviez, monsieur ! Je n'ai pensé qu'à cela. Est-ce que je pourrais la rencontrer ? J'aimerais tant qu'elle me le dise elle-même.

— Pas pour l'instant, mais cela viendra. Pouvez-vous m'expliquer quels sont vos rapports avec miss Brianey ?

— Mes rapports, monsieur ?

— Veuillez me pardonner, ma question n'est pas très claire, pouvez-vous me parler de votre enfance ?

Il eut comme un rictus, puis un sourire gêné.

— Oui… Tout petit, je ne me souviens pas bien. Rebecca n'était pas souvent là, c'est Myrtle qui s'occupait de moi.

— Vous m'avez dit que votre mère vous avait appris à lire, elle s'occupait donc un peu de vous tout de même.

— En fait, elle apprenait surtout à lire à Elizabeth… sa fille… moi, j'étais à côté et j'écoutais. Rebecca répétait que c'était trop difficile pour moi. Parfois, j'ai du mal à comprendre les choses. Il ne faut pas m'en vouloir, monsieur.

— Je trouve que vous vous débrouillez très bien. Elizabeth est beaucoup plus jeune que vous ?

— Deux ans de moins. Elle… elle n'est plus là, vous savez !

— Oui, je suis au courant. Que lui est-il arrivé ?

Ses yeux s'étaient écarquillés, comme s'il avait une vision.

— Il ne faut pas parler de ça, monsieur ! Il ne faut pas ! Rebecca n'aime pas qu'on parle de ça. Il y a des choses qu'il ne faut pas réveiller.

Il s'était refermé comme une huître, tête baissée, les mains calées entre ses genoux.

— Très bien, Timothy. Calmez-vous ! On n'en parle pas ! Comme vous voulez ! Ce n'est pas grave… On va discuter d'autre chose. Tenez ! Quand vous accompagniez miss Brianey, êtes-vous allé avec elle dans un journal, comme la *Pall Mall Gazette*, ou le *Daily Telegraph* ?

Il venait de retrouver un visage serein, comme s'il avait oublié l'échange précédent.

— Oh non, monsieur ! Becky allait surtout dans les magasins pour les ladies. Elle ne lit jamais le journal, elle lit des livres. Moi, j'aime bien seulement *Punch*, le journal avec des dessins dedans. Vous connaissez ?

— Oui, il s'agit d'un journal satirique, j'aime bien, j'apprécie aussi les croquis caricaturaux. Et miss Brianey, vous demandait-elle de porter des lettres pour elle ?

— Cela m'est arrivé une fois, je crois, mais c'est très ancien. Rebecca voulait prévenir la famille d'une dame qui louait un appartement dans l'immeuble, elle était morte de maladie après avoir eu un bébé.

— Il y a beaucoup de ladies qui louent des appartements à Becky ?

Il répondit sans hésiter :

— Sept ! Non attendez… Il y a Beatrix, Ruth, Sally, Emma, Josephine, et Gladys… six. Et Philomena, mais elle dort dans le pub en bas, c'est elle qui s'en occupe. Donc, c'est bien sept !

Il tira sur le pli de son pantalon et me sourit.

— Les affaires marchent bien ?

— C'est Rebecca qui s'occupe de tout, moi je reste souvent au pub. Parfois, Philomena a besoin de moi, quand un client a trop bu, ou ne veut pas payer. Mais ça n'arrive pas tous les jours.

— Et les dames, elles travaillent beaucoup ?

— Je ne sais pas, monsieur, on ne regarde pas ces choses-là, elles paient leur loyer, on ne s'occupe pas de leurs affaires. Mais elles ne restent jamais très longtemps. Vous savez, des chambres où on vit seul, dans nos quartiers, c'est recherché, alors ça coûte.

— Et elles invitent leurs clients au pub, aussi ?

— Rebecca dit que c'est bien pour le commerce. Elle connaît les affaires. Mais les filles ont leur commission quand elles amènent des invités au pub. Tout le monde y gagne. Elle n'est pas bête, Becky !

— Je vois ! Et comment se comporte-t-elle avec les dames ?

Il parut surpris par ma question, comme si elle n'avait pas lieu d'être.

— Oh, bien, monsieur ! Elle est bonne comme le pain. Les dames l'adorent. Mais elles ont peur de Myrtle. Quand Myrtle crie, les dames tremblent.

— Pourtant miss River n'est plus toute jeune, elle ne doit pas faire tellement peur.

— Oh ! Croyez-moi, elle sait parler aux dames si elles ne paient pas le loyer.

— Très bien, Timothy, c'est tout pour le moment, on se revoit très vite.

— Bien, monsieur. Vous me direz quand je pourrai voir Rebecca ?

— Oui, rassurez-vous, bientôt !

Timothy me parut un peu plus faible d'esprit que je ne l'avais pensé. Je le sentais troublé, je savais que je n'obtiendrais rien de concret avec lui dans l'immédiat. Sa fragilité évidente et l'amour aveugle qu'il vouait à Rebecca allaient sans doute me poser problème. Il fallait que je le ménage.

10

Cette idée que désormais le temps m'était compté ne me quittait plus et me rendait nerveux. J'invitai ensuite Myrtle à venir s'entretenir avec moi. Elle me parut plus fatiguée que la veille et je m'enquis de sa santé. Elle se plaignit de la literie et du bruit des pas dans le couloir la nuit. J'ai compati et attaqué l'interrogatoire sans détour.

— Saviez-vous que Rebecca Brianey avait menti au sujet de Timothy ?

— Menti ? Sur quoi ?

— Elle ne l'a jamais adopté, elle a mis au monde Timothy, elle l'a reconnu devant moi hier soir !

Elle plissa les lèvres, haussa les épaules dans un geste de fatalisme.

— Tu sais… quand elle est arrivée ce matin de janvier 1845 dans le mouroir où je me trouvais, j'ai tout de suite vu clair. Elle était famélique, blanche comme un linge, épuisée, et le bébé se portait comme un charme. Cette histoire d'avoir recueilli l'enfant, c'était bon pour les soldats de l'Armée du Salut, ou les bonnes âmes de la London City Mission, pas pour moi. Mais je la comprenais, la petite. Treize ans et un marmot pour démarrer dans la vie, ce n'est pas une punition, ça, monsieur l'inspecteur ? Et, entre femmes, on sent ces choses-là : elle n'avait pas de lait, mais elle tenait souvent sa poitrine naissante en grimaçant, c'est un symptôme qui ne trompe pas.

— Vous ne lui en avez jamais parlé ?

— Pour quoi faire, pardieu ? La mettre dans l'embarras ? J'espère que tu n'as pas craché le morceau à Timothy !

Son inquiétude n'était pas feinte. Ses traits durcis, sa voix qui sonnait comme un reproche prouvaient qu'elle portait de l'affection à cet enfant qui n'en était plus un. Je tenais sans doute un moyen de pression.

— Pourquoi ? Je ne devrais pas ?

— J'aimerais beaucoup que tu ne lui dises pas, c'est un homme bien, ce Tim… mais avec Rebecca, c'est particulier.

— Comment cela ?

Elle inspira avec force et souffla ses premiers mots :

— Je connais ces deux-là depuis si longtemps, ils sont devenus ma famille, un peu les enfants que je n'ai jamais eus. Becky a été mère très jeune, mais cela ne fait pas d'elle une adulte pour autant. Une telle responsabilité sur les épaules d'une fillette, ce n'est pas humain. Elle faisait mal à voir. Nous nous sommes liées d'amitié, comme si chacune d'entre nous devenait la béquille de l'autre. Elle avait un garçon dont elle niait l'existence. Moi, j'avais toujours espéré avoir des enfants. J'héritais en même temps d'une fille de treize ans et d'un bébé de quelques mois. J'ai profité de la situation, sans malice aucune, cela me paraissait naturel, et c'est moi qui me suis occupée de Tim. Le petit, même si j'ai tout fait pour qu'il grandisse dans les meilleures conditions, en a évidemment souffert.

— Rebecca était distante avec lui, c'est cela ?

— Distante, c'est un mot faible, mais oui, on peut dire ça. Je ne l'ai jamais vue prendre le gamin sur ses genoux ni le bercer pour calmer ses pleurs. Elle lui a toujours interdit de l'appeler autrement que « madame Brianey ». Elle avait trouvé du travail, elle m'a laissée élever son garçon. Il faut dire qu'elle était pas mal occupée. Elle a suivi une formation de domestique. Elle en voulait, la gamine. Elle n'arrêtait pas de répéter qu'elle ne resterait pas là, qu'elle deviendrait une dame. Une de celles qu'on respecte, une qu'on voit dans les beaux quartiers.

— Quand est-elle partie du dispensaire ?

— Oh, pas tout de suite ! Elle a d'abord travaillé dans un hôpital, dans les sous-sols, à la lingerie. Elle suait douze heures par jour, et quand je dis suer, c'est le mot juste. L'eau bouillante, la vapeur, les fers brûlants. Les premiers jours, quand elle rentrait, son visage restait rouge. Elle a trimé sans jamais se plaindre, mais on ne gagne pas sa croûte avec des boulots pareils, on survit à peine. Elle dormait dans le dortoir des femmes : une pièce avec cinquante lits, des mioches qui braillaient à longueur de nuit et des mères célibataires, des pauvrettes abandonnées par leur mari, des domestiques au chômage, des prostituées, des veuves, des alcooliques. Tous les soirs ça se bagarrait, on ne comptait plus les vols, on y assistait à des scènes d'une indécence qui te feraient rougir. Il faut dire que c'était le seul endroit où les femmes pouvaient venir accoucher. Les gardiennes empêchaient certaines filles de sortir, mais elles arrivaient à se faufiler et donnaient de nouveau naissance à un bâtard, comme elles disaient. Rebecca s'est habituée, et elle a travaillé un an et demi dans la vapeur de ce sous-sol. D'autres qu'elle, exténuées, n'auraient jamais eu la force de penser à l'avenir. Mais elle a commencé à s'inquiéter, Tim allait avoir deux ans, ça voulait dire qu'on allait le lui enlever. Tu vois, elle y tenait quand même, mais pas comme une mère. Je l'ai envoyée à une amie, une fille de rue qui s'était reconvertie et avait ouvert un bureau de recrutement. Elle a trouvé à Rebecca un emploi de femme de ménage chez un capitaine en retraite de la Navy. Il y avait tout ce qu'il fallait pour la loger sur place, mais cette gourde de Rebecca rentrait tous les soirs au dortoir. Elle ne voulait pas me quitter, qu'elle pleurnichait. Elle me disait que Tim se sentait bien avec moi, qu'elle ne savait pas où le mettre. Je n'ai pas insisté, je ne demandais pas mieux, je l'avoue, le petit, je l'avais dans la peau, et sa mère aussi. C'est pour ça que je ne voudrais pas que tu leur causes du mal !

— Chère Myrtle, je ne peux pas tolérer que vous me prêtiez de telles intentions !

— Oh, ne prends pas un air de pucelle effarouchée, je te vois venir de loin avec tes allures aimables et tes sourires. Tu leur veux quoi au juste à mes protégés ?

Elle me dévisagea. Pour la première fois, je me sentais mal à l'aise, elle semblait lire en moi.

— Je comprends que tout cela vous chagrine, mais je ne puis rien vous dire pour l'instant.

— Je sais ce que tu cherches, Rebecca aussi doit le savoir, et crois-moi, on ne te dira rien ! Je peux en revanche poursuivre cette histoire, te tenir compagnie si c'est ce que tu préfères. Tu vois... j'ai soixante-quatorze ans. La mort m'a frôlée si souvent que je connais son parfum, elle ne me fait plus peur. Elle est devenue comme une voilette de dentelle noire devant mes yeux, elle me permet d'observer la vie avec un regard différent, alors ton enquête… la prison… croupir ici… tout ça, je m'en contrefiche.

— Je crains que vous n'ayez aucune idée du sérieux de la situation.

— Oh que si ! Et si on en est là aujourd'hui c'est un peu ma faute, ça, je veux bien le reconnaître.

— Qu'est-ce que vous voulez reconnaître ?

— Ne t'attends pas à une confession en règle. Sache simplement que ce qui est arrivé à ma petite Becky, j'en suis peut-être à l'origine, au moins pour une part.

Un nouveau jeu se mettait en place, elle parlait de façon énigmatique. Je devais l'inciter à aller plus loin. J'inscrivis quelques notes sur mon carnet.

— Ne pensez-vous pas qu'on n'est jamais responsable que de ses propres actes ?

— Sans doute, mais ils peuvent aussi vous avoir été soufflés dans le creux de l'oreille ! Rebecca s'est toujours montrée très curieuse du monde de la rue. Je me suis souvent vantée de mon passé. Je la voyais rêver en m'écoutant, j'en rajoutais un peu, je lui détaillais les belles toilettes que j'avais portées, les parfums français, la vie facile, les soirées à rire, à jurer, à se pinter dans les tripots, la vue de mon appartement sur le British Museum. Elle buvait mes paroles. Je jurerais que c'est à cause de tout ça qu'elle s'est mis en tête qu'un jour elle tiendrait un lupanar.

La vieille dame commençait à s'agiter sur sa chaise, je compris qu'elle voulait mettre fin à cette discussion.

Je tentai une approche différente et plus directe, pour la pousser dans ses derniers retranchements, quitte à la froisser.

— Vous me semblez être une bonne personne, même si vos emplois successifs n'ont rien d'honorable. Je vous propose un marché : je ne révèle rien à Timothy concernant sa vraie mère, et en échange vous répondez à une de mes questions, une seule, mais de façon honnête.

— Qui te dit que je ne vais pas mentir ?

— C'est vrai, mais qui vous dit que je ne vais pas parler à Timothy ?

Cet aspect de mon travail d'enquêteur n'était pas celui qui me plaisait le plus, mais je n'avais pas le choix. Elle me dévisagea.

— C'est quoi qui te chiffonne ?

J'hésitai une seconde.

— Est-ce que Rebecca, Timothy ou vous-même avez contacté la presse afin de révéler un scandale ?

Elle sembla surprise par ma question. Je jouais cartes sur table. J'espérais un sursaut, mais je ne perçus que de l'étonnement de sa part. Elle sourit.

— C'est pour ça que tu nous retiens ici ? Non, t'es sérieux ?

Comme je ne réagissais pas, elle éclata de rire. D'un rire gras, insultant. Je me sentis blessé dans mon amour-propre. Je frappai du poing avec force le panneau de bois de mon bureau et sortis de mes gonds.

— Ça suffit !

Elle se recula au fond de son siège, levant un bras pour protéger son visage. Je regrettai aussitôt mon geste.

— Excusez-moi, mais cette affaire s'annonce gravissime, et je ne peux tolérer que vous preniez cela comme une bouffonnerie. Très bien, je m'expliquerai donc avec Timothy.

Elle posa une main sur le bureau, comme si elle désirait toucher la mienne.

— Attends ! Je suis désolée, je ne suis qu'une vieille qui perd la tête. Je vais réfléchir à ta question, tu veux bien ?

Elle tremblait un peu, je l'avais effrayée.

— Très bien, je vous laisse un peu de temps pour y songer. Je vous fais raccompagner.

11

La vieille Myrtle commençait à m'exaspérer, je regrettais de lui avoir parlé de la presse et du scandale. Une nouvelle fois, j'avais fait preuve de naïveté. Je me jurai de ne pas renouveler cette erreur avec les autres. Je cernais un peu mieux la personnalité de Rebecca Brianey : une mère trop jeune, qui reniait son premier enfant et s'attachait au second, qui se débattait comme une diablesse pour sortir à tout prix de sa condition et rêvait de palaces et de mondanités. Un point me chiffonnait : pourquoi ne voulait-elle pas qu'on parle de sa fille ? J'avais demandé à un enquêteur d'effectuer des recherches à ce sujet. Le grand registre signalait : « Elizabeth Brianey, née le 6 novembre 1847 à Londres, fille de Rebecca Brianey et de père inconnu. » Aucune mention de son décès.

Rebecca entra dans le bureau, je l'accueillis, comme la fois précédente, avec une politesse exagérée, lui avançai un siège. J'avais noté son besoin de reconnaissance sociale, j'allais en abuser.

— Miss Brianey, permettez-moi de vous dire que malgré les exécrables conditions de votre détention vous êtes rayonnante.

— Merci, inspecteur. D'ailleurs, à ce sujet, j'aimerais beaucoup pouvoir changer de toilette. Vous serait-il possible de me conduire à mes appartements pour que je récupère quelques effets ?

— Ce ne sera pas chose aisée, mais je tenterai de vous satisfaire au plus tôt.

— C'est bien aimable.

Elle paraissait reposée, dans de bonnes dispositions. Elle croisa avec délicatesse ses mains, le buste droit, et attendit. Elle semblait prête à répondre à mes questions.

— Miss Brianey, je vous prie par avance de m'excuser d'aborder ce sujet, mais, étant donné les circonstances, j'y suis contraint. Myrtle et Timothy m'ont parlé de votre fille Elizabeth. Vous m'avez dit qu'elle n'était plus de ce monde, or l'état civil ne fait aucune mention de son décès.

Elle pâlit aussitôt. Je lui saisis délicatement la main.

— Miss Brianey, je vous en prie, remettez-vous.

Elle inspira en fermant les paupières et me remercia de m'inquiéter pour elle. Je lui versai un verre d'eau qu'elle ne regarda même pas.

— Je suis désolé, miss Brianey, je savais que cette question vous peinerait, mais je ne peux l'éluder.

— Que vous ont raconté Myrtle et Timothy ?

Je mentis de nouveau et restai évasif.

— Bien assez pour que je vous interpelle à ce sujet, chère madame, mais… dans un souci de cohérence et de recherche de la vérité, je me dois de ne pas vous mentionner les détails de leurs auditions.

— Très bien, je vous raconte tout depuis le début. Cela semble nécessaire, même obligatoire. Je vais vous confier un pan de mon existence que peu connaissent, si ce n'est Myrtle. Je crois que c'est elle qui s'en est ouverte à vous, mais je ne lui en veux pas. Elle a été bonne pour nous et, avec l'âge, elle doit ressentir le besoin de parler.

J'enfonçai le clou et la confortai dans son idée.

— En effet, c'est bien Myrtle qui a évoqué ce sujet, même si votre fils n'a pas été avare de détails non plus.

Elle marqua un temps d'arrêt, me dévisagea et entama son discours, des trémolos dans la voix. Elle m'expliqua qu'après son emploi de lingère elle avait trouvé, par l'intermédiaire d'une maquerelle peu recommandable, un poste de domestique chez un capitaine de la Navy en retraite. En échange de cette place, elle avait dû verser un mois complet de ses gages au « bureau de recrutement » de la maquerelle.

L'épouse de Monsieur, comme elle disait, était une dame d'un âge respectable, plus jeune que lui, qui approchait la soixantaine. La maison comptait un majordome, une cuisinière et un jardinier. Les tâches ménagères étaient nombreuses, mais bien moins pénibles qu'à la blanchisserie de l'hôpital. Mildred, la cuisinière, une femme affable, l'avait mise en garde, Monsieur pouvait parfois se montrer un peu volage. Elle continua à passer ses nuits dans le dortoir du dispensaire pendant plusieurs mois afin de rester avec Myrtle qui s'occupait bien du petit. Mais, en décembre 1846, elle dut quitter le centre pour éviter qu'on ne la sépare de son fils. Le capitaine de vaisseau fut charitable et lui proposa une pièce dans le bungalow du parc où le jardinier logeait déjà avec sa femme. Cette dernière, mère d'un jeune enfant, accepta contre une somme modique de garder Timothy.

Dès le lendemain, elle constata que l'attitude du capitaine changeait. De distant, il devenait plus attentionné, plus présent, plus taquin. Au début, elle prit cela pour de la bienveillance, mais après une semaine, elle n'eut plus de doute sur ses intentions.

Un matin, tandis qu'elle rangeait des draps dans l'armoire de la lingerie, le capitaine était entré et l'avait félicitée plus que de raison. Il lui avait empoigné la main et l'avait embrassée pour la remercier. Il s'était vanté d'être encore de bois vert, selon ses propres mots, et s'était plaint que son épouse le délaissait. Elle était parvenue à s'échapper sous un prétexte domestique, en prétendant que l'eau bouillait et qu'elle allait déborder si elle ne descendait pas tout de suite.

Miss Brianey fit une courte pause dans son récit, prit le verre d'eau devant elle, mais y trempa à peine les lèvres. Sa main tremblait. Je la sentais troublée à l'évocation de ces souvenirs, malgré le temps passé. Elle poursuivit d'une voix chevrotante :

— Le 13 février 1847, Monsieur fêtait son anniversaire et Madame avait organisé une soirée en son honneur. Les invités s'éternisaient dans le salon. Je n'avais jamais vu autant de belles toilettes, de perles et de jupes cloches. J'aidais la cuisinière à laver la vaisselle, quand le capitaine s'invita aux cuisines. Il avait abusé de vin et de brandy, il était très gai et annonça qu'il voulait nous remercier de notre excellent travail. Il se pencha tout d'abord sur Mildred et l'embrassa dans le cou en glissant sa main sur son corsage. Elle ne bougea pas, pivota sa tête vers moi, adressa au ciel un regard implorant et grimaça d'un air dégoûté. Elle le gronda gentiment et rougit. Ensuite, Monsieur me saisit par la taille, m'entraîna dans un tour de valse, manqua tomber, et repartit d'un pas léger. Mildred, mon amie d'infortune, arguant qu'il ne restait que peu à nettoyer, me renvoya me coucher. Il était près de minuit.

Rebecca s'interrompit, but le verre d'eau d'une traite et le reposa sur le bureau. Je n'osai la regarder dans les yeux, je devinais ce qu'elle allait m'annoncer. Je gribouillais mes notes.

— Pour regagner mon bungalow, je devais traverser une partie du parc. Arrivée au premier boqueteau de chênes, je vis sortir Monsieur avec une bouteille de brandy et deux godets d'argent à la main. Il m'invitait à porter un toast à sa santé. J'ai poliment décliné, je lui ai dit que j'étais fatiguée, que je n'avais pas quinze ans et jamais bu d'alcool. Il en rit. Je tentai de refuser encore, mais il haussa la voix : une domestique ne pouvait refuser de boire à la santé de son maître, qui plus est le jour de son anniversaire. J'ai donc trinqué avec lui, au lieu de m'enfuir et de me réfugier dans ma chambre. L'alcool m'a vite tourné la tête, je me suis sentie faible, vaporeuse, démunie et sans force. Il a abusé de moi ce soir-là. Je n'ai pas su me défendre et j'ai souffert en silence. J'ai compris plus tard qu'il avait ajouté une drogue dans ma timbale. Il m'a menacée, si je parlais, je serais renvoyée. J'avais besoin de cet argent, je n'ai rien dit. J'ai subi d'autres outrages les jours et les semaines qui suivirent, il appelait ses assauts des « gentillesses ».

— Quelle honte, quel être abject !

— Vous entrevoyez la suite, inspecteur. Je suis tombée enceinte du maître. Vous n'ignorez pas que ces choses-là existent dans beaucoup de maisons de renom, mais l'honneur reste sauf pour eux si le Monsieur a déjà eu un héritier, et lui, il en avait trois. Quand je lui ai annoncé ma grossesse, il a paniqué. J'étais en œuvre de plusieurs mois, et l'arrondi de mon ventre se devinait. Il m'a suppliée d'aller voir une faiseuse d'anges. Mais j'avais trop peur des conséquences, l'histoire de Myrtle et de sa stérilité m'avait effrayée. Je l'ai menacé de tout dire à Madame. Il m'a laissé une semaine pour quitter la maison, et quinze livres sterling en dédommagement. Quinze livres, c'était une belle somme à l'époque. Je savais qu'il ne me serait pas donné de vivre une éternité avec cet argent, mais j'avais de quoi me loger et de mener mon enfant à terme sans souci. J'ai fait preuve de lâcheté et j'ai accepté. De toute façon, je ne voyais pas d'alternative, le scandale ne m'aurait rien apporté, et je serais sans doute partie sans le sou.

Elle prit une grande inspiration, et laissa retomber ses épaules dans un long souffle défaitiste.

— Je me suis de nouveau tournée vers Myrtle, la seule sur qui je pouvais compter. Je lui ai tout expliqué. Elle était outrée, elle voulait envoyer une équipe de mauvais garçons chez le capitaine pour le rosser et me venger. Lorsqu'elle s'est calmée, elle m'a adressée à une de ses amies, une certaine Lilly Cordell, qui gérait un lupanar dans Ellen Street, près des docks, en me disant qu'elle aurait peut-être un logement pour moi, et qu'elle me ferait un bon prix.

12

— Mais qu'est-ce que tu fais encore là ? Tu ne viens pas te coucher ?

Mireille, sa robe de chambre sur les épaules, surprend Jacques devant son écran. Il sursaute et jette un œil sur sa montre. Il est presque minuit. Il referme son ordinateur d'un geste rapide.

— Je n'ai pas vu le temps passer.

— Mais qu'est-ce que tu fabriques avec cette machine ? Je croyais que tu avais horreur de ça !

Jacques hésite, et répond d'un ton faussement outragé :

— Eh bien justement ! J'en ai marre qu'à la mairie on se moque de moi. Alors j'essaie d'apprendre un peu.

— Hum ! Allez, viens te coucher, demain tu vas encore te plaindre d'être crevé !

Allongé dans le lit, il observe le faible rayon de lumière du réveil électronique qui éclaire le plafond. Le sommeil ne vient pas. Depuis le jour où il a sorti cette valisette de la tombe, plus rien n'est comme avant. Les écrits de cet inspecteur envahissent sa vie, il en prend conscience. Il ressent comme une entrave, un poids, une gêne. Il ment à son épouse, cherche des moyens de se retrouver seul, dort peu, se met à l'écart de ses collègues, et ne pense plus qu'à cette histoire, dont sa fille lui livre chaque jour la traduction. Et si réveiller ces vieilles affaires ensevelies portait malheur ? Et si Wallace, au travers de ces pages, s'emparait peu à peu de sa vie à lui ? L'envoûtait ?

Au petit matin, Jacques a pris sa décision : il va arrêter de lire tous les jours cette histoire d'un autre temps. Il va vivre dans le présent.

Jacques laisse son ordinateur à la maison. Sa journée s'annonce mal, il pleut et il doit tondre la pelouse du stade.

Vers trois heures, Mireille profite d'une courte pause pour appeler sa fille.

— Aude, il faut que je te parle, c'est sérieux.

— Tu m'inquiètes, maman.

— Je crois que ton père a une aventure !

— Hein ! Papa ? Mais voyons maman !

— Écoute-moi, s'il te plaît ! Depuis quelques jours, il n'est plus le même. Il me cache des choses, s'enferme dans la chambre. La secrétaire de la mairie m'a dit qu'il avait passé toute sa pause sur l'ordinateur, et hier soir il ne l'a pas lâché jusqu'à presque minuit !

Aude éclate de rire, ce qui fait sortir Mireille de ses gonds. Sa fille ne peut faire autrement que la rassurer, elle lui avoue la vérité.

— Le saligaud ! Je lui avais pourtant dit de remettre cette pochette à sa place !

— Maman, il le fera, il me l'a promis, mais honnêtement, ce qui est écrit dans ces pages est époustouflant. Je te raconte si tu as un moment.

— Je ne veux rien savoir, et je n'ai pas le temps !

— Tu es rassurée tout de même ? Maman !

— Oui ! Mais il va m'entendre.

— Non, s'il te plaît, j'ai juré de ne rien te dire.

— Je vais mettre de l'eau dans mon vin. Mais je lui en parlerai dès ce soir, il n'y échappera pas.

Quand Jacques rentre du travail, Mireille est installée à la cuisine l'ordinateur ouvert devant elle. Il comprend vite.

Mireille n'est pas du genre à provoquer des scandales, surtout pour si peu, mais elle tient à le mettre un peu mal à l'aise, elle le questionne, le pousse dans ses retranchements, le place devant des évidences, et il avoue. Alors, elle sourit, et révèle qu'Aude lui a déjà tout dit. Jacques s'excuse à nouveau, reconnaît ses torts et promet de ne pas se replonger dans cette histoire…

— Ah ça non ! Tu as commencé ce truc, tu le finis. Sinon, je sais ce qui va se passer dans quelques semaines, tu vas me bassiner en disant que tu regrettes, que tu voulais savoir… Non, tu lis jusqu'au bout, et ensuite tu te débarrasses de tout ça !

— Mais…

— Tu en meurs d'envie. Tiens, prends ton ordi, Aude m'a dit qu'elle t'avait envoyé deux nouveaux fichiers. Mais je ne veux pas entendre parler de votre histoire de cadavre anglais. C'est compris ?

Jacques sourit, embrasse sa femme et s'installe dans le canapé.

— Je te prépare un thé ?

— Oui, s'il te plaît.

13

Rebecca a poursuivi son récit pendant près d'une heure.

Lilly Cordell, la tenancière du lupanar, se souvenait très bien de Myrtle. Pas comme d'une amie, c'était même plutôt l'inverse. Elle lui avait loué une chambre, et elle s'était enfuie sans payer son dû. Parmi les filles de petite vertu qu'elle avait vues passer, et elles étaient nombreuses, Myrtle s'était montrée la plus délurée, la plus vulgaire, et aussi la plus détestable. Elle gardait en mémoire deux ou trois empoignades de son fait, en pleine rue, où elle avait arraché quelques touffes de cheveux à ses rivales. Elle ne gardait de Myrtle, qui, disait elle, était habitée par le diable, que de mauvais souvenirs.

Mais Mrs Cordell se voulait aussi une femme correcte, et même honnête à ses heures perdues. Devant l'insistance de Rebecca, elle avait hésité, s'était prise de pitié pour le petit Timothy, que sa mère tenait par la main, le ventre déjà arrondi. Quand Rebecca proposa de payer deux mois d'avance, la femme lui fit une offre. Elle disposait d'une pièce mansardée, meublée, pas très spacieuse. Elle précisa que la lumière n'y entrait que par deux fenestrons, que l'hiver n'y était pas commode, mais qu'il y avait un grand lit où elle pourrait facilement dormir avec ses enfants. Elle louait normalement cette chambre à un homme de la petite bourgeoisie locale qui y recevait sa maîtresse de façon épisodique. Mais comme il n'avait pas donné signe de vie depuis plusieurs semaines… Elle avait la hantise de louer la chambre à une prostituée et fut rassurée quand elle apprit que Rebecca était une honorable domestique séduite par son employeur. Elle ajouta pour finir que le charbon du poêle restait à la charge du locataire, et qu'elle ne tolérerait aucune visite de messieurs. Rebecca accepta les conditions, trop heureuse de trouver aussi vite un toit. Elle emménagea le jour même.

Au milieu de la nuit du 6 novembre 1847, les contractions se rapprochèrent. Rebecca se leva sans réveiller son fils endormi dans le lit et s'installa près du poêle qui crachait ses dernières flammes. Elle déposa sur le sol ses deux châles de laine, prépara une bassine d'eau tiède et quelques chiffons. Elle avait déjà accouché seule, et savait qu'elle parviendrait à accomplir une nouvelle fois ce miracle sans l'aide d'une femme de l'art. D'ailleurs, à cette heure, elle ne serait sans doute pas venue, il aurait fallu payer pour le coche, et cela coûtait bien trop cher. Elle roula un morceau de tissu qu'elle tortilla et attendit que les douleurs soient insupportables pour le mordre à pleines dents. La vie lui offrait une seconde épreuve, qui fit remonter de vieux souvenirs qu'elle aurait préféré oublier. Le travail se faisait dans la souffrance. Elle suait, luttait. Sa mâchoire crispée sur le chiffon gorgé de salive lui coupait les commissures des lèvres. Elle ne lâcha pas une larme. La peur que son fils se réveille et la voie ainsi fut la plus forte, mais les douleurs s'amplifiaient. Elle se tordait, bloquait sa respiration, poussait, haletait comme un animal blessé. Enfin, une tête émergea de ses entrailles. Un bras, puis un second. Elle sortit la chair de sa chair, déposa le nouveau-né sur sa poitrine, et s'évanouit.

Elle ne revint à elle que le lendemain, en sueur, fiévreuse. Elle comprit qu'elle était dans l'appartement de Lilly Cordell. Elle voulut appeler, mais les forces lui manquèrent. Quand elle put enfin parler, ce fut pour demander des nouvelles de l'enfant. C'était une fille, elle décida de lui donner un prénom royal, Elizabeth.

Rebecca avait perdu beaucoup de sang et ne devait la vie qu'à l'intervention du médecin de rue que sa logeuse, entendant des bruits au-dessus de chez elle, était allée chercher à la hâte. Rebecca n'était pas à l'abri d'une infection ou d'une anémie. Elle resta chez Lilly presque trois semaines jusqu'à ce que ses forces lui permettent de se lever. Lilly s'était occupée des deux enfants et avait fait venir le docteur à trois reprises. Trois fois par jour, elle administrait des médecines à sa patiente, quelques potions en provenance des colonies, et la couvrait d'attentions. Après un second mois, miss Brianey recouvra enfin la santé, et fut sortie d'affaire. Mais la gérante du lupanar n'était pas non plus du genre à agir sans compensation. Loin d'elle toute idée philanthropique et elle s'en expliqua.

Plus jeune, elle avait hérité de son mari un magasin et cette grande maison. Elle avait vendu la chapellerie, et vivait de ses loyers. Le quartier des docks étant pauvre et plutôt mal famé, elle avait fini par louer les chambres aux prostituées. Pendant huit longues années, elle avait ainsi économisé pour acquérir une maison dans le Sussex, à Brighton. Un agent immobilier lui avait trouvé une petite propriété en bord de mer pour un très bon prix. Malheureusement, c'était un escroc de grand chemin et elle ne revit jamais ni l'aigrefin ni un penny de son investissement. Lorsqu'elle eut partagé ses vicissitudes avec Rebecca, elle lui expliqua que deux mois de soins, trois visites du médecin, les drogues et remèdes, la nourriture, la location de la chambre, son travail de nounou et les soucis occasionnés n'étaient pas gratuits. Elle lui devait cinq livres et soixante-dix pence.

Rebecca trouva la manœuvre plutôt déplacée. Cette somme représentait plus que ce qu'il lui restait, mais Lilly fut intransigeante, il fallait payer. Il manquait une livre sterling. C'était une somme énorme, un cordonnier en gagnait à peine la moitié en un mois. La logeuse à l'allure rebondie et aux joues rubescentes montra le vrai visage qu'elle cachait derrière son air débonnaire. Elle expliqua que certains hommes aimaient les filles fraîches. Certes Rebecca n'était plus verte, mais ses formes, son teint enfantin, pouvaient donner le change. Elle avait eu des demandes précises de messieurs qu'elle n'avait pu satisfaire. Elle pourrait ainsi non seulement rembourser vite, mais aussi payer son loyer et se permettre quelques folies si elle le désirait.

J'intervins, outré :

— Mais quelle horreur, est-ce Dieu possible ?

— Monsieur l'inspecteur, on dirait que vous ne vivez pas dans la même ville que nous autres, pauvres et démunis.

— Certes, je reconnais mon ignorance, mais c'est abject !

— Je n'avais pas d'alternative. Lilly me promit de ne pas m'envoyer sur le trottoir, que les visites des messieurs seraient rares, trois ou quatre par mois. Elle avait déjà une idée précise de la chose. J'avais subi à plusieurs reprises les assauts du capitaine, je pouvais endurer cela, et j'avais deux enfants à nourrir. Il me suffisait de jouer les ingénues, de faire croire que c'était la première fois. Lilly me laisserait la chambre sous les combles et, lors des rendez-vous, elle se chargerait de payer une jeune fille pour emmener les petits en promenade. J'avais quinze ans, et la loi anglaise permettait de disposer de son corps aux treize ans révolus. Lilly se mua ce jour-là en maquerelle, et je devins son jouet.

14

— Je suis vraiment désolé, miss Brianey.

— Ne le soyez pas, je savais ce que je faisais, et cela me garantissait de l'argent facile. Quelle était l'alternative ? Je vous implore seulement de ne pas me juger ni vous apitoyer, j'ai horreur de la pitié. La pitié, c'est ce que l'on offre à ceux dont on croit que le sort est joué. Je n'ai jamais baissé les bras, et je ne le ferai jamais.

— Ce n'était pas mon intention.

— J'ai appris une chose de la vie : plus dures sont les épreuves, mieux le temps vous arme pour les affronter !

— Vous me semblez être une femme déterminée. Mais une question me taraude, comment êtes-vous devenue vous-même patronne d'un lupanar ? On peut dire cela comme ça ?

— Oui, je n'en ai pas honte.

Il y avait déjà plus d'une heure qu'elle était dans ce petit bureau d'interrogatoire, je lui proposai une tasse de thé, qu'elle accepta avec un sourire. Je me surprenais à trouver à son récit un intérêt grandissant.

Pendant plusieurs mois, le petit manège de Lilly

fonctionna à merveille. Elle recevait les clients, écoutait leurs doléances, expliquait ensuite à Rebecca comment s'y conformer au mieux. C'étaient le plus souvent des bourgeois, des commerçants, des comptables. Lorsque le client cherchait une enfant sauvage, elle devait se débattre, tenter de s'enfuir. S'il voulait une fille verte mais soumise, Lilly Cordell lui attachait les poignets aux montants du lit. Parfois, elle devait mimer l'enfant saoule ou droguée.

Mais certains clients se montraient suspicieux et réclamaient un certificat de virginité. Lorsque cela se produisait, Lilly faisait passer le prix de la passe à quinze livres, en y ajoutant les honoraires du docteur, ainsi qu'un complément pour les frais annexes de voiture et de transport chez la famille pour signer les documents. En général, devant tant d'exigences, les clients changeaient d'avis et leurs soupçons s'évaporaient.

Rebecca ne sut que bien plus tard exactement les sommes qu'avançaient ces messieurs, Lilly lui avait interdit d'aborder la question, mais elle percevait immuablement une livre par visite. En ajoutant à la mauvaise conscience du client une phrase sur sa mère malade, ou son père qui venait de mourir, Rebecca obtenait facilement qu'il laisse une pièce sur la table en partant.

Le petit manège dura plusieurs mois. Les hommes se suivaient à un rythme sage, ce qui lui permettait d'élever Timothy et Elizabeth de façon correcte.

Comme Rebecca abordait le sujet, j'ai remarqué une sorte de gêne, un regard fuyant. Je m'autorisai à l'interrompre.

— Quel âge avait alors votre fils ?

— Nous étions en 1848, je m'en souviens très bien, jamais l'été n'avait été aussi chaud, l'odeur de Londres était insupportable, la deuxième épidémie de choléra venait tout juste d'être endiguée. Timothy devait avoir trois ans et demi, mais il paraissait beaucoup moins. Même s'il semblait grand pour son âge, il parlait à peine. Un médecin, qui exerçait dans la rue et à qui j'avais un jour acheté un remède pour la toux, avait constaté son retard. Il m'avait rassurée, cela passerait. Mais quand j'ai détaillé les circonstances de sa naissance, et son long étouffement, le docteur a été plus alarmant.

— J'ai remarqué que Timothy peine parfois à répondre aux questions.

— Ne lui en tenez pas rigueur, monsieur l'inspecteur, il a toujours montré des difficultés d'élocution et d'attention. Il ne cherche pas à dissimuler.

— J'en tiendrai compte ! Une autre question : Timothy s'entendait-il bien avec votre fille ?

— Je vais être honnête avec vous. Il vous en parlerait lui-même, ou bien Myrtle le fera, autant que cela vienne de moi. Je ne suis jamais parvenue à considérer Timothy comme mon enfant. Je m'en veux aujourd'hui, mais il est bien trop tard. Je crois qu'il a payé pour la traîtrise et la lâcheté de son père. Je m'étais juré qu'il ne serait pas comme tous les hommes, qu'il serait différent, meilleur, respectueux. Et de fait, il l'a toujours été, sans que je m'en aperçoive. Il est devenu le protecteur d'Elizabeth, il veillait sur elle jour et nuit. J'ai martelé son esprit pour qu'il traite toutes les femmes avec déférence, et elle en particulier. Certes, pour lui, ce n'était pas sa sœur, et encore aujourd'hui il ignore que je suis sa vraie mère, mais il la considérait comme telle. Vous ne le lui avez pas révélé, monsieur l'inspecteur ? Je vous en prie, ne le lui dites pas.

Je mentis une nouvelle fois.

— Je ne lui en ai pas parlé, mais il faudra bien qu'il l'apprenne un jour.

— Pas tout de suite, je vous en conjure. J'aimerais pouvoir m'en ouvrir à lui, tenter de lui expliquer.

— Je vais y réfléchir. Mais vous n'avez pas répondu à ma question : comment êtes-vous devenue gérante d'un hôtel comme le vôtre ?

Elle soupira, me dévisagea, cherchant à savoir si elle pouvait me faire confiance.

— C'est arrivé assez vite dans ma vie. Pendant quelques semaines, j'ai continué d'accueillir des hommes dans mon petit appartement, et un événement fâcheux est venu rebattre toutes les cartes. On était en novembre de la même année. Lilly reçut un jour la visite d'un domestique qui se présentait pour le compte de son maître et paya l'entremetteuse rubis sur l'ongle. Le rendez-vous fut pris, et comme chaque fois, afin d'assurer toute discrétion aux clients, le Monsieur entra directement dans ma chambre. J'étais allongée sur mon lit dans une belle robe blanche. Quand il se pencha sur moi, je le reconnus aussitôt : il s'agissait d'une de mes premières visites. Bien entendu, il se montra furieux de la façon dont on se moquait ainsi de lui. Il descendit quatre à quatre les marches de l'escalier, courroucé, fit grand scandale chez Lilly. On lui avait vendu à deux reprises non pas une jeune fille verte, mais une habituée de la gaudriole. Elle tenta de le persuader que la première fois elle avait été honnête, mais il ne voulut rien savoir. Il demanda le remboursement ainsi qu'un dédommagement substantiel. Lilly se résolut à réparer son erreur et cela lui coûta tant qu'elle mit un terme définitif à cette escroquerie. Puis elle se consola car, depuis ma seconde grossesse, mon apparence n'était plus la même et je n'aurais plus pu encore longtemps me faire passer pour une enfant de treize ans. Mais Lilly, qui rêvait toujours de sa maison au bord de la mer, ne s'en laissa pas conter. La poule aux œufs d'or s'était envolée et elle devait se rembourser de la perte significative de son pécule. Elle me déclara qu'il fallait désormais que je descende au pied de l'immeuble, là où besognaient les autres femmes. Il me restait un peu d'argent, mais j'avais eu la mauvaise idée d'acheter deux ou trois robes et un landau neuf pour Elizabeth. Je refusai le pavé ; ce n'était pas pour moi, et cela me faisait peur. Pendant deux mois, j'ai cherché en vain du travail. L'hiver était glacial en ce début d'année 1849, j'avais payé le loyer de janvier à Lilly, mais la réserve de charbon ne chaufferait plus la chambre qu'une semaine ou deux. Il me fallut donc me résoudre à aller vendre mes charmes dans la rue.

Elle baissa la tête, sans doute submergée par le poids des souvenirs, sortit un mouchoir de dentelle de sa manche et tamponna ses paupières, en s'excusant.

— Pourquoi n'êtes-vous pas retournée voir vos parents ? Peut-être vous auraient-ils pardonné ?

Elle lâcha un petit rire nerveux. Secoua la tête comme pour chasser l'image que je venais de projeter.

— Inspecteur… même s'ils m'avaient implorée, jamais je ne serais retournée chez eux. La misère, je la connaissais et c'était bien la dernière chose que je souhaitais pour mes enfants et moi.

— Je comprends, mais…

— J'en doute, inspecteur, mais Lilly Cordell se montra de bonne composition, et cela facilita ma décision. Elle accepta de garder Timothy et Elizabeth, le temps que je recrute une fille de confiance pour les surveiller. Elle m'autorisa aussi à travailler au-dessus de son logement en attendant le mois de février, mais uniquement à des heures raisonnables et sans éclats de voix démesurés. Une chambre meublée, plus petite, mais mieux isolée, se libérerait en début de mois.

J'ai découvert la rue avec un regard différent. Tout me semblait étranger désormais. Là où j'appréciais l'effervescence ne se trouvaient plus que misère, relents de bière et obscénité. Les cours, si animées, n'étaient plus que dépotoirs immondes où les déchets se mêlaient aux pavés branlants. Les travailleuses et les mères de famille respectables me dégoûtaient ; elles se baladaient sans corset, dépoitraillées sous un châle à l'odeur de sueur âcre, les chausses crottées, et les jupes rapiécées. Elles s'étaient muées en de vulgaires païennes, sans avenir, résignées à leur médiocrité. Elles se montraient effrontées, en haillons aux couleurs criardes, oiseaux maudits aux roucoulements encanaillés. Elles s'apostrophaient et juraient comme des matelots de retour des Indes. Les hommes n'étaient pas en reste, ouvriers avinés à la dentition incomplète, aux manières nauséeuses, à la verve ordurière. De leurs mains grasses ou collantes de liqueur bon marché, ils touchaient la marchandise, la tâtaient comme on juge d'un jambon. Sans la moindre retenue, ils rotaient et pissaient dans les rigoles d'immondices et d'excréments, hurlaient leurs désirs bestiaux, la bave au coin des lèvres. Mes premières passes nourrirent mes cauchemars, et je me lavais comme on cherche à se purifier. Le matin, je restais avec les enfants, je me jurais que jamais Elizabeth ne serait la proie des hommes. Je devais la protéger, la sortir de ces dédales, de ces ruelles où les miasmes polluaient jusqu'à l'esprit. Loin des combats de coqs décharnés, ou de rats assoiffés de sang. Loin des foires et des marchés où les pauvres s'entassaient, se frottaient, volaient, bousculaient et se complaisaient dans la fange. Loin de l'immoralité, de la lubricité et de la vulgarité. Cela accapara toutes mes pensées : elle recevrait la meilleure éducation, il ne pouvait en être autrement.

J'arrêtais mes activités un peu avant le soir, quand l'allumeur de réverbères se présentait avec sa perche pour enflammer les becs de gaz. Je me transportais ensuite chez Lilly, qui m'offrait de temps à autre un repas, tandis que je faisais le ménage, ou raccommodais un de ses jupons. Cela dura ainsi jusqu'en mars. J'avais emménagé dans ma nouvelle chambre, et trouvé, à deux pas, chez une dame bouffie de gentillesse, un endroit où laisser les enfants. Le soir, je les récupérais et, après le souper, je leur lisais une histoire. Puis, quand ils étaient couchés, deux fois par semaine je me rendais aux appartements de Lilly. Elle aimait ma compagnie, disait-elle, mais je crois surtout qu'elle n'avait pas trouvé de domestique à meilleur coût que moi. C'est un de ces soirs-là que ma vie prit un tournant auquel je ne m'attendais pas, mais je ne sais pas si je dois vous en raconter plus…

Elle joignit les mains. La nervosité et le doute se lisaient sur son visage.

— Et pourquoi cela, miss Brianey ?

— Vous pourriez me jeter en prison !

Je restais impassible, cachant ma surprise et ma curiosité. Je devais la rassurer pour m'engouffrer dans cette brèche, ce début de piste. Je tentai une première approche pas très honnête.

— Vous ne me semblez pas être une criminelle en puissance ! Et même si c'était le cas, les faits dont vous pourriez me faire part sont prescrits par la loi. La prescription et le droit à l'oubli sont de trente ans, sauf si vous m'avouez que vous avez occis cette dame.

Elle hésita un instant.

— Je n'ai bien entendu tué personne. Quand je suis arrivée chez Lilly, elle grimaçait, elle souffrait de maux de tête et d'estomac. Je l'ai questionnée sur un éventuel empoisonnement de ses repas, mais elle n'avait avalé qu'un bol de soupe la veille au soir, qu'elle avait préparée elle-même. Ce jour-là, elle y avait juste ajouté des pommes de terre. Mais, se sentant mal l'après-midi, elle s'était servi une rasade d'absinthe et s'en était trouvée mieux. Vers sept heures, je rentrai avec les enfants, et je l'aperçus sur le pas de porte de l'immeuble, elle semblait en bonne santé. Elle fut prise de premiers vomissements vers dix heures trente. Puis ce furent les crampes, les frissons à en claquer des dents. J'ai compris qu'il s'agissait des premiers signes du choléra, et j'ai couru chercher un docteur. Avez-vous déjà vu quelqu'un souffrir de cette infection, inspecteur ?

Grandir avec un père médecin m'avait amené à voir nombre de patients étranges, rebutants, difformes parfois. J'en gardais depuis l'enfance un douloureux souvenir, et tout ce qui touchait de loin ou de près à la maladie me mettait mal à l'aise. J'écarquillai les yeux de dégoût et secouai la tête.

— Non, que Dieu m'en garde ! Heureusement aujourd'hui nous pouvons soigner le choléra.

— Pas à l'époque… À minuit, le médecin lui donna une potion laudanisée. On aurait dit une mourante. Ses yeux vitreux renvoyaient une lumière humide, sa voix était devenue inaudible, son visage blême s'était creusé, on l'aurait dite usée par une famine de longue date. À quatre heures du matin, elle lâcha un dernier râle sous les yeux du docteur, impuissant. Le médecin fit appel au service d'urgence d'enlèvement de dépouilles mis en place depuis le début de l'épidémie. Il me laissa les clés de l'appartement et me demanda de me laver les mains et de respirer vite beaucoup d'air frais, dépourvu de miasmes et de maladie.

Je fus agitée deux jours durant, et le troisième, je suis retournée chez Lilly. Elle m'avait tant de fois parlé de son vœu de déménager à Brighton qu'elle devait avoir caché de l'argent quelque part. Elle n'avait pas d'héritier, pas de famille à ma connaissance, et je me mis en quête de son trésor. C'est ici, monsieur l'inspecteur que je termine cette partie de mon histoire.

— Je comprends, vous avez donc mis la main sur ses économies.

— Je ne vous ai jamais confié une telle chose, cela vient tout droit de votre imagination.

Elle sourit et je n'insistai pas. Là se tenait donc son secret.

15

J'ai questionné Rebecca sur plusieurs points de détail, comme le nom du capitaine de la Navy, son adresse et celle du bureau de placement. Il me fallait procéder à quelques vérifications. Elle avait hésité, le vieux marin était sans doute mort, en revanche le centre de placement existait toujours, à l'angle du London Wall et de Moorgate Street.

Le milieu de la matinée approchait, et je ne voulais pas la retenir plus longtemps. J'ai donc posé ma dernière question :

— Miss Briancy, qu'est-il arrivé à votre fille Elizabeth ?

Son visage se figea, empreint de colère ou de gêne.

— Inspecteur, c'est une histoire bien trop pénible pour que je parvienne à en parler avec sérénité encore aujourd'hui. Je ne sais toujours pas, des années et des années après sa disparition, si elle vit ou pas. Même si tout laisse à penser qu'elle n'est plus des nôtres. Je préférerais éviter de parler de tout cela, si cela ne vous contrarie pas.

— Non, bien entendu, mais je devrai m'ouvrir de ce sujet à Myrtle. Sera-t-elle à même de m'en dire plus ?

— Oui, sans aucun doute, même si le chagrin doit elle aussi la ronger.

Elle se saisit de son mouchoir et se tapota le nez d'un geste délicat.

Mireille agite le bras devant son mari. Il voudrait lui parler de cette histoire, lui expliquer ce qu'il ressent en lisant les mots de Wallace, mais il sait qu'il perdrait son temps. Ils parlent un peu pendant le dîner, mais cela ne sonne pas comme d'habitude, tout semble superficiel, un peu comme si chacun cherchait à soulever le couvercle qui pèse sur les non-dits, à invoquer son bon droit, sa façon d'entrevoir les choses. Mais ce ne sera pas pour ce soir.

Jacques débarrasse la table, sa femme lui propose un thé. Il s'enfonce dans son canapé, penaud et, égoïste, ouvre son portable. Le voilà de nouveau dans un monde parallèle, vers un ailleurs envahissant qui le projette cent cinquante ans en arrière, dans un Londres qu'il n'aurait jamais imaginé.

J'hésitais à faire venir Timothy, je le sentais plus vulnérable. C'était peut-être ma carte maîtresse dans cette enquête, mais je préférais attendre d'avoir collecté quelques renseignements. L'interrogatoire de Myrtle serait à ce stade plus utile.

Je me décidai à mener directement l'enquête avec mon nouvel ami et collègue, Howard, un loup à la crinière naissante, arrivé récemment à Scotland Yard, chaudement recommandé par mes supérieurs, et qui faisait preuve d'une envie d'apprendre sans limites, et surtout d'une discrétion sans faille. Je décidai d'aller au bureau de placement avec lui et chargeai les deux autres détectives d'une tâche tout aussi urgente, vérifier si un membre de la famille du capitaine vivait toujours à son adresse et, si possible, glaner quelques informations.

Nous avons appelé une calèche qui se présenta devant la caserne. Il fallut quelques minutes pour atteindre le centre de Londres. Howard ne dérogeait pas à sa règle et restait silencieux. Il m'avait surpris par sa fougue et son appétit de travail. Jamais une plainte, jamais une remarque.

— Que pensez-vous de tout cela, mon cher Howard ?

— Monsieur, si vous me permettez la plus grande franchise, je dirais que, à la lumière de notre dernière discussion et de ce que vous m'avez rapporté, nous tournons en rond. Des entremetteuses, des tenancières de bordels, ce n'est pas ce qui manque ici, nous en interrogerions mille que nous entendrions toujours les mêmes histoires lamentables. J'ai l'impression que nous jouons le rôle bien singulier d'abbés dans un confessionnal.

— Mon cher, vous ne semblez pas apprécier les gens du petit monde. Pardonnez-moi cette question : avez-vous déjà mis les pieds dans un lupanar ? Comme client, j'entends.

Il se tourna vers moi, choqué.

— Je viens d'une famille honorable, monsieur, je récite la prière chaque jour, et ne manque jamais un office le dimanche. Je suis surpris et même offensé… Vous me connaîtriez donc si mal ?

— Oubliez votre indignation, mon cher Howard, je ne m'attendais pas à une telle réaction. En fait, vous êtes jeune et plutôt bel homme, et j'aurais aimé que vous vous infiltriez dans un de ces endroits. En tout bien tout honneur. Je souhaiterais que vous vous rendiez dans le bordel qui est juste à côté de celui de Rebecca.

— Monsieur, êtes-vous certain de l'utilité de la démarche ? Me retrouver dans un tel repaire de lubricité ne m'enchante guère.

— Je sais, mon ami, mais on trouve toujours les meilleurs renseignements chez les concurrents, voire dans l'antre de ses ennemis. Nous déjeunerons ensemble et ensuite je vous ferai déposer là-bas.

Il se redressa et éleva la voix.

— Et que voulez-vous que j'y fasse ? Ne me demandez pas l'impossible.

— Il n'est point question ici d'amusement, mais de travail. Vous présentez bien, vos habits sont à la dernière mode de Londres, personne ne doutera de vos origines ni de vos moyens. J'aimerais que vous interrogiez les voisins sur les activités de Rebecca. Nommez-la Becky, je sais que certains l'appellent ainsi. Dites-leur que vous cherchez une jeune fille encore verte, et voyez les réactions. Si vous sentez de la défiance chez vos interlocuteurs, assurez-leur que, par le passé, Rebecca vous a fourni cette marchandise.

— Mr Hardwell, vous rendez-vous compte de ce que vous me demandez ? Vous voudriez que je salisse mon honneur devant…

— Howard ! Cessez vos enfantillages ! Le ciel ne vous tombera pas sur la tête ! Votre respectabilité est sauve, et vous ne salirez rien, si ce n'est la semelle de vos chaussures. Vous me décevez ! Je peux demander cela à un autre enquêteur si vous le souhaitez. Tenez, Richard ! Je suis persuadé qu'il passera outre aux convenances sans même sourciller.

Je venais de le piquer au vif et sa réponse ne m'étonna pas :

— Richard ? Vous lui feriez confiance ?

— Faute de grives, on mange des merles, comme disent les Français !

— Très bien, je me chargerai de cette tâche, mais sachez qu'il m'en coûte. Et, si vous permettez, évitons ces phrases françaises, toutes plus ineptes les unes que les autres.

Je trouvai sa réaction démesurée. Il montrait tant de hardiesse lorsqu'il discutait avec des détectives de son âge. Il avait les dents longues et se vantait d'être prêt à tout pour gagner des galons. Peut-être jouait-il simplement le jeu de l'effarouché pour que je ne doute pas de son honnêteté et de sa droiture.

— Je vous en remercie, cher ami.

— Vous pouvez !

Nous sommes arrivés à l'agence de placement peu après onze heures. L'accès à l'établissement se faisait par une simple porte au-dessus de laquelle on lisait « Ici, on vous emploie ». Nous sommes entrés sans frapper. Je fus immédiatement sidéré par le nombre de personnes qui s'entassaient dans une partie délimitée par un ruban grisâtre qui avait dû être blanc, une quinzaine, au bas mot. La plupart occupaient deux longs bancs de bois, d'autres attendaient, alignées près de la fenêtre. Il y avait exclusivement des femmes, des trentenaires. Notre arrivée créa la surprise, un silence s'imposa. Au fond de la pièce, une porte, et à droite, un guichet, derrière lequel se tenait une jouvencelle. Elle parlait à une femme en haillons qui sanglotait. Nous nous sommes doucement approchés, le silence se dissipa aussitôt et laissa place à un chuchotement désapprobateur. La guichetière, surprise par notre présence, leva le menton.

— C'est une agence de placement pour dames, messieurs, désolée !

Il nous fallut montrer patte blanche et après un long conciliabule, nous fûmes autorisés à accéder à la porte suivante où la responsable nous attendait.

C'était une femme ronde, à la tenue austère et au visage gonflé, elle nous accueillit sans amabilité aucune. Elle était bien trop jeune pour avoir été la gérante du temps de Rebecca, mais je m'aventurai tout de même à la questionner. Par chance, elle avait repris la suite, racheté l'établissement et n'avait rien jeté des archives, qu'elle utilisait toujours.

— Avez-vous quelque chose au nom de Rebecca Brianey ?

Elle ouvrit le tiroir étiqueté de la lettre B, feuilleta de ses doigts tachés d'encre plusieurs fiches et en écarta une.

— Oui, Rebecca Brianey. (Elle tourna le morceau de carton :) « 1846, placée chez Mrs Jackson ».

— Rien d'autre ?

— Non.

— Vérifiez celle au nom de Jackson, s'il vous plaît.

Elle leva les yeux au plafond, et me lança un regard désapprobateur.

— Je n'ai pas que cela à faire, cher monsieur !

Mais elle manipula le casier *ad hoc* et en sortit la note.

— Fichtre ! lâcha-t-elle. Ils ont écumé les employés, ceux-là, dommage que je ne les aie plus comme clients. Pas moins de six domestiques en un an, de 1846 à 1847, ensuite plus rien.

— Je pourrais lire la fiche, je vous prie ?

Elle me la tendit avec un soupir d'agacement. J'y découvris une liste de noms de jeunes filles et, chaque fois, un même montant inscrit en face du nom, cinquante pence. Et les initiales M.R.

— Pourriez-vous m'expliquer ce que signifient ces sommes de cinquante pence sous chaque patronyme ?

— Montrez voir !... C'est sans doute la commission versée à la rabatteuse.

— Pardon ?

— La rabatteuse ! Vous savez bien ! Ne me dites pas que vous ignorez ce que cela veut dire ? (Elle hésita et poursuivit avec un sourire narquois :) À l'époque, les bureaux comme celui-ci servaient aussi à recruter des jeunes filles. Dans certaines demeures, les messieurs étaient exigeants, ils recherchaient des demoiselles avec qui ils pourraient jouer. Celles qui étaient placées chez eux se retrouvaient souvent séduites par l'homme de la maison.

Howard intervint :

— M.R. comme Myrtle River !

— Oh ! Cette vieille peau de vache de Myrtle, elle vit encore, cette canaille ? Cela fait bien cinq ans que je ne l'ai pas vue.

— On dirait que vous la connaissez bien.

— C'est une ancienne relation de ma mère. Elle était très connue dans le milieu, on la surnommait « la sangsue ». Elle en a vendu des filles… à tour de bras !

— Donc, c'est elle qui a recruté Rebecca Brianey et qui l'a vendue au capitaine qui cherchait une jeune domestique pour son plaisir personnel.

16

Après avoir récupéré les deux fiches nominatives, j'ai pris un repas rapide dans une taverne près de la gare de Saint-Pancras et, sur le chemin du retour, déposé Howard dans le quartier du lupanar de Rebecca.

Nous n'avons pas parlé dans le fiacre. Je n'arrêtais pas de penser à la surprenante découverte du rôle de Myrtle. Certes, elle m'était apparue charitable, mais je devinais cette fois en elle une froideur inégalée. Sa facette d'amie de la famille, mère protectrice à l'empathie de sainte, était pulvérisée par ces révélations. Je trépignais à l'idée de la confronter à cette vérité pour voir ses réactions. Si elle se montrait capable de trahir une jeune fille de treize ans pour qui elle montrait des sentiments, elle pouvait sans sourciller vendre des informations à un journal à scandale pour quelques livres trébuchantes. L'enquête progressait. Je l'espérais et je le subodorais.

Un mot m'attendait sur mon bureau, les registres avaient été vérifiés, Mrs Cordell était bien morte du choléra pendant l'épidémie et ne laissait derrière elle aucune famille connue.

Vers trois heures, Howard était de retour et me fit un compte rendu de ses investigations. Il souriait et semblait satisfait. Il m'expliqua qu'après quelques péripéties il avait appris que Rebecca, par l'intermédiaire de Myrtle, vendait des filles vierges à qui voulait bien en payer le prix. La concurrence, pour ne pas dire l'animosité, entre les deux établissements ne datait pas d'hier, et la tenancière du bouge n'avait pas été avare de confidences. Avant les sombres révélations de la *Pall Mall Gazette* en 1885, le lupanar de Rebecca, connu sous le nom de L'Antre du paradis, ne se privait pas d'abreuver le marché de jeunes filles, parfois âgées de moins de treize ans. Elle recevait une clientèle huppée, sous l'égide de Myrtle, femme intransigeante, sans âme et sans cœur. Les prostituées de chaque établissement se partageaient la ruelle et la cour toute proche, mais Brianey disposait des plus jeunes, des plus jolies, grâce au cercle étoffé de racoleuses que Myrtle avait mis en place.

Cependant, depuis un an ou deux, L'Antre du paradis avait perdu de son prestige. Rebecca vivait dans les quartiers huppés, et ne venait qu'une heure ou deux, toujours accompagnée de son garde du corps, le beau Tim. Howard n'allait pas assez vite à mon goût. Je le pressai de questions.

— Vous a-t-on parlé de sa fille, Elizabeth ?

— J'ai posé la question, personne ne la connaît, on sait que Rebecca avait une fille, mais elle la cachait ou l'élevait loin de la lubricité de la rue. La rumeur dit qu'elle s'est enfuie aux Amériques.

— Étrange.

— J'ai tout de même obtenu une information la concernant qui risque de vous surprendre. Un peu par hasard, pour vous dire vrai. Lorsque je suis sorti du lupanar, où des fumées d'encens m'avaient tourné les sens, je me suis arrêté chez l'apothicaire tout proche. L'officine indiquait sur sa vitrine « depuis 1852 ». Tandis qu'une dame d'un âge respectable me préparait une décoction qui, disait-elle, me ferait grand bien, j'ai engagé la conversation. Elle me raconta en quelques minutes la vie de la ruelle. J'ai donc demandé de façon fort naïve si Rebecca, une ancienne domestique de ma défunte tante, vivait toujours dans les environs. J'ai eu alors droit à cent anecdotes à son sujet, sans utilité aucune. Puis la pharmacienne s'est enfin souvenue d'Elizabeth, elle souffrait des abus de laudanum, s'était enfuie, puis on n'avait plus jamais entendu parler d'elle.

— Vous a-t-elle dit quand cette Elizabeth a disparu ?

— Elle jurerait que c'était il y avait vingt ans, à peu près.

— Très bien Howard, joli sens de l'opportunisme ! Votre migraine s'est dissipée, j'espère ?

— Merci de vous en inquiéter, je vais mieux.

— Donc, les affaires de Rebecca marchent moins bien depuis deux ans, et sa fille usait de drogues. Excellent travail, Howard, je vous félicite.

— Merci, monsieur.

Howard est sorti en m'adressant un large sourire et il est revenu cinq minutes plus tard. Il tenait un plateau avec une théière et quelques biscuits qu'il déposa sur mon bureau.

— Ne vous privez pas, vous allez adorer.

— Quel geste amical, merci, mon cher Howard !

Je détaillai les volutes aux effluves de jasmin, mes doigts tapotaient le chêne huilé du bureau, signe que mes pensées enfiévrées se bousculaient. J'ai pris quelques notes dans mon carnet, et souligné les points qu'il me fallait mentionner. Je ne devais pas manquer cet entretien avec Myrtle. La vieille dame était un renard, elle ne serait pas facile à piéger.

Elle me parut plus fatiguée que lors de notre précédente rencontre, et, paradoxalement plus déterminée. Elle avait les yeux cernés, la mine sombre. Elle s'installa en grimaçant. Je m'enquis de sa santé. L'humidité de sa geôle lui causait des douleurs articulaires. Je m'excusai des mauvaises conditions de sa détention et lui promis de lui faire apporter une couverture de laine. Elle ne montra aucun signe de gratitude et j'amorçai l'entretien de façon plutôt courtoise.

— Je viens de discuter avec Rebecca, elle m'a raconté ses déboires avec le capitaine de la Navy chez qui elle a exercé comme domestique, puis son séjour dans les appartements de Lilly. Vos chemins se sont séparés, à ce moment, vous ne souffriez pas trop de la solitude ?

— Oui et non, je m'occupais des nouvelles arrivantes, et je me sentais bien mieux en sécurité dans cet endroit sans alcool.

Elle mima une toux qui me parut surfaite, mal jouée.

— Mais Rebecca ne m'a jamais oubliée, elle m'a rendu visite à plusieurs reprises. Elle m'amenait même de temps à autre une pomme, un reste de gâteau.

— Vous traitiez ses enfants comme les vôtres, il ne s'agissait que d'un juste retour.

Elle sembla étonnée par ma remarque.

— Sans doute, la petite m'aimait bien, tout simplement ! Mais pourquoi tu me parles de tout ça ?

— Pour constater jusqu'où peut aller votre mauvaise foi.

Elle ne répondit pas, m'adressa une moue offensée. Je lui présentai la première fiche concernant le placement des domestiques dans la maison de Mr Jackson.

— Regardez ce que nous avons retrouvé !

Elle pencha son buste dans un râle qui sonnait faux et se releva aussitôt.

— C'est un carton ! Ma vue me joue de mauvais tours, je n'arrive pas à déchiffrer sans mes lunettes.

Je lui lus la fiche, elle haussa les épaules. Je lui présentai alors la suivante et détaillai la liste des jeunes filles engagées chez le capitaine.

— Vous connaissez ces jeunes filles, n'est-ce pas ?

— Ma mémoire n'est plus aussi vive qu'avant, mais il me semble reconnaître certains noms.

— Il s'agit de la liste de celles que vous avez vendues au bureau de placement pour qu'elles subissent les assauts du vieux marin. Et vous avez touché cinquante pence pour chacune d'entre elles, Rebecca n'était autre qu'une proie pour vous, un objet de commerce.

Son regard se noircit.

— On dirait que tu me prends pour une dame de la haute ! Il fallait bien vivre ! Et je ne savais faire que ça.

— Ça quoi ? Capter l'amitié ? Vous faire passer pour une amie, offrir du rêve et poignarder des enfants dans le dos ?

— Qu'est-ce que tu cherches ? À me culpabiliser ? Pas la peine de jouer à ce petit jeu avec moi ! Avec ou sans moi, elle aurait fini sur le trottoir. La réalité ne fait pas des courbettes ni de ronds de jambe, elle t'écorche et elle te traîne dans la boue.

Elle m'exaspérait et j'ai manqué perdre mon calme, mais je me suis retenu au dernier moment.

— Vous êtes une amie qu'on ne souhaiterait qu'à ses pires ennemis. Si je comprends bien, depuis des années, vous vous servez de Rebecca et de ses enfants !

— Non, tu noircis le tableau. Au début d'accord, mais avec le temps, j'ai changé.

— Surtout quand elle vous a confié qu'elle avait trouvé les économies de Lilly Cordell.

Elle gloussa d'étonnement.

— Elle t'a balancé ça aussi ?

— Elle semble plus honnête dans ses propos que vous ne l'êtes dans votre conduite. Il serait peut-être temps de me parler en toute franchise. À moins que vous ne vouliez me tenir compagnie ici encore plusieurs jours. Chaque mensonge que vous me livrerez me coûte du temps en recherches et en vérifications. C'est à vous d'apprécier.

Malgré sa verve et son aplomb, je sentis qu'elle hésitait, surprise que j'en sache tant.

— C'est vrai, lâcha-t-elle, Rebecca est venue me voir, complètement paniquée. Elle m'a expliqué que Lilly s'était quasiment liquéfiée en attrapant le choléra et que, deux jours plus tard, comme elle avait gardé les clés, elle avait fouillé sa chambre et trouvé la cachette où elle planquait son magot. Une planche de parquet sous un pied de lit, la bougresse, elle n'avait pas beaucoup d'imagination ! J'ai dit à Rebecca de ne rien changer à ses habitudes, de continuer à vendre ses miches sur le pavé, pour ne pas se faire remarquer. Elle craignait qu'on la jette en prison pour vol. J'ai mieux compris pourquoi, quand elle m'a avoué le montant de la cagnotte. Elle voulait que je vienne vivre avec elle et les mioches, mais ça me faisait peur. Tu dois me croire, j'avais la frousse de ressortir. Dehors, c'étaient les tentations, l'alcool, l'opium, et aussi le choléra. Il s'est passé plusieurs jours sans que je la revoie. Un jour, elle a débarqué, traumatisée ; les filles des autres chambres racontaient que Lilly n'avait pas d'héritier et que la ville allait récupérer le taudis pour y faire des travaux. Elle m'a suppliée de lui trouver un logement convenable, même deux. Elle avait de toute façon assez d'argent pour s'acheter un immeuble.

— Vous n'avez pas dû vous faire tirer l'oreille. Cela vous permettait de prendre votre commission au passage, n'est-ce pas ?

— T'as raison, c'est tout de suite l'idée qui m'est passée par la tête. Ça pouvait me permettre de redémarrer quelque chose de mieux. Je connaissais toutes les ficelles, il fallait simplement que je ne recommence pas mes conneries. En deux jours, je lui ai trouvé trois appartements meublés dans Pelham Street, pour un très bon prix.

Je la dévisageai. Son attitude avait changé. Elle semblait moins sur ses gardes.

— Me regarde pas comme ça. Même avec ma commission ça restait une super affaire. Tu crois qu'un vendeur qui aurait vu arriver une fillette de quinze ans aurait fait quoi ? Il l'aurait plumée !

— Je ne vous ai absolument rien dit, miss Myrtle.

— Non, mais je connais ce regard ! Et ne m'appelle pas miss, ça m'agace la bile.

— Je suppose que les trois appartements sont enregistrés au nom de Brianey ?

— Bien entendu, la gamine avait la tête bien en place, je n'aurais même pas essayé de lui jouer cette ruse. Tu peux vérifier. D'ailleurs, c'est elle qui a tous les documents de propriété.

— Très bien. Et ensuite ?

— Ensuite, on a vécu ensemble dans le même logement. Elle, dans le lit avec la petite, moi sur une couche qu'on avait aménagée à même le sol avec Timothy. J'ai pris tout de suite les affaires en main. Il restait assez d'argent à Rebecca pour éviter de se retrouver dans le besoin, mais pas assez pour tenir un an. J'ai donc trouvé deux filles pour les deux autres logements, pas des domestiques ou des repasseuses, ça paie un mois sur deux. J'ai fait ce que je savais faire, et j'ai recruté de belles plantes, jeunes et fraîches. Au moins Rebecca ne se salissait plus, elle pouvait s'occuper d'Elizabeth, et un peu du petit.

— Les affaires devaient bien marcher pour que quelques années plus tard elle gère tout l'immeuble. Combien de chambres déjà ?

Elle sembla soudain fière d'elle. Elle redressa le menton et je perçus une pointe de satisfaction dans sa voix.

— Six, plus le pub au rez-de-chaussée. Mais Rebecca a aussi un superbe appartement dans les quartiers chics : un premier étage de cinq pièces et balcon. Tu vois qu'elle n'a pas tout perdu avec moi !

— Admettez que votre relation n'avait pas vraiment démarré sur de bonnes bases pour elle.

— Mais je me suis bien rattrapée : en deux ans, elle avait acheté trois chambres supplémentaires. L'une d'elles était pour moi, mais je continuai de passer mes journées avec elle et les enfants.

— Donc, les affaires étaient florissantes !

— Tu es curieux comme inspecteur, on dirait que tu vis dans un autre monde. Tu es bien comme tous ces bourgeois, ou ces lords à la Chambre, tous ces guignols qui prônent la chasteté, les vertus de la foi, les belles manières. Je pourrais te raconter comment c'est la vie, la vraie, celle des indigents, et des fillettes, dans les bas-fonds, mais ça prendrait une éternité, et je ne suis pas certaine que tu comprennes.

— J'ai tout mon temps, j'entendrai Timothy un peu plus tard.

— Laisse ce garçon tranquille, c'est un pauvre gamin qui a eu du mal à grandir. Si tu m'offres une rasade d'absinthe, je te raconte tout, pas besoin de lui chiffonner les méninges avec tes questions.

— Très bien ! Je croyais que vous ne touchiez plus à l'alcool.

— Ça, c'était avant !

— Je m'occupe de vous trouver ça.

J'appelai le soldat qui attendait devant ma porte, et le chargeai de cette mission.

17

Le soldat n'a pas traîné. Il a posé une petite carafe de *fée verte* sur le bureau, en précisant que le lieutenant l'avait saisie dans la chambre d'un jeune chef de brigade. Il a ajouté deux verres et s'est rapidement éclipsé. J'ai versé un fond de liqueur à Myrtle.

— Désolé, je ne vous accompagne pas, je ne bois pas d'alcool !

— Tu as bien raison, on dit que ça tourne les sangs. À mon âge, je ne crains plus rien.

Elle a avalé son verre d'un coup sec et s'est raclé la gorge, les yeux fiévreux.

— Pardieu ! Elle n'est pas frelatée, celle-là ! On en était où déjà ?

— Vous deviez me parler de la misère… de la façon dont vous aviez gagné de l'argent.

— Ah oui, c'est ça. Alors, la première chose que tu dois te mettre dans ta petite tête d'homme du monde, c'est qu'en 1849 Londres n'était pas ce que tu connais aujourd'hui. Des pauvres et des malheureux, il en arrivait de partout, mais surtout de la campagne. Il fallait bien qu'ils survivent. Quand ils avaient des enfants, ils essayaient de les mettre au travail, et le plus tôt était le mieux. Des petits boulots, y en avait cent : vendeurs de journaux, charbonniers, cireurs, lessiveuses, repasseuses, manufacturiers, domestiques, laveurs de carreaux, chiffonniers… mais pour chaque place, tu trouvais cent volontaires. La vie n'était pas belle pour tout le monde. Du coup, ça grouillait de traîne-savates, d'enfants de prostituées, d'orphelins, de filles seules… On comptait plus de bouges, de lupanars et de gamines perdues que partout ailleurs. Les bien-pensants disaient que c'était le repaire de Satan, que c'était une honte, qu'on était la lie de l'humanité, que notre pays portait la bonne parole dans les colonies, mais qu'ici on vivait comme des bêtes. Mais ce qu'ils ne chantaient pas sur les toits, ces cochons de bien-pensants, c'est que leurs maîtresses ne leur suffisaient plus. Eux, ce qu'ils voulaient, c'était de la chair fraîche, des poupées de la rue, mais des neuves, des vierges, des filles vertes. Et ça ne les dérangeait pas de payer le prix fort. Alors, comme il n'y avait qu'à se baisser pour ramasser l'argent, je me suis dit : pourquoi pas moi ? Pourquoi pas nous ?

— C'est ce que vous avez proposé, de vendre des jeunes filles à Rebecca ?

— Oui, je lui en ai parlé, et elle m'a répondu que tant qu'elle n'était pas au courant ça lui était égal. Après tout, le capitaine de marine avait bien profité d'elle, et pas qu'une seule fois. J'ai donc commencé à jouer les entremetteuses, un peu comme Lilly avec Rebecca, sauf que moi, je devais trouver des vraies filles en fleur. J'en rencontrais dans les parcs. Les nounous qui promenaient les enfants étaient souvent aussi jeunes que pauvres. J'y allais à des heures régulières, je les amadouais, et quand je voyais qu'elles se sentaient en confiance, je leur sortais toujours les mêmes boniments. C'étaient des gamines, à peine sorties de l'enfance, elles rêvaient de belles toilettes, de chaussures neuves, de parfums et je leur proposais de gagner quatre ou cinq livres en quelques minutes. Il suffisait de s'amuser un peu avec un monsieur. La plupart refusaient net. Et celles qui ne refusaient pas, c'est vrai, n'avaient aucune idée de ce qui les attendait. Je les laissais tranquilles pendant une semaine, le temps que mes mots mûrissent, et je revenais en leur disant que c'était ma dernière offre, que sinon j'en parlerais à une autre qui se sentait prête à sauter le pas. Une sur deux finissait par accepter.

— Simplement pour une robe ? Des chaussures ?

— Ta question prouve que tu ne connais ni les jeunes femmes ni la vie de l'époque. L'envie de paraître, mais pas seulement, certaines voulaient aider leurs parents, leur famille.

J'hésitais avant de poser la question suivante.

— Et comment saviez-vous qu'elles possédaient toujours leur vertu ?

Myrtle me dévisagea et son regard me donna des frissons.

— J'attendais cette question d'homme ! J'avais trouvé une sage-femme connue dans le milieu pour son sérieux et ses bonnes manières. Elle constatait la virginité et rédigeait un certificat. Ça coûtait deux livres.

Les messieurs payaient quinze livres, plus les frais pour l'attestation, le coche, et la location de la chambre. Pour les fillettes, il n'y avait pas d'entourloupe, c'était écrit. On faisait même un contrat : « Engagement : par le présent, je consens à être à vous moyennant un cadeau de x livres sterling», et l'affaire était dans le sac. Au début, comme je ne voulais pas de problème, je faisais boire aux pucelles du laudanum que je préparais moi-même. En fonction de leur poids, je variais les doses d'alcool et de poudre d'opium. Ça les rendait moins nerveuses, un peu plus comateuses. Ensuite on conduisait les jeunettes dans un appartement désigné par le monsieur. Mais certains commanditaires refusaient qu'on drogue la marchandise. Ils en voulaient plus, ils bavaient à l'idée de pouvoir la dompter, lire la peur, la crainte dans les yeux des filles.

Je ne pus retenir un geste réflexe et je posais ma main sur ma bouche.

— Quelle horreur !

— Va dire ça aux messieurs de bonne famille !

— Mais personne ne voyait rien, personne n'entendait les fillettes se plaindre ?

— Oh tu sais, dans les bas-fonds, les cris, tu les entends à longueur de journée : les femmes en couches, les mégères qui se crachent leur venin à la fenêtre, les couples qui se chamaillent, les enfants qui braillent… Et de toute façon, ça ne durait jamais très longtemps, une fois que le monsieur l'avait déflorée, la petite qui hurlait avait compris, elle cessait de se débattre. On préparait au besoin une étoffe, un mouchoir ; il pouvait la bâillonner ou se servir de l'oreiller orné de dentelles.

J'en eus presque un haut-le-cœur.

— Comment est-ce Dieu possible ?

— Bienvenue dans le monde des pauvres… Tu voulais savoir, te voilà un peu plus au fait des réalités, mais je n'en ai pas encore terminé. J'avais toujours des contacts à la *workhouse*. Là-bas c'était une mine d'or, je récupérais des fillettes vierges pour moins de cinq livres. On les préparait, les lavait, leur trouvait une robe correcte, et elles entraient dans le marché. Au bout de quelques mois, Rebecca a pu acheter deux autres chambres. Et en un an, toute la bâtisse lui appartenait. On a ouvert le pub en bas l'année suivante. J'avais formé deux racoleuses, des anciennes du pavé qui présentaient bien. Elles recrutaient dans les bureaux de placement, dans les parcs. On disposait d'un stock prêt à être consommé, on pouvait fournir trois ou quatre vierges par semaine. Et, en cas de besoin urgent, on sillonnait la campagne. Les rabatteuses se présentaient dans des familles nombreuses, et proposaient à une jeune fille de treize ans de venir à leur service. Les parents ne demandaient pas mieux, on leur versait une livre, et ils disaient adieu à leur gamine. Bien entendu, il fallait qu'elles soient vierges, car elles n'acceptaient pas d'enfants dévergondées. Les recruteuses étaient gentilles avec elles, elles leur achetaient une belle tenue, et le moment venu, elles étaient vendues à un monsieur.

Plus elle détaillait ce monde que je n'imaginais pas, plus je haïssais ma naïveté. Ce que racontait cette femme me donnait le tournis.

— Mais les familles ne se sont jamais plaintes ?

— Ça n'est jamais arrivé. D'ailleurs, presque toutes les gamines, une fois dépucelées, faisaient le choix de devenir des fleurs de pavé. J'en connais très peu qui soient rentrées chez elle. L'argent facile, ça attire. À l'époque, il y avait plus de quatre-vingt mille prostituées dans Londres, tous les journaux l'ont écrit.

— On l'écrivait et on ne faisait rien. C'est quand

même incroyable que tout cela soit arrivé sans que personne s'en préoccupe !

Elle rit, cette fois sans retenue, en se moquant ouvertement de moi. L'envie de la faire taire me traversa l'esprit.

— Mon pauvre ! On dirait que tu es aveugle ! La loi était très claire, et c'est pour ça qu'on faisait signer les parents, les gamines, et les messieurs. Rebecca avait tout vérifié, et c'est même un juge qui le lui avait confirmé. La loi protégeait le client. Si la permission avait été accordée, tout était en règle, même si elle avait été obtenue par la ruse, la menace ou si la gamine n'avait pas compris de quoi il s'agissait. C'est pour ça que le mot qu'on employait dans les contrats c'était « séduction ». La petite signait pour être séduite, et je t'assure qu'elles étaient nombreuses à ne pas réaliser ce que cela voulait dire. Je ne sais pas si tu imagines ? Une griffe en bas d'un papier et l'affaire était faite.

— Quelle horreur ! Êtes-vous certaine que tout cela ait été autorisé par la loi ?

— Je sais que tu n'étais pas né, mais c'était bien le cas, tu peux te renseigner. Et tu n'es pas au bout de tes surprises.

Myrtle se pencha, saisit la carafe et se versa une bonne dose de liqueur qu'elle fit disparaître aussi rapidement que la première.

— J'ai bien besoin de ça pour te raconter la suite.

Elle s'essuya la bouche d'un revers de manche et poursuivit presque à voix basse.

— Il y avait des demandes spéciales… Des hommes qui désiraient des filles plus jeunes. Onze ans, douze ans. Ils étaient prêts à payer très cher. J'en ai parlé à Becky, elle a refusé net. Alors, j'ai travaillé avec un autre lupanar, une autre maquerelle, moins regardante. Je touchais cinq livres pour chaque livraison, ça n'arrivait pas souvent, cinq ou six fois l'an.

Je l'observais. Elle continuait en prenant son temps, entrant dans les détails.

— Dans cet endroit de damnation, ils avaient une salle matelassée, sans fenêtre, c'est là que je les amenais. Plusieurs fois, la séduction terminée, il m'a fallu conduire les fillettes devant la sage-femme qui avait remis le certificat de virginité, pour qu'elle les répare, les raccommode.

— Quelle horreur ! Je ne peux croire de telles choses.

— Je les ai vues de mes yeux ! J'ai vu l'horreur sur les visages de ces enfants. Cette praticienne vit encore, elle n'aimerait pas que je la cite, mais elle faisait ça pour aider les petites. Les démons, ce sont ces hommes, ils rôdent, agitent leur bel argent, ne vous regardent pas dans les yeux, ils sont là, autour de vous, au-dessus de vous, au Parlement, dans les hautes sphères ! Si vous ne me croyez pas, allez visiter cette fille de l'art, elle réside dans le Grand Londres, à Croydon, près de la chapelle, dans une grosse bâtisse de pierres blanches. Elle se nomme Margareth Silverstone.

Je restais atterré. Pendant ma courte carrière, j'avais vu des choses repoussantes, malodorantes, sanguinolentes, morbides, mais je n'avais jamais ressenti ce malaise, cette envie de me boucher les oreilles. Je n'avais jamais eu cette nausée qui me faisait désespérer de l'Homme. Je savais aussi qu'elle ne mentait pas, et c'était le plus difficile à accepter.

18

La vieille Myrtle tendit le bras pour se resservir un verre de liqueur verte, je l'en empêchai.

— Ce n'est pas raisonnable, vous vous rendez malade.

Elle poussa un ricanement gras, entier.

— Tu es vraiment un chou ! Ceux de ton espèce que j'ai croisés sur le trottoir, ils ne crachaient pas sur l'alcool et étaient abonnés aux mauvaises manières. Je peux encore en encaisser un autre, tu sais. Au pire, je bourdonnerai cette nuit, mais je dors seule, je ne gênerai personne. Et à mon âge, on ne craint plus rien.

Malgré ce qu'elle avait bu, ses propos restaient cohérents, sans aucune hésitation, et je tenais un début de piste.

Très bien, mais c'est le dernier verre ! Je ne veux pas de problème !

— Je vois ça, tu es un peu comme Becky, on a le droit de faire des monstruosités, mais avec propreté !

Je ne relevai pas et continuai mon interrogatoire.

— Puisque vous me parlez de Rebecca, quel rôle tenait-elle dans toute cette organisation ?

— Les deux premières années, elle a tout laissé à ma charge. Elle s'occupait de sa fille, la couvait d'attentions, jouait beaucoup avec elle, elles se promenaient au parc, elle lui achetait ce qu'elle trouvait de plus beau. Mais quand Becky a fêté ses vingt ans, elle s'est aperçue que notre petite affaire devenait très rentable et que nous attirions des messieurs de la haute bourgeoisie, elle m'a demandé de les lui adresser. Elle s'est impliquée un peu plus. Il faut dire qu'elle présentait bien, elle causait mieux que n'importe qui, elle avait l'art et la manière. De fil en aiguille, je dois reconnaître qu'elle a su les mettre en confiance. Au début, on en recevait un ou deux par mois, puis, avec le temps, c'est devenu un par semaine. Des gens influents. Pour le reste, elle passait le plus clair de ses jours à s'occuper d'Elizabeth, elle en était devenue dingue, comme possédée. Elle était obsédée par l'idée de lui offrir une éducation de grande dame, elle lui a appris à compter quand elle avait cinq ans, tu imagines, cinq ans !

— Et Timothy dans tout ça ?

— Il traînait souvent à côté d'elles à les observer. Becky me le laissait, surtout le matin quand les affaires sommeillaient encore. C'était un bon petit, calme, mais avec toujours une mélancolie noyée dans ses yeux bleus. Je l'aime, ce petit, je te jure, tu peux penser ce que tu veux de moi, trouver que je suis une vieille peste, mais les meilleurs moments de ma vie, je les ai vécus avec lui ! Il faisait peine à voir ; combien de fois il a appelé Rebecca « maman », chaque fois elle s'est mise en colère. Elle l'enfermait dans sa garde-robe pendant des heures. Il entendait Elizabeth appeler Becky comme ça, il ne comprenait pas pourquoi il ne pouvait pas. Quand elle lui adressait la parole, c'était pour lui donner un ordre, lui rappeler qu'il devait respecter les dames, et en tout premier lieu Elizabeth.

J'avais devant moi une vieille femme à la carapace tannée par mille horreurs. Une mégère prête à vendre ses amis, des enfants aux plus offrants, à se battre comme une chiffonnière, et pourtant, je devinais comme une faille, et elle s'appelait Timothy.

— Et entre Elizabeth et Tim, ça se passait comment ?

— Il avait l'interdiction de jouer avec elle, il pouvait à peine lui parler. Il l'embrassait du regard. Rebecca a tout fait pour qu'il prenne soin de la petite, et on peut dire qu'elle y est parfaitement parvenue. Il ressemblait plus à son larbin qu'à son frère. Elizabeth l'aimait bien, mais pas comme un membre de sa famille. En août 54, Londres a de nouveau été frappée par le choléra. En trois jours, cent trente personnes sont mortes dans le quartier de Soho. Les souvenirs de la mort atroce de Lilly hantaient les pensées de Becky, elle s'est enfuie au pays de Galles, dans un hôtel de campagne, avec ses enfants. En septembre, cinq cents Londoniens avaient perdu la vie. Les craintes de revivre une grande épidémie comme celle de 49 occupaient tous les esprits, les gens se cloîtraient chez eux. Quand Rebecca reparut en février 55, j'ai tout de suite compris qu'elle avait changé, l'éloignement avait distendu les liens qui nous unissaient. Elle était devenue une étrangère, se donnait de grands airs, ne venait presque plus au pub. En mars, elle a déménagé dans un appartement des beaux quartiers. Elle disait que l'air y était moins vicié. Mais, elle me donna la vraie raison plus tard : Elizabeth venait d'avoir sept ans et elle avait des projets ambitieux pour sa fille… elle en ferait une dame du monde. Elle embaucha à grands frais une préceptrice, avec les meilleures lettres de recommandation, dont celle d'un lord qui siégeait au Parlement. De mon côté, et cette fois sur les instructions de Rebecca, j'avais recruté deux nouvelles racoleuses et acquis un deux-pièces situé au-dessus de la salle des coffres d'un prêteur sur gages. Nous avons fait poser deux couches de tapis au sol, des doubles rideaux de velours à la grande fenêtre, et matelasser la porte d'entrée. Le lit était couvert de lourdes étoffes. L'endroit parfait pour que les clients profitent en toute quiétude de leur festin.

L'alcool aidant, Myrtle commençait à montrer des soucis d'élocution, elle bafouillait. J'en profitai pour hasarder une question épineuse.

— Tout cela ne m'explique pas la disparition de la fille de Rebecca.

Elle leva avec difficulté ses paupières qui s'alourdissaient, et me sourit.

— Ça, c'est une histoire étrange, mais Becky m'a fait promettre de ne pas en parler.

— Si c'est à cause de ses problèmes avec les drogues, ce n'est pas un secret pour moi.

Sa tête bascula un peu en arrière, visiblement elle était surprise.

— Parce que tu sais ça aussi ?

— Entre autres choses.

— Non… elle ne t'en a pas parlé, c'est pas possible, c'est un sujet tabou pour elle. C'est Tim ?

— Peu importe qui m'en a parlé, je souhaiterais connaître votre version des faits. Comment c'est vraiment arrivé, car j'ai peine à croire à ce qu'on m'a raconté.

— Et qu'est-ce qu'on t'a dit ?

Elle venait de me piéger à mon propre jeu, et la réponse me vint, sans vraiment y réfléchir. Je devais jouer sur sa corde sensible.

— On m'a raconté une histoire pas jolie, jolie, et que Timothy y était pour beaucoup dans la disparition de la fille de Rebecca.

Elle se redressa.

— Tim n'y est pour rien ! Tu m'entends ? Laisse ce pauvre gamin en dehors de ça ! Je ne sais pas quelles sottises on t'a racontées, mais ça ne m'étonnerait pas que ça vienne de Rebecca. Je vais te dire, moi, ce qui s'est passé !

19

J'écartai la carafe d'absinthe et la posai sur le sol à côté de moi pour éviter qu'elle ne se resserve. Elle ne remarqua pas la manœuvre.

— Il faut que je t'avoue un truc : si je te raconte tout ça, c'est simplement pour éviter qu'on dise des saletés sur Timothy. Je ne suis pas une rapporteuse !

— Je n'en ai jamais douté.

— Hum !

Elle n'en dit pas plus, mais me dévisagea. Elle cherchait à savoir si je jouais avec elle ou si j'étais sincère. Je vissai mon regard au sien et ne le lâchai pas. L'alcool faisait son office, elle semblait moins coriace.

— Même si je ne vivais plus avec Becky, et qu'elle ne se confiait à moi qu'en de rares occasions, j'avais encore le privilège d'être invitée très régulièrement chez elle. Elle voulait que je lui fasse le point sur nos recettes tous les deux jours. J'espère aussi que c'était par amitié. Il m'arrivait de prendre mes repas avec eux, et parfois de dormir dans la chambre d'amis lorsqu'elle me proposait de rester. Pendant les premières années de l'instruction d'Elizabeth par la préceptrice, tout s'est bien déroulé. La petite apprenait vite, lisait, comptait, connaissait l'histoire de son pays, les principes de la bonne éducation, elle se comportait comme les demoiselles des familles en vue. Mais en grandissant, elle se montra de plus en plus difficile. Elle faisait des caprices d'enfant gâtée. Lorsqu'elle eut quinze ans, Rebecca congédia la préceptrice, la petite ne lui obéissait plus. D'ailleurs, elle n'obéissait plus à personne. Ce qu'elle cherchait, c'était à aller dans les magasins, au théâtre, à des réceptions, à connaître d'autres jeunes filles. Elle n'avait retenu que l'écume de la bonne éducation. Becky refusait de céder, elle lui expliquait qu'elle était trop jeune. Mais elle lui trouva d'autres professeurs. La gamine apprit le chant, la peinture, l'équitation, elle se passionnait pour la lecture…

Myrtle se pencha en avant et chercha du regard la bouteille d'absinthe. Elle comprit que je l'avais retirée et haussa les épaules.

— Et Timothy dans tout ça ?

— Il avait dix-sept ans. C'était devenu un beau jeune homme, grand et fort, mais il montrait toujours des difficultés à se concentrer. Il vivait dans l'ombre de sa sœur dont il était devenu une sorte de garde du corps. Il était de toutes les sorties. Les femmes le miraient du coin de l'œil. Il ne passait pas inaperçu. Mais je n'en ai pas fini avec la petite princesse. Un jour, la gamine s'est mise à écrire des poèmes. Elle exigea de sa mère d'avoir un professeur de rhétorique. On vit alors apparaître Isaac, un immigré d'origine allemande. Il devait avoir vingt ans, il était grand, élancé, avait les yeux sombres, et un côté mystérieux. La première fois que je l'ai vu, je ne l'ai pas aimé. En revanche, Elizabeth s'est vite amourachée de lui. Rebecca ne se rendait compte de rien, Timothy veillait sur sa fille et elle dormait sur ses deux oreilles. Mais plus Isaac venait rendre visite à la petite, plus Tim devenait jaloux, son regard ne trompait pas.

— Il s'est confié à vous ?

— Confié, on ne peut pas dire ça. Mais c'est vrai que parfois Tim me posait des questions sur Isaac. C'était étrange, car en règle générale, il ne parlait que d'Elizabeth. Je savais qu'il était amoureux de la petite depuis des années, on sent ces choses-là. Un soir, elle s'est enfuie pour rejoindre le beau ténébreux. C'était sans compter sur la surveillance de Tim qui s'était rendu compte qu'elle était sortie. À son retour il l'a menacée de tout raconter à sa mère si elle recommençait. Elle a juré que ce serait la première et la dernière fois. Timothy a gardé le secret, sans doute par amour pour elle, mais le beau ténébreux est revenu donner ses cours, plus souvent, plus longtemps, plus près. Elizabeth devenait d'humeur changeante, taciturne avec sa mère, exubérante avec Isaac. Timothy ne supportait plus de croiser le poète, il bouillait de jalousie. Un soir, en fumant sa pipe dans le parc, à l'arrière de l'appartement, il a vu l'échelle de corde accrochée au balcon de la chambre, il a compris qu'elle sortait presque toutes les nuits. Le lendemain matin, il a prévenu Rebecca. Elle a failli s'évanouir, puis s'est reprise et a fait un scandale. La seule chose qui l'intéressait était de savoir si sa fille était encore vierge, mais Elizabeth ne répondait pas, elle semblait léthargique, absente. Timothy et sa mère l'ont emmenée de force, ils sont passés me récupérer et Rebecca m'a demandé de les conduire chez la sage-femme dont le verdict fut sans appel. Je crois que je n'avais jamais vu Becky dans un tel état. Elle pestait, elle hurlait à la trahison, toutes ces années, disait-elle, qui s'envolaient en fumée. Rebecca était hors d'elle, elle a même failli gifler Elizabeth. La gamine restait impassible. J'ai essayé de calmer les choses, Rebecca était comme possédée. Elle a fini par me jeter dehors et Tim avec moi. Il est venu vivre chez moi.

Myrtle inspira avec force. Parler de tout cela, même des années plus tard lui coûtait, on l'entendait à sa voix. J'ai cru qu'elle allait pleurer. Je lui ai tendu un verre d'eau qu'elle a repoussé.

— Elizabeth est restée avec sa mère ?

— Oui, mais pas longtemps. Becky a débarqué chez moi deux jours plus tard, en larmes. Sa fille s'était enfuie depuis la veille, elle n'avait plus de nouvelles. Elle nous a suppliés de l'aider. Tim a enfilé sa redingote, et on ne l'a pas revu pendant une semaine. Quand il est rentré, il avait fouillé tous les bars d'artistes, toutes les ruelles de la ville, questionné mille personnes. Il n'avait rien trouvé. Mais il avait appris qu'Elizabeth fumait de l'opium avec son amant et passait ses nuits dans des pubs.

— Vous n'avez jamais revu Elizabeth ?

— Non jamais. De ce jour-là, Tim n'a eu de cesse de la retrouver. Il s'est mis à traîner un peu partout dans Londres. Le soir, la nuit, souvent jusqu'à l'aube. Becky lui donnait de l'argent pour qu'il paie des informateurs, mais cela n'a servi à rien. Je me souviens juste qu'un jour de mars 1865 il est venu me voir. Il a posé sa tête sur mon épaule, et il m'a dit d'une voix étrange : « Je ne la chercherai plus. » Ça m'a fait plutôt plaisir, je me sentais si triste de le voir courir les rues, souffrir pour rien.

20

Ce que venait de me raconter Myrtle m'emplissait d'un sentiment étrange et vertigineux, comme si j'entrevoyais l'envers d'un décor que j'avais toujours idéalisé. J'aimais mon pays, je ressentais une fierté indicible en levant les yeux sur son drapeau, nous incarnions la nation qui guidait le monde. Londres était un exemple pour tous, le bastion de l'innovation. Certes, il y avait les bas-fonds, la prostitution, le crime, mais je ne m'imaginais pas ces trafics d'enfants étroitement contrôlés par un législateur complice. J'étais révulsé. Je fis une entorse à la règle à laquelle je tenais le plus : je me servis un verre de cette liqueur verte. On disait qu'elle brûlait les cerveaux, provoquait des hallucinations, peut-être laverait-elle ces images immondes qui peuplaient désormais mes pensées. L'alcool incendia mon palais, mon tube digestif et réchauffa mon estomac. Un arrière-goût de plantes ou d'herbes atténua les vapeurs qui anesthésiaient ma bouche.

J'attendis que cette sensation disparaisse et je fis appeler Timothy. Je disposais d'assez de temps pour l'écouter me donner sa version des faits.

J'en savais un peu plus sur lui, et quand je le vis entrer, je ressentis de la pitié, ou quelque chose qui y ressemblait. Il prit place, me salua avec politesse, remarqua les deux verres sur le bureau et l'absinthe.

— Timothy, je viens de discuter avec Rebecca et Myrtle. Elles m'ont raconté mille choses, comme les ventes de jeunes filles encore vertes, l'appartement près des beaux quartiers, dans City Road, le fait qu'Elizabeth te traitait mal.

Il se redressa sur son siège, et me répondit d'un ton sec qui me surprit :

— Elizabeth ne me traitait pas mal ! Elle m'aimait bien, mais à sa manière à elle. Elle était gentille.

— Ce n'est pas ce que vient de me dire Myrtle. Elle semblait préférer ce poète… Comment s'appelait-il déjà ? Ah oui, Isaac !

Ses mains agrippèrent les bras du fauteuil, les muscles de ses mâchoires ondulèrent sous la peau de ses joues. Il se tut.

— Elizabeth s'est enfuie avec lui, c'est le signe qu'elle avait des sentiments pour lui… Pour lui, et pas pour toi. Mais je peux me tromper. En tout cas, ça a dû être difficile quand tu as constaté qu'elle se sauvait par l'échelle de corde tous les soirs.

Son visage se durcit, son regard s'assombrit.

— Comment savez-vous tout ça ?

— Je suis inspecteur, c'est mon travail d'enquêter. Mais ce n'est pas le sujet. Tu l'aimais, et elle se moquait bien de toi, on dirait !

Sa voix éclata comme un reproche.

— C'est faux !

— Non, tu le sais, elle te considérait comme son

domestique… Son cœur ne battait pas pour toi, et tu en souffrais.

Son visage se métamorphosa, l'œil était moins bleu, il serra les poings.

— Arrêtez !

— Timothy, on dirait que tout cela te blesse, mais la vérité ne fait jamais plaisir à entendre quand on ne veut pas la voir. Sous tes propres mensonges, elle est bien là, bien réelle, que tu le veuilles ou non.

— Arrêtez, je vous en prie !

Il était prêt à exploser, peinait à se maîtriser. Je tentai le tout pour le tout.

— Après sa disparition, tu n'as pas cessé de la chercher, mais tu as fini par la retrouver, n'est-ce pas ? En mars 1865, c'est bien ça ?

Le grand gaillard qui se tenait devant moi s'effondra d'un coup, sa robuste carcasse s'affaissa. Il enfonça son visage dans ses mains de géant et se mit à marmonner des mots que je ne comprenais pas, qui sonnaient comme la peine et la douleur d'un cœur meurtri. Sa réaction si soudaine me frappa, j'y voyais une brèche, mais je respectai ce moment. La liqueur verte allait de nouveau remplir son office, et je servis deux fonds de verre.

— Tiens, bois ça, c'est un poison qui tourne la tête, mais ça te remettra d'aplomb !

Il se calma, redressa son visage, essuya ses yeux du revers de sa manche et repoussa la timbale.

— Non, c'est mauvais, ça change les gens, ça les transforme en l'ombre d'eux-mêmes.

Il inspira avec force, ferma les paupières et finit par rouvrir les yeux. Je fus saisi par ce regard teinté de nouveau d'un bleu lumineux, comme un raz de marée de désespoir. Timothy se redressa, gonflé de fierté, et prit d'un seul coup huit pouces de hauteur sur moi. Il se racla la gorge et avala sa salive avec difficulté.

— Très bien !

Sa voix sonnait différemment, claire, rude et digne, limpide.

— Je ne suis pas demeuré, ni attardé, ni victime d'une naissance que le destin a voulue compliquée, comme ont pu le dire Rebecca et Myrtle. Je ne suis qu'un lâche qui s'est caché derrière une faiblesse feinte afin qu'on le laisse tranquille, ou qu'on lui accorde un peu d'attention. Rebecca m'a toujours rejeté, j'ai cru que c'était normal parce qu'elle n'était pas ma mère. J'ai tout fait pour qu'elle ressente au moins de la pitié pour moi. Aujourd'hui que je sais qu'elle m'a mis au monde, j'éprouve comme une rage incontrôlable, je la hais et je l'aime tout autant, mais surtout je me maudis d'avoir été si peu courageux et si sot.

Je parvins à cacher ma surprise, mais ce qu'il venait de me dire m'avait mis au tapis. Son discours était clair, il ne bégayait plus. Terminé les hésitations. Il poursuivit sur le même registre :

— Je n'ai aucune excuse, que ma lâcheté pour expliquer cette supercherie qui dure depuis si longtemps. Elle était tellement ancrée en moi qu'elle était devenue naturelle, il suffisait que je dise « je ne comprends pas », et on me laissait tranquille. Mais vous avez raison, j'étais amoureux d'Elizabeth, qui était ma demi-sœur. Grand Dieu ! Quand je pense qu'elle me traitait comme un étranger.

— Que s'est-il passé ?

— Elle s'est effectivement enfuie avec ce minable qui lui bafouillait des vers et des rimes, et puait le laudanum et l'opium. Elle se sauvait le soir pour aller traîner avec lui dans des lieux de débauche.

— Vous avez découvert cela quand elle est définitivement partie ?

— Oui, j'ai arpenté tous les quartiers de Londres, mais je ne l'ai pas retrouvée et lui non plus. J'ai même cru qu'ils avaient quitté l'Angleterre. Mes recherches ont duré plusieurs mois : le jour, la nuit, je n'en dormais plus. Jusqu'à ce qu'un vieil ivrogne bouffi de bière me dise qu'il avait entendu parler d'Isaac Swartz, le poète. C'était dans le grand West. J'ai traîné un peu plus du côté de Kensington et de Hyde Park, que j'avais pourtant arpentés dix fois, mais où je n'avais rien trouvé. Le West End ne se différenciait en rien de l'East, des immigrés, des ouvriers, des lupanars et des indigents, partout. J'ai fini par apprendre qu'Isaac, un soir de décembre où il avait abusé de l'opium, avait été renversé par un fiacre et en était mort.

Le sourire que je devinai sur son visage me parut tout de suite suspect et je ne pus retenir une question.

— Où avez-vous obtenu cette information ?

— Je suis allé à l'hôpital le plus proche, la maison des pauvres de West Smithfield où on m'a dit qu'il était mort de ses blessures.

— Très bien, je vérifierai. Continuez, je vous en prie !

— Rassurez-vous, je ne l'ai pas tué. Après cette découverte, je me suis douté qu'Elizabeth devait se trouver dans le coin, mais où ? Je me suis mis à creuser un peu plus. Une prostituée que j'ai interrogée m'a parlé d'une fille de dix-sept ans qui vendait ses charmes un peu plus loin dans le quartier. Elle l'avait remarquée parce qu'elle portait une robe magnifique et qu'elle était constamment droguée. Je n'ai rien lâché, j'ai insisté, et le 1er mars, j'ai su où elle logeait. J'avais peur de la revoir seul, j'ai prévenu Rebecca. Un fiacre nous a déposés à deux pas, nous avons fini à pied. Je n'oublierai jamais cette ruelle sombre, les bruits de la rue qui bourdonnent encore dans ma tête, ces odeurs fétides de mort, d'urine et d'excréments, la boue collante sous mes semelles. Je vois encore les marches étroites et lisses qui descendaient vers les caves. J'ai cru que le cocher s'était trompé. Nous avons longé un couloir où quelques grilles à hauteur d'homme donnaient sur la ruelle, la lumière n'était qu'un lointain souvenir. Nous sommes allés tout au bout, la dernière porte à droite, elle n'était pas verrouillée.

Il se tut quelques secondes, frotta sa large main sur son menton et expira d'un coup pour se donner du courage ou évacuer sa peur. Ses mains se mirent à trembler et ses yeux s'embuèrent de nouveau. D'une voix chevrotante, il s'excusa et reprit en retenant ses larmes :

— À l'intérieur… il faisait nuit noire, on ne distinguait rien, j'entendais un gémissement, j'ai craqué une allumette, j'avais peur, mes jambes se dérobaient, comme si je me doutais de ce que j'allais découvrir. Rebecca est restée dehors. J'ai aperçu sur ma droite deux bougies sur une cagette, je les ai allumées et j'ai pu deviner une forme humaine, allongée à même le sol, en chien de fusil. Je me suis précipité, c'était bien Elizabeth. Elle semblait souffrir, ou délirer. Rebecca est entrée brusquement, elle s'est agenouillée près de sa fille, lui a touché le front, a essayé de l'asseoir. Quand ses jambes se sont dépliées, on a découvert son ventre rond, gonflé de vie. Elle haletait et râlait, peut-être sur le point d'accoucher, ou dans une mauvaise transe due à la drogue. J'ai paniqué. Rebecca m'a ordonné de rapprocher la cagette vers nous, et j'ai aperçu son visage. Elizabeth était blême, décharnée, squelettique, l'ombre de celle que j'avais connue. Rebecca a soulevé une de ses paupières. La vue de son œil révulsé et jaune m'a fait tressaillir. Et celle que je devrais appeler ma mère m'a donné cet ordre que je n'oublierai jamais : « Sors ta lame et ouvre-lui le ventre. » Je me suis reculé d'un coup, comme tiré par une force, horrifié. J'ai hurlé, j'ai dit que ce n'était pas possible, qu'elle délirait, qu'on devait l'emmener à l'hôpital. Et Rebecca s'est retournée vers moi, le regard fébrile, elle a crié très fort : « Il faut sauver l'enfant, sinon elle va y rester avant de le mettre au monde. C'est peut-être une fille. Elle me la doit, après tous les sacrifices que j'ai faits pour elle. Elle me doit cette enfant ! » J'aurais voulu décamper, vomir, mourir. J'étais tétanisé, j'ai répondu que je ne comprenais pas, comme toujours, comme un lâche que j'étais, je me suis recroquevillé dans ce faux mutisme qui m'avait toujours enveloppé. Alors, elle s'est levée, a écarté un pan de ma redingote, et elle a saisi mon couteau…

Cette fois, Timothy ne put retenir ses larmes, ses lèvres tremblaient, je n'eus pas la force de l'interrompre.

Il aspirait l'air bruyamment, comme un homme qui se noie.

— Rebecca était comme folle. Elle s'est baissée, a soulevé la robe de velours pourpre, et j'ai fermé les yeux. Je l'entendais. Elle parlait fort, convoquait le destin, j'entends encore ses paroles : « Toutes ces années à te construire un avenir… tout ce temps à rêver pour toi… Si c'est une fille, j'en ferai une reine… Tu ne méritais pas que je te mette au monde. » À la fin, il y a eu un grand silence. J'ai entendu Rebecca prononcer mon prénom. Elle m'a dit d'approcher, la voix grave : « Prends-le, c'est un garçon, débarrasse-toi de lui et de sa mère. » Elle s'est essuyé les mains sur la robe de velours, s'est levée, et elle a remis ses gants. Elle s'est dirigée vers la porte et, une fois sur le seuil, elle m'a ordonné : « Ne reviens pas tant que ce n'est pas terminé ! »

La voix de Timothy s'étouffa dans un sanglot. Il baissa la tête, l'enfouit de nouveau dans ses doigts, et ajouta, la voix tremblante :

— Elizabeth n'était pas morte, elle respirait, j'entends encore son râle dans mes cauchemars. C'était un garçon, un bébé si petit qu'il tenait presque dans ma main, il bougeait à peine. J'ai eu peur, j'ai paniqué, j'aurais voulu dire « je ne comprends pas », mais j'étais déjà seul face à l'horreur, face à l'enfer… seul avec moi-même. Il y avait le sang, il y avait la nuit sous les tremblements des bougies, les cris presque inaudibles de l'enfant, et ma lâcheté.

21

Pendant un moment qui m'a paru une éternité, je suis resté immobile. Timothy s'était cassé en deux, une main serrant son menton et l'autre qui allait et venait compulsivement sur son front. Il a levé enfin la tête, avec un regard d'enfant perdu, et m'a jeté cette question, comme on lance une bouée à la mer :

— Vous auriez fait quoi, à ma place, inspecteur ?

Je n'ai pas répondu, ce n'était pas ce qu'il attendait, et cela n'aurait rien changé. J'ai patienté en silence. Il a inspiré pour se gaver de courage, et il a poursuivi son histoire, d'un seul coup, sans s'arrêter.

— Elizabeth respirait à peine. Le bébé dans ma main était chaud, de cette chaleur qui ne demandait qu'à grandir. Alors, j'ai laissé celle que j'avais tant aimée, j'ai caché le nourrisson sous ma redingote, j'ai pris le premier coche qui passait par là. Je ne savais pas où aller, j'ai dit machinalement : « À la cathédrale Saint-Paul ! » Lorsque nous étions enfants, Rebecca nous y emmenait. Elle venait implorer le ciel, disait-elle, pour qu'il tienne uni à jamais le clan des O'Brianey. L'endroit m'avait toujours plu, l'odeur de l'encens, l'écho des pas sur les dalles de pierre, l'ombre des voix murmurées, le chuchotement des pages des missels… Je m'y sentais bien. Les portes de la cathédrale étaient grandes ouvertes, quelques cierges brûlaient encore, une vieille dame récitait des psaumes, agenouillée dans l'allée face au chœur. J'ai pensé abandonner là l'enfant, j'étais certain qu'une âme charitable le récupérerait, mais je n'étais pas seul dans l'église, il y avait la vieille dame qui priait. J'ai attendu, le regard rivé sur la croix qui surplombait l'autel. J'aurais voulu prier, demander le pardon, mais mon esprit n'était que stupeur. Le bébé s'est mis à gémir, la dame s'est retournée. À mon regard affolé, elle a tout de suite compris. Elle s'est relevée avec peine, s'est signée, et s'est approchée de moi tout doucement. Je n'ai pas osé bouger quand elle a écarté un pan de mon manteau. Elle a simplement dit : « Si on ne le met pas au chaud, il va mourir. Venez avec moi. » Je l'ai suivie, elle habitait derrière le presbytère. Elle y travaillait comme domestique bénévole et cuisinière, pour le bien-être des prêtres. Elle s'est emparée de l'enfantelet, l'a emmitouflé dans un châle de laine et l'a glissé dans une petite boîte à chapeau qu'elle a posée près du poêle. Elle ne me demanda rien, ni mon nom, ni d'où venait le nourrisson. J'ai voulu la remercier, mais elle refusa l'argent que je lui proposai. Elle a juste murmuré d'une voix timide : « Allez-vous revenir ? » Je ne suis pas parvenu à répondre, je lui ai renvoyé un sourire triste, et je me suis enfui. Je devais retourner voir Elizabeth, tenter de la sauver à son tour.

Sa voix n'était plus qu'un chuchotement, la supplication de celui qui se repent. Je n'ai pas voulu qu'il détaille plus son histoire et j'ai souhaité abréger ses souffrances par une simple question. Une de celles qui ne demandent qu'un oui ou un non. Mais il avait besoin de parler.

— Il était trop tard, n'est-ce pas ?

— Oui, quand je me suis penché sur son corps, la fièvre avait disparu, le froid l'avait engloutie. Je ne suis pas parvenu à pleurer, pourtant je l'aimais plus que tout au monde. J'ai fouillé la cave. J'ai trouvé un sac de jute qui avait dû contenir des pommes de terre, je l'ai ouvert en deux avec mon couteau ensanglanté que Rebecca avait laissé sur le sol et je l'ai enroulé autour de son enveloppe décharnée. Il faisait déjà nuit, une nuit de printemps clémente où le ciel étoilé nous rappelle l'insignifiance de nos vies, quand la lune pâle se lamente dans le reflet de flaques boueuses. Je sentais à peine son poids dans mes bras. Je n'ai croisé que des ivrognes, des malheureux, des âmes perdues. Personne ne m'a rien demandé ; la mort dans les bas-fonds, ça fait partie de la vie. J'ai avancé au hasard des ruelles, puis des rues, et je me suis retrouvé près du cimetière de Sainte-Marie, dans le quartier de Kensal Green. J'ai compris que j'étais arrivé là où elle devait être. Je suis entré et, tout au bout de la première allée que j'ai empruntée, j'ai vu un tas de terre, et à côté un trou béant. J'ai déposé Elizabeth sur l'herbe fraîche, je suis descendu dans la tombe, et j'ai creusé. Pendant une heure, moi l'homme maudit, j'ai planté mon couteau avec rage et désespoir dans ce sol béni. Mille fois, j'ai murmuré son nom, mille fois je lui ai demandé pardon. Mes doigts engourdis ont raclé le fond, jeté par poignées cette terre froide et noire. Enfin, les ongles ensanglantés, j'ai allongé Elizabeth dans sa dernière demeure. J'ai tiré sur la chaîne autour de mon cou, et l'ai glissée dans sa main qui semblait vouloir me saisir, s'agripper à moi. C'était mon dernier cadeau. L'ombre de la mort plana un instant sur son visage sculpté par la peur, je ne la reconnaissais plus. Je l'ai recouverte de la toile de jute, pour la cacher, la préserver. L'ensevelir fut une torture qui dura une heure au moins, je dus la piétiner pour rendre la terre aussi dure qu'à mon arrivée et chaque coup de semelle m'arracha une larme. Je ne suis pas rentré chez Rebecca cette nuit-là, ni la nuit suivante. J'ai traîné dans les mauvais quartiers, j'ai bu à en oublier mon nom. Je suis retourné chez Rebecca le troisième jour, vidé de mon âme, sans plus une larme pour mourir de chagrin. Elle m'attendait, le regard sombre, elle ne m'a rien demandé, et nous avons repris le cours de nos vies, comme si rien ne s'était jamais passé.

Timothy s'était affaissé, il ne restait rien de la splendeur et de la force naturelle de l'homme. Il était vidé, comme l'ombre de lui-même.

— Vous avez eu des nouvelles de l'enfant ?

— Seulement cinq ans plus tard. La dame m'a tout de suite reconnu, le garçon était assis dans un coin de la cuisine et mâchouillait un croûton de pain. Il avait les yeux de sa mère, grands, lumineux, sauvages. On l'avait appelé David, parce qu'il était né un 1er mars. Le petit David March faisait la fierte de la maison et du presbytère. Je lus, sur le visage de la femme, la crainte que je le reprenne. Mais je n'en eus jamais le courage ni l'ombre de la volonté. Je leur rends visite tous les quinze jours. Elle refuse mon argent, je donne à la paroisse presque tout ce que j'ai.

— Votre mère ne connaît pas l'existence de cet enfant, n'est-ce pas ?

Il pivota la tête de droite à gauche, mécaniquement.

— Non, je ne le lui ai jamais avoué, et elle n'a jamais posé la question, ni concernant Elizabeth. Elle me croit si naïf et faible d'esprit qu'elle est persuadée que je les ai tués tous les deux. Je me rends compte aujourd'hui que c'est une femme sans cœur, qui ne souhaitait qu'une chose, devenir une dame, ou y parvenir à travers Elizabeth.

— Je pense que cela suffit pour le moment, Timothy. Il vous reste du tabac ?

— Oui, je vous remercie. Vous allez me jeter en prison, c'est ça ?

— Je n'ai pas ce pouvoir, ce sera à la justice d'en décider, mais cette enquête est si singulière que je ne sais que vous répondre. Je vous fais raccompagner.

Il se leva, me salua en hochant la tête et me remercia.

Je m'affalai dans mon fauteuil. L'homme me remerciait… alors que je venais de dévoiler un pan de sa vie des plus sombres et macabres. Fallait-il que le poids du secret soit lourd, pour qu'il en arrive là ?

22

Jacques se lève et va dans la cuisine. Il propose à sa femme de l'aider à préparer le repas, elle lui adresse un sourire de remerciement un peu moqueur.

— Mets plutôt la table ! Je n'aime pas t'avoir dans les pattes, tu sais bien.

— C'est pour ça que je demande, dit-il en riant. C'est bizarre quand même !

— Qu'est-ce qui est bizarre ?

— Je ne te parle pas de tout ça, tu m'as dit que tu ne voulais rien savoir. Mais Aude depuis trois jours enregistre sa traduction pour perdre moins de temps. Elle m'envoie par mail un enregistrement et j'écoute maintenant ces mémoires. Je trouve d'ailleurs qu'elle va super vite. Mais ce n'est pas le sujet ! Hier, en écoutant sa traduction, j'ai eu l'impression d'entendre une voix d'homme en arrière-plan.

— Ça doit être le fantôme qui s'en mêle.

— Ne plaisante pas, je t'assure, c'est vrai.

— La télévision, ou la radio, ça parle aussi, gros bêta !

— Non, je te jure, c'était une voix d'homme, j'en suis persuadé.

Mireille pose sa cuillère en bois sur le bord de l'évier, et pivote vers son mari, l'air gêné.

— Écoute, je ne voulais pas t'en parler tout de suite, parce qu'elle m'a demandé d'attendre, mais effectivement, Aude a rencontré quelqu'un. Et c'est sans doute lui que tu as dû entendre.

Jacques, d'un geste mal assuré, pose les assiettes sur la table. Troublé.

— Pardon ? Mais pourquoi elle ne m'a rien dit ?

— Tu sais bien que la rupture avec son ex l'a affligée, elle a peur de nous présenter quelqu'un sans être certaine de sa relation. Ne t'inquiète pas, elle m'en a parlé du bout des lèvres, et je ne l'ai toujours pas vu, si cela peut te rassurer. Allez, oublie ça et termine de mettre la table !

Jacques n'en revient pas, agacé de ne pas avoir été mis dans la confidence. Sa fille et lui sont complices depuis toujours. C'est à lui qu'elle a parlé de son premier amoureux quand elle était à l'école maternelle. C'est lui qui lui a appris à rouler à vélo. Les lectures le soir, au coucher, lui encore. Il ne desserre pas les dents de tout le repas et ressasse ce qu'il prend pour un désaveu.

Aude fut une enfant facile, mais son statut de fille unique lui avait pesé à l'adolescence. Cette période avait été difficile pour elle, même si son père avait tenté de se comporter en ami plus que de raison. Elle avait refusé ce rôle qu'il jouait mal, s'était même un temps détachée de lui pour se rapprocher de sa mère. Il était des secrets que l'on ne se livrait qu'entre femmes. Jacques avait mal vécu cela, et il ressentait aujourd'hui un peu la même chose.

Avec le temps, son diplôme en poche, des rêves plein

la tête, et les encouragements de son père, Aude avait tissé de nouveau des liens forts avec lui. Ce dernier lui accordait toute sa confiance et l'avait prouvé en l'aidant quand elle avait souhaité vivre en Angleterre. Se remémorer tout cela adoucit un peu son amertume, et il sortit de son mutisme pour féliciter sa femme sur la qualité du repas.

Une heure plus tard, il reçoit un message de sa fille, un petit mot affectueux et le fichier audio en pièce jointe. Il met ses écouteurs et lance le lecteur audio.

J'étais absorbé dans mes pensées quand un soldat frappa à la porte et entra. Il m'annonça que le repas m'attendait au mess. Je déclinai l'invitation et lui demandai de reprendre la liqueur et les verres.

L'appétit n'y était vraiment pas. Cette enquête prenait une tournure plus qu'inattendue, et je n'étais pas du genre à apprécier les surprises. Avant toute chose, il fallait contrôler les déclarations de Timothy. Malgré l'heure avancée, j'ai chargé une équipe d'aller à l'église Sainte-Marie vérifier si ce bébé, le nommé David March, existait vraiment, s'il vivait toujours là, et interroger cette femme censée l'avoir recueilli.

Il ne me restait que quelques jours pour dénouer cette histoire et tout me semblait chaotique. J'enquêtais sur un pseudo-scandale à venir et tout ce que je découvrais m'inquiétait, comme si on avait voulu m'orienter vers une piste que je n'avais pas choisie. Ce qui me troublait le plus, et au point de faire vaciller mes convictions, c'était ce sentiment de pitié et de sympathie que j'éprouvais pour Timothy. Jamais, au grand jamais, je n'avais ressenti cela, moi, l'homme qui vouait sa vie à la justice, qui croyait aux valeurs d'honnêteté, de probité, de loyauté, et surtout d'impartialité. Je doutais. Je doutais, et cela ne m'était jamais arrivé.

J'avais dédié toute ma vie, tout sacrifié, et d'abord mon désir de fonder une famille, pour protéger la ville, la Couronne, la Justice. Et pour la première fois de ma carrière de policier, je me posais des questions sur ma mission, je remettais en cause le bien-fondé de tout ce que j'avais fait.

J'en étais à me demander s'il ne valait pas mieux éviter de partager les aveux de Timothy avec mon équipe. Au moins dans leur intégralité. Après tout, les faits remontaient à plus de vingt ans. Rebecca, même si son acte était abject, avait ouvert l'abdomen de sa fille pour sauver l'enfant. Timothy s'était efforcé de protéger ce petit homme, et n'avait fait que dissimuler un corps. Certes, sa mère avait choisi de les faire disparaître, et c'était bien là ce qui me gênait le plus. Tout ce que Timothy venait de me confier n'avait rien à voir avec l'objectif de cette enquête. Tout au plus, je pouvais m'en servir pour aller plus loin, comme un bras de levier pour soulever cette lourde chape de secrets qui pesait sur cette étrange famille Brianey.

Je finis par prendre ma décision, je ne mentionnerais pas les détails morbides de cette éventration ni de la disparition d'Elizabeth. Je pourrais toujours l'évoquer plus tard, si besoin. Il n'existait aucune trace de ces aveux, si ce n'était mon carnet, et je le gardais avec moi. Il me fallait avancer plus vite, j'avais cette fois les arguments pour que Rebecca m'en dise plus.

Vers dix heures, la pluie filtra la lumière des lampadaires que j'apercevais depuis ma fenêtre, l'équipe mandatée rentra et me fit un point. David March existait bien, et vivait toujours au même endroit. La dame qui l'avait recueilli avait refusé de livrer les conditions qui l'avaient amenée à s'occuper de l'enfant. Elle avait répondu que cela ne regardait que le Bon Dieu et elle-même. David était âgé de vingt-quatre ans, il travaillait comme bedeau et se vouait à entrer dans les ordres. Il passait le plus clair de son temps à l'église, sonnait les cloches, récoltait les dons des paroissiens, et exerçait aussi le métier occasionnel et fastidieux de fossoyeur.

Je décidai de rentrer dormir chez moi, il me fallait une bonne nuit de sommeil pour récupérer de la précédente. Pris d'une impulsion, j'ai décidé de détourner le cocher et de lui demander de passer par Whitechapel, ce qui l'obligeait à un détour de vingt minutes. Il me répondit avec une courtoisie ferme que c'était impossible. Ses joues rougies et son nez déformé par l'alcool m'invitèrent à lui proposer un supplément à la course. Il sourit, souleva son haut-de-forme et changea de direction.

Arrivé à Fenchurch Street, il ralentit et me demanda à quel endroit je voulais me rendre exactement, si j'avais l'adresse d'une maison particulière. Sa question ne me plut pas, mais je ne lui en tins pas rigueur, et lui demandai de traverser les rues les plus pauvres.

Malgré l'heure tardive, cela grouillait de toute part. On disait que Londres ne s'endormait jamais, et c'était particulièrement vrai ici. Puis, les lampadaires se firent plus rares, les pavés descellés, les ruisseaux plus larges, les indigents sans toit plus nombreux. Là où d'autres voyaient une décadence, ce que j'avais souvent cru, je voyais désormais les ravages de la pauvreté. Le fiacre me déposa chez moi un peu avant minuit.

23

Je m'étais levé très tôt. Le brouillard habillait la capitale de son voile gris et recouvrait la Tamise d'un épais manteau. J'avais décidé de ne pas perdre un instant. Une heure plus tard, j'ai réuni les quatre inspecteurs autour d'un thé dans la salle de travail et j'ai réparti les rôles. Deux d'entre eux m'accompagneraient avec miss Brianey pour procéder à une perquisition de ses appartements.

Je chargeai Howard d'entendre de nouveau Myrtle. Elle avait coopéré la veille, et pourrait sans doute nous fournir d'autres détails précieux. J'insistai sur le fait qu'elle approchait des soixante-quinze ans et que lui et son coéquipier devaient la traiter avec toute la déférence due à son âge. J'ajoutai avec un sourire qu'il fallait lui refuser toute demande d'alcool.

Vers neuf heures et demie, nous sommes partis pour le 34 Red Lion Street, aux abords des beaux quartiers de Londres. Miss Brianey semblait nerveuse, elle s'inquiétait. Non pas de la perquisition, mais de rentrer chez elle escortée de trois hommes qu'on devinait au premier coup d'œil appartenir à la police. Elle avait construit, pierre après pierre, une réputation et craignait de la voir s'effondrer. Elle me supplia de faire preuve de la plus grande discrétion.

Par chance pour elle, à cette heure matinale, l'immeuble somnolait encore. Rebecca vivait au premier étage. Nous avons été accueillis par une dame aux joues fraîches et au regard bienveillant. Elle s'inquiéta aussitôt de la santé de sa maîtresse, et comprit vite de quoi il retournait. L'appartement était richement meublé, tentures aux murs, tapis d'Orient dans le salon. Miss Brianey ne manquait pas d'argent et aimait le montrer. Nous sommes d'abord allés dans son bureau, la fouille se déroula sans effusion, et ne livra pas la moindre information. Puis nous sommes passés à sa chambre, au bout d'un long couloir. Elle donnait sur deux rues différentes et, dans l'une d'elles, on apercevait le parc du square tout proche. Miss Brianey en profita pour récupérer quelques effets, et demanda à pouvoir utiliser sa salle de bains, ce que je lui accordai sans hésiter.

Nous avons ouvert tout ce qui pouvait ressembler à un tiroir, un coffre, mais n'avons rien découvert d'intéressant. Vers onze heures trente, retour vers la caserne sans le moindre début d'indice d'un contact avec un quelconque journal ou avec un journaliste.

Le trafic incessant à cette heure nous retarda. Nous sommes arrivés un peu avant une heure. J'invitai mes coéquipiers, William et Christopher, à raccompagner miss Brianey à sa geôle. Quant à moi, je retournai directement à mon bureau.

Cette expédition dans les quartiers de Rebecca n'avait rien donné et je ne comptais pas perdre une minute de plus. Je hélai le soldat en faction dans le couloir et lui demandai de m'amener Timothy.

Après quelques minutes d'attente, il revint seul.

— Veuillez m'excuser, monsieur, mais le détenu n'est pas en état de se déplacer. Il semble fort mal en point.

— Pardon ?

— Je vous répète ce que m'a dit le geôlier, monsieur. Il m'a précisé que vous deviez en connaître la raison.

Je me levai d'un bond.

— Je ne comprends rien à ce que vous me chantez, soldat. Restez là !

Le pas déterminé, je me rendis jusqu'au bout de l'aile. Le caporal se redressa, se mit au garde-à-vous, me salua.

— Qu'est-ce que c'est que cette histoire ? Le détenu ne peut pas se déplacer ? Que lui est-il arrivé ?

— Je vous prie de m'excuser, monsieur, mais vous devez le savoir mieux que moi.

— Cessez ces balivernes ! Ouvrez !

Il inséra la clé rouillée, et manipula la porte. Je me glissai dans la pièce. Timothy était allongé sur son lit. Il respirait de façon bruyante. Je me penchai sur lui.

— Timothy ? Que se passe-t-il ? Vous vous sentez mal ? Ne vous mettez pas dans un état pareil.

Il ne répondit pas. J'ai murmuré :

— Vous savez, je n'ai rien dit au sujet d'Elizabeth, vous ne craignez rien !

Timothy tenta de se retourner. Il gémissait comme un chiot que sa mère vient de délaisser. Quand enfin il pivota vers moi, j'aperçus le côté gauche de son visage. Mon sang ne fit qu'un tour. Son œil était tuméfié, l'arcade sourcilière bâillait et saignait encore, la pommette avait doublé de volume. J'ordonnai au garde dans un cri de rage :

— Allez chercher un médecin !

— Oui, monsieur !

— Et qu'il vienne tout de suite, c'est urgent !

Timothy tenta de se retourner complètement, mais chaque mouvement lui arrachait un râle.

— Mais que vous est-il arrivé ? Qui a fait ça ?

Le visage du pauvre homme était méconnaissable.

Le souvenir de la discussion avec l'émissaire de la Couronne et la force dont il suggérait l'usage pendant les interrogatoires me revinrent à l'esprit. Ce n'était pas cela, cela ne pouvait pas être cela.

Timothy essayait de me parler, mais je ne comprenais rien à ses gargouillis. Enfin, le médecin arriva. Il posa sa sacoche de cuir à mes pieds, se pencha sur le blessé, et s'écria :

— Grand Dieu, mais comment pouvez-vous faire des choses pareilles ? Regardez ce pauvre garçon, vous devriez avoir honte !

Je ne répondis pas. La rage qui se mélangeait au déshonneur, aux remords de ne pas avoir pensé que cela pouvait survenir, m'en empêcha.

— J'ai besoin d'une bassine d'eau… Allez me chercher ça, et de l'alcool aussi. Ce que vous avez de plus fort.

Je m'étais écarté pour laisser l'homme de science à son aise. Il se retourna vers moi.

— S'il ne perd pas son œil, c'est un miracle.

— Agissez pour le mieux, docteur, et si son état nécessite une hospitalisation, n'hésitez pas !

— Nous avons tout ce qu'il faut ici.

Il s'arrêta un instant, me détailla de pied en cap.

— Ce n'est pas vous, n'est-ce pas ?

— Non, mais je vais trouver qui a fait ça, croyez-moi.

Le praticien avait sorti une seringue et avait piqué le bras de Timothy.

— Il s'agit d'un analgésique très puissant, vous devriez moins souffrir, lança-t-il à son patient.

Il se tourna de nouveau vers moi.

— Regardez sa main !

Les traces de violence sur les doigts et le dessus de la main dépassaient l'entendement, plusieurs phalanges semblaient brisées. J'eus un haut-le-cœur.

Le soldat arriva et déposa une large bassine d'eau près du médecin ainsi qu'une bouteille d'eau-de-vie. Je le saisis par le bras et sortis avec lui. Je l'écartai un peu de la porte et lui demandai à voix basse :

— Qui l'a ramené à sa geôle ?

— Votre collègue, le jeune Howard, et son ami.

Je crus défaillir tant la colère m'étreignait. Je serrai les poings.

— Surveillez le prisonnier, que personne ne s'approche de lui, sauf les personnes du corps médical, Christopher, William et moi. Vous m'avez bien compris ? Il y va de votre vie !

Le soldat blêmit.

— Oui, monsieur.

Je me précipitai jusqu'à la geôle de Myrtle. Le garde me confirma que personne n'était venu la chercher et qu'elle allait pour le mieux.

24

Je me suis rué jusqu'à la salle de réunion. Howard discutait avec William et Christopher. Son camarade, Milton, me vit entrer le premier, et il me désigna du menton à Howard qui se retourna aussi vite que l'éclair en pointant son index vers moi, bras tendu.

— Calmez-vous ! Je vous en prie, maîtrisez-vous ! Ne commettez pas l'irréparable !

Christopher se jeta sur moi pour s'interposer.

— Grand Dieu, Wallace, écoutez-le !

— Je vais le massacrer ! Comment a-t-il pu faire une chose pareille ?

William se joignit à lui et tenta de me retenir à son tour. Howard recula d'un pas, méfiant, et me hurla d'une voix qui se voulait ferme, mais transpirait la peur :

— Calmez-vous ou je vous fais arrêter ! Je suis le nouveau responsable de cette unité, vous avez été destitué, limogé, et ce, sur ordre du conseiller auprès de la famille royale. Je suis le directeur d'enquête. Vous entendez ! Je commande ce groupe désormais !

Les bras m'en tombaient, mais cela n'enleva rien à la haine que je ressentais. Bien au contraire, la rage s'enracinait en moi. Il fallait que je me calme. Je hurlai le trop-plein de fureur :

— Tu n'es qu'un immonde fils de pleutre, un infâme bourreau, un couard sans honneur !

Après de longues minutes, mes amis parvinrent à me contrôler. Je fis mine de recouvrer mes esprits. Mais mon cœur s'affolait, nourri par la hargne et l'envie d'en découdre avec ce vaurien.

— C'est bon ! Je vous assure, je vais mieux.

Mes camarades relâchèrent leur étreinte et, voyant que je ne cherchais plus à frapper Howard, ils me laissèrent enfin libre de mes mouvements.

Il s'était positionné en retrait, derrière un bureau, son sbire à ses côtés. Je l'interpellai :

— Expliquez-vous, si vous en avez le courage !

Ses mains agrippèrent le dossier du fauteuil face à lui, pour se donner une contenance ou peut-être se protéger.

— L'émissaire est venu ce matin, juste après votre départ, il voulait s'entretenir avec vous, mais comme vous étiez absent… il m'a informé de l'urgence de l'enquête, et des dangers qui pesaient sur la Couronne.

— Et il t'a dit qu'il fallait aller plus vite, et que pour ça tout était permis, même la torture ?

Les regards de toute l'équipe se posèrent sur lui, il hésita un instant avant de répondre.

— En quelque sorte.

Je me contrôlais à grand-peine.

— Ne t'a-t-il pas précisé que je m'y étais opposé, et qu'il m'avait laissé cinq… fichus… de morbleu… de jours, avant d'en arriver là !

— Non monsieur, il ne m'a pas parlé de délai. Il m'a simplement dit que vous ne vous montriez pas assez amoureux de notre pays pour vous plier à cette… technique d'interrogatoire.

— Technique ! Et donc, il t'a promis ma place si toi, tu te soumettais à cette monstruosité, c'est ça ?

Il ne répondit pas. Les autres le regardaient, incrédules, horrifiés. Je serrai les dents.

— Est-ce que ça t'a plu de lui broyer les doigts ? De le défigurer ? De l'humilier ?

— Non ! Pour qui me prenez-vous ? Mais il faut savoir se dépasser pour protéger notre mère patrie. Vous semblez ne pas en être conscient, ni avoir la hauteur et la grandeur suffisantes pour aller au-delà de vos limites.

— Très bien, Howard, je suppose que ton acolyte était avec toi, et qu'il s'est permis de se salir les mains au nom de la vérité… Qu'avez-vous donc appris grâce à cette précieuse technique barbare ?

Le silence plana, lourd, un malaise qui dégageait une odeur nauséabonde de culpabilité indicible. Ce fut Milton qui s'exprima, la voix empreinte de regrets.

— Il se fichait de nous… Il ne nous répondait qu'une seule et même chose… Toujours la même.

Je l'interrompis.

— « Je ne comprends pas ! » C'est ça ?

— Oui, monsieur.

J'avais l'estomac noué. Les poings serrés, les phalanges douloureuses.

— Quelle tristesse, quelle ignominie, vous me dégoûtez, Howard, et vous ne méritez pas mieux, Milton !

Je sortis mon gant qui pendait à ma ceinture, crachai dessus avec force et le lançai au visage de ce jeune arriviste d'Howard.

— Que la honte retombe sur vous ! Je vous maudis et

vous défie en duel ! Vos armes seront les miennes. Celui qui se relèvera commandera ce groupe.

Christopher tenta de me dissuader, mais les dés étaient jetés. Je réclamai sa présence ainsi que celle de William comme témoins, ils acceptèrent.

— Je sais que vous êtes un épéiste réputé, me dit Howard, je choisis donc les pistolets, qui me sont plus familiers. Je pense que le plus tôt sera le mieux. Que diriez-vous de nous retrouver dans le parc de la caserne bien avant le coucher du soleil ? Six heures ? J'ai hâte de laver cet affront et de vous renvoyer dans vos appartements.

— Très bien ! En attendant, tu n'approches pas les prisonniers, sinon il faudra me passer sur le corps ! C'est bien compris ?

— Je ne suis pas à quelques heures près. Allez, viens Milton, allons nous préparer et commander un médecin ou, mieux, un corbillard pour ce cher Wallace.

À peine furent-ils sortis que Christopher, inquiet, me mit en garde.

— Un duel ! Avec Howard, bonté divine ! Vous ne vous rendez pas compte à qui vous allez vous mesurer. En avez-vous idée, mon ami ?

— Non, mais peu m'importe.

Je m'étais laissé tomber sur un fauteuil, vaincu par le sentiment de haine qui m'envahissait. Christopher sortit le premier de son silence.

— Wallace, avez-vous déjà combattu en duel ?

— Non, jamais, Chris ! Je suis un galant homme et personne n'a jamais eu à me reprocher mon attitude. Vous m'en voyez navré.

— Ce n'est pas ce que je voulais dire. Le fait est que votre opposant, de dix ans votre cadet, est une gâchette réputée. Nombreux sont ceux qui ont mordu la poussière face à lui. C'est un habitué des duels. Ne le saviez-vous pas ?

— Non, je l'ignorais. Nous ne sommes pas intimes, comme vous le savez. Mais je vous l'ai dit, peu m'importe, je n'ai pas d'autre choix si je veux éviter qu'ils ne recourent de nouveau à la torture. Mes entrailles se nouent à cette pensée, mon cœur s'affole, vous devriez voir ce qu'ils ont fait à ce pauvre homme !

— Je suis d'accord avec vous, l'idée m'est insupportable. Sans doute lui a-t-on promis une belle promotion, quelque monnaie trébuchante. Je sais qu'il aime le jeu… Peut-être a-t-il des dettes ? Mais cela ne l'excuse en rien, je n'en reviens pas qu'il se soit plié à une telle vilenie.

— La jeunesse se montre parfois dangereuse, elle ne souffre que peu les valeurs qui sont les nôtres. Jamais de tels actes abjects n'ont eu cours à Scotland Yard ! Jamais !

— Je sais, mon ami. Je sais.

Il posa sa main sur mon épaule, grimaça et chuchota :

— Je ne mets pas en doute votre habileté au pistolet, mais les duels ont ceci de particulier que seul celui qui garde son sang-froid l'emporte. Vous avoir vu sortir de vos gonds, jurer, comme jamais je ne l'avais entendu auparavant m'inquiète. Saurez-vous dominer cette hargne qu'on sent en vous ? Je vous en prie, prenez garde, il pourrait se montrer fourbe. Vous pouvez vous fier à William comme à moi-même, nous vous servirons au mieux, et veillerons à ce que tout se déroule dans le respect du protocole.

Je suis retourné dans mon bureau après m'être assuré que les détenus ne seraient plus approchés par Howard. J'avais fait appeler Christopher à mes côtés et nous avons rendu visite à Timothy. Les premiers soins du médecin-colonel lui donnaient visage plus humain, mais son état nécessitait une surveillance pendant au moins deux ou trois jours.

En sortant, j'ai demandé à mon ami de me suivre afin de discuter de petites choses que je voulais mettre au point avant le duel. Tout cela pouvait mal finir, et il fallait que je lui livre mes dernières recommandations.

25

Vers cinq heures, Christopher vint me chercher. J'avais rangé mon bureau, récupéré mes notes et les lui remis soigneusement. Elles ne devaient surtout pas tomber entre d'autres mains.

Nous sommes allés jusqu'au parc voisin, où William nous attendait ; il s'était chargé de vérifier la bonne tenue du duel. Quand je me présentai dans la clairière choisie par les témoins, Milton se trouvait déjà là, avec l'outragé et un enquêteur de Scotland Yard que je ne connaissais que de vue. Un quatrième homme, que j'identifiai comme leur médecin, patientait à leurs côtés, une sacoche à la main.

Nous rejoignîmes William, qui me présenta Mr Winterfield. Il avait servi en tant que chirurgien dans les campagnes de l'armée anglaise, et était habitué aux blessures par balles. William me sourit, mais je le sentis préoccupé.

— Rassurez-vous, tout va bien se passer.

Deux arbitres furent désignés, Christopher et Milton. Les pourparlers entre les deux parties furent rédigés avec clarté. Le duel se déroulerait entre gentilshommes et ne serait pas à outrance. Les tirs à la tête étaient donc prohibés. Une distance de douze pas depuis la position de départ, dos à dos, était exigée. Deux tirs au maximum étaient autorisés. En cas de blessure, le médecin pourrait mettre fin au duel. Le vainqueur laverait son honneur et deviendrait le responsable de l'équipe désignée pour l'enquête ; le perdant s'en verrait exclu.

Milton me fit avancer face à mon opposant, il leva une mallette en cuir qu'il ouvrit devant nous.

— Howard a décidé que vous aviez le choix du pistolet. Ce coffret est neuf, il s'agit de deux armes identiques de la marque James Purdey. Elles sont chargées et ont été vérifiées par chacun des juges.

J'hésitai, même si cela ne servait à rien.

— Je les ai fait acheter tout exprès, précisa Howard. On raconte que la reine Victoria s'est offert le même coffret. Cela m'a coûté une fortune, mais je voulais ce qu'il y avait de mieux en votre honneur... Vous le méritez, cher Wallace !

Je ne répondis pas à la provocation, et gardai mon calme. Je me saisis du premier pistolet, et reculai d'un pas.

Le soleil, en cette fin d'après-midi, chauffait comme aux plus beaux jours de juillet. Le vent léger, chargé des pollens de saison, ondulait sous les arbres. Je glissai le pistolet dans ma ceinture et me défis de ma redingote, faisant fi de la bienséance. William se rua à mes côtés et, tentant de m'en dissuader, me murmura à l'oreille :

— Monsieur, c'est une petite protection, mais elle pourrait vous sauver la vie.

— Je tiens à rester à mon aise, mais je vous remercie.

Il sortit une flasque d'argent de sa veste et voulut la ranger dans ma poche-poitrine. Je refusai. Il insista :

— Monsieur, je vous en conjure, tous les duellistes agissent de la sorte. Elle vous protégera. Elle me vient de mon aïeul. Je vous en supplie, au nom de notre amitié !

Il n'attendit pas mon refus, et la cala avec soin dans la poche-poitrine de mon gilet de tweed. Howard semblait impatient.

— Y aurait-il le moindre dérangement ? Une hésitation ?

— Aucunement, répondit mon ami à mes côtés.

Nous nous mîmes dos à dos, je le sentis se plaquer avec fermeté contre moi. L'homme était grand et maigre, ce qui ajouterait à la difficulté. J'étais plus musclé, il avait cet avantage indéniable sur moi, je faisais une meilleure cible. Mon cœur martela mes tempes, le coude plié, l'arme verticale, mes doigts se crispèrent sur la crosse de bois précieux.

— Messieurs, soyez dignes, lança une voix. Avancez de douze pas !

Un, deux, trois, quatre, chacun de mes pas était un peu plus lourd. J'appréhendais le suivant, peut-être me conduisait-il à la mort ? Je devais me concentrer, mais la peur gagnait du terrain. Six pas, ma bouche s'assécha. Sept, ma main se mit à trembler, un frisson me saisit. Huit, mon regard se brouilla. Neuf, je peinais à respirer. Dix, la chaleur brûlait mon front. Onze, pourquoi ? Douze, je m'arrêtai, pivotai et me retrouvai face à Howard, il était planté à quelques pieds, le bras tendu, de profil face à moi. Dans un geste lent, je baissai mon avant-bras, bloquai ma respiration, mon sang se figea… Le doigt sur la détente, sans à-coup, ne pas frémir, viser, appuyer.

Une détonation, un nuage de fumée, puis l'odeur de poudre qui me piqua le nez. La brise qui balayait la clairière dissipa les silhouettes bleuâtres et je le découvris ; il était face à moi, toujours debout… Des taches noires troublèrent ma vue, puis la douleur, la brûlure, la morsure à l'épaule droite, ou le torse, ou la tête, je ne sentis bientôt plus rien que cette brûlante morsure, et m'effondrai sur le sol.

26

Je repris connaissance les jambes étendues dans l'herbe, le dos appuyé contre un arbre à l'écorce inhospitalière. Les rayons du soleil, qui se faufilaient à travers le feuillage du tilleul, m'éblouissaient. Une ombre brisa cet instant étrange et se posa sur moi.

— Ne bougez pas, Wallace, tenez votre main sur cette gaze le temps que je termine le bandage.

La douleur que je ressentais se situait sur toute la partie droite de mon torse. Je m'inquiétai, mais pour une tout autre raison.

— Je l'ai touché ?

— Non, il ne me semble pas.

— Et pour moi, c'est grave ?

— Vous perdez beaucoup de sang, mais c'est sous votre clavicule, aucun organe vital ne semble atteint, je crains une hémorragie, il faut vous emmener.

Je tournai la tête et devinai dans un halo de cristal la silhouette de Christopher.

— Christopher ?

— Oui, je suis là, ne dites rien, je m'occupe de tout. J'ai fait appeler un fiacre, le médecin dit qu'il faut que l'on vous conduise à Sainte-Marie, William et moi vous accompagnerons. Je vais saluer le vainqueur, l'informer de votre état et lui dire que vous ne reprendrez pas le combat.

Je voulus ajouter un mot, mais il s'était déjà éclipsé, une bouffée de chaleur m'emporta de nouveau.

J'étais revenu à moi, dans la douleur, sous les soubresauts du fiacre qui cahotait et gémissait à chaque pavé manquant. William, le docteur et Christopher étaient du voyage. Je questionnai :

— Nous nous rendons bien à l'endroit que je vous ai désigné, Christopher ?

— Oui, ne vous inquiétez pas, tout est en ordre comme vous l'avez exigé, mais je crains pour votre santé. Quand donc, Wallace, serez-vous doué de raison ?

— Ne vous tourmentez pas de la sorte, mon généreux ami, le chirurgien va me raccommoder. N'est-ce pas, docteur ?

L'homme enleva ses lunettes un court instant pour mieux me dévisager. Ses sourcils en broussaille se joignirent dans un mouvement de reproche.

— Je vais faire de mon mieux, mais l'idéal aurait été de vous conduire à mon cabinet, ou de préférence à l'hôpital.

— C'est hors de question, docteur, faites pour le mieux, je suis persuadé que vous avez vu bien pire sur les champs de bataille.

— En effet, monsieur, mais je doute que ce soit une raison suffisante. Mes patients me disent têtu, mais vous m'apparaissez pour le moins mon égal, voire mon maître.

Le martèlement des sabots s'arrêta près d'un square quinze minutes plus tard. Il fallait terminer à pied, je doutais de mes forces. L'antalgique que m'avait administré le médecin faisait à peine son effet. Je pris appui sur l'épaule de William et claudiquai sous la douleur. Nous arrivâmes assez vite au logement situé près du presbytère. J'avais demandé à Christopher, au cas où je serais blessé, de contacter la dame qui vivait là. Il l'avait implorée de me recueillir quelques jours moyennant réparation. Elle avait tout d'abord refusé, mais quand il lui avait annoncé que j'étais un ami de Timothy, elle avait changé d'avis. Contrairement à William et Christopher, je n'avais jamais rencontré cette personne. Elle se nommait Mrs Forester. Une femme de taille moyenne qui, d'emblée, me parut familière. Le visage clair comme un matin de mars, quand les dernières gelées habillent les prés. Un regard si limpide qu'on pouvait s'y égarer, et un sourire peint à l'encre de la compassion. Elle m'accueillit comme elle l'aurait fait avec un ami de longue date et me fit installer sur le lit. Malgré mes protestations, elle ne m'écouta pas.

Le médecin alla chercher du fil et une aiguille. La balle était entrée sous la clavicule et était ressortie à gauche de l'omoplate. Mes idées s'embrouillaient. À l'évidence, la drogue qu'il m'avait administrée coulait dans mes veines. La plaie n'était pas si vilaine, il m'en coûterait un jour ou deux de surveillance, de changement de pansements, pour éviter que les chairs ne se nécrosent, et une dizaine d'autres jours pour la cicatrisation.

Je remerciai le médecin qui promit de garder le

silence sur le lieu de ma convalescence. Il ajouta que son vrai nom n'était pas Winterfield, nom inventé par Christopher pour brouiller les pistes, mais Joseph Dunham. Il viendrait en visite demain.

Malgré la douleur, et l'envie de trouver le repos, il me fallait savoir si tout s'était déroulé comme je l'avais prévu, j'interpellai Christopher.

— Êtes-vous parvenu à tout mettre en place, mon ami ?

Il sourit.

— Ne vous inquiétez pas. Vous pouvez être fier de vous, j'aimerais me trouver aux côtés d'Howard quand il s'avisera d'interroger un des suspects et qu'il réalisera qu'ils ont disparu. Mais surtout qu'il a perdu ce duel-là. J'ai fait transférer Timothy comme vous l'avez demandé, il est chez une infirmière tout près d'ici. Le médecin militaire ne voulait pas que nous le transportions, mais j'ai insisté et précisé qu'il serait mieux à l'hôpital Sainte-Marie, comme vous me l'aviez demandé. Ils peuvent toujours le chercher là-bas ! Rebecca et Myrtle sont toutes deux logées dans l'auberge du Coche à deux pas d'ici.

— Sans surveillance !

— Soyez tranquille, je leur ai expliqué que leurs vies étaient en danger, et je crois qu'elles m'ont pris au sérieux. De toute façon, nous les avons enfermées à clé, elles ne peuvent pas sortir, le troisième étage est bien trop haut pour qu'elles tentent quoi que ce soit. Elles bénéficient de tout le confort nécessaire, l'hôtel est de bonne facture. William et moi avons une chambre sur le même palier. Quant à vous, vous resterez aux petits soins de Mrs Forester, elle a insisté pour que vous restiez ici, au moins pour cette nuit.

— Donc, personne ne sait que nous sommes ici ?

— Personne, pas même le coche. D'ailleurs, il venait de la banlieue ouest ; le retrouver sera comme chercher une aiguille dans une botte de foin pour l'équipe d'Howard. Mais permettez-moi une question.

Il prit place sur la chaise près du lit.

— Je vous en prie.

— Vous avez volontairement manqué ce jeune écervelé pendant le duel ?

— C'est une excellente question, mon ami, je vais y réfléchir. Mais ce que je puis vous dire, c'est qu'aux échecs attaquer avec sa reine peut vous donner la victoire, mais qu'aussi, parfois, un simple pion qui se sacrifie peut renverser le cours du jeu. Pour l'heure, rentrez dans vos quartiers vous reposer, et prenez soin de nos prisonnières.

Il se leva, fit quelques pas vers la porte puis pivota avec nervosité. Christopher n'aimait pas les petites phrases énigmatiques que je semais parfois.

— Vous ne pouvez me laisser ainsi dans l'ignorance, Wallace !

— Très bien, mon ami ! William s'est renseigné sur les duels dans lesquels Howard s'est compromis. Il en est toujours sorti vainqueur et, détail important, il n'y a jamais eu mort d'homme. Chaque fois, il a visé et touché l'épaule de son rival, celle qui tenait l'arme. Je me suis donc résolu à me présenter face à lui et à ne pas garder ma redingote. Elle m'a coûté le sou. Êtes-vous satisfait, cher ami ?

— Vous êtes le diable, Wallace !

Mes compagnons me saluèrent et s'éclipsèrent après avoir remercié Mrs Forester. Je ressentis un malaise et dus me confier à elle.

— Je tiens à vous dire que je ne suis pas vraiment l'ami de Timothy.

— Oh, je sais ! dit-elle d'un ton désabusé. Vos amis m'ont expliqué. Si vous êtes assez fou pour défier un homme en duel et risquer votre vie, tout cela afin d'éviter que d'autres soient malmenés, alors vous êtes le bienvenu dans ma maison. Restez tranquille, et reposez-vous un peu.

27

Cette nuit-là, Jacques se réveille plusieurs fois, les nuits de pleine lune ne le laissent jamais tranquille. Il se lève à une heure, puis à deux, se sert un verre d'eau. De la fenêtre de la cuisine, la lune arrose le clocher de l'église. Pas un nuage, la journée du lendemain s'annonce belle.

Il se rase comme chaque matin, mais aujourd'hui ses traits sont tirés. Il déjeune, et se rend au travail.

Peu après midi, son téléphone sonne, « Aude » s'affiche sur l'écran. Quelques politesses et elle en vient aussitôt au but de son appel.

— Papa, j'ai vérifié un peu sur Internet, tout ce que raconte cette histoire, c'est vrai.

— Pourquoi, tu en doutais ?

— En fait, je ne connaissais pas cette période de l'histoire anglaise, mais le choléra, les pauvres, les petites filles, tout ça a existé, et je ne te parle pas de la suite pour te laisser le découvrir par toi-même.

— Surtout, ne me dis rien ! C'est pour ça que tu m'appelles ?

— Oui, ce soir je vais t'envoyer le fichier complet, je suis arrivée au bout des traductions.

— Déjà ! Tu as raté ta vocation… (Jacques se racle la gorge.) Dis, au fait, c'est étrange, par moments j'entends comme quelqu'un derrière toi.

Elle ne répond pas tout de suite.

— Ah bon ?

— Je ne sais pas, on dirait un homme, en plus avec l'accent anglais.

— Oh toi, Papou ! Cette histoire te monte à la tête. Ça doit être la télévision !

Jacques sourit, il ne désire pas brusquer sa fille, elle lui dévoilera la vérité plus tard. Même si, au plus profond de son être, il aurait aimé qu'elle se confie à lui dans l'instant.

— En tout cas, merci, je ne sais pas comment j'aurais pu en arriver là sans toi ! J'ai hâte de découvrir ce qui arrive à ce pauvre Wallace. Au fait, tu me rapportes les documents quand tu veux.

— J'essaierai de passer bientôt, je te laisse, bisous !

Le soir, comme un rituel, Jacques se replonge dans son écoute, intrigué, mais surtout impatient.

Au petit matin, je me suis souvenu des délires qui m'avaient tourmenté pendant mon sommeil, de la fièvre, des cauchemars, mais aussi de cette étoffe imbibée d'eau et de menthe poivrée qui rafraîchissait mes tempes.

Je m'aperçus vite que je me trouvais seul, Mrs Forester avait dû s'absenter pour vaquer à ses occupations. Je suis parvenu à m'asseoir, puis à me lever, la tête embrumée. Dehors, le jour était clair et la vie s'agitait, je m'approchai de la fenêtre, un marché s'était installé sur le parvis de la cathédrale. Les cloches tintèrent à neuf reprises, il fallait que je m'attelle à la tâche.

Une demi-heure plus tard arrivèrent Christopher et William. Ils furent soulagés de me voir debout. William semblait inquiet et je m'enquis de son état. Sa femme ne l'avait pas vu rentrer hier, et il n'avait pas osé la prévenir. Je lui ordonnai de lui faire parvenir une missive au plus tôt, charge à elle de la détruire une fois lue. Il pouvait la rassurer, surtout ne pas lui dire où nous nous trouvions, mais lui préciser que, d'ici quelques jours, il serait de retour chez lui. Au fond de moi, je l'espérais. Je profitai de ce moment pour lui restituer sa flasque, et l'assurai à nouveau de mon amitié.

Christopher, célibataire endurci, se portait comme un charme.

Le médecin se présenta dans l'heure, changea mon pansement. La plaie s'était asséchée, c'était très bon signe. Il m'autorisa à me lever et à me déplacer, mais je devais me ménager.

Nous sommes allés à la taverne qui jouxtait l'hôtel et j'ai dévoré un plat de harengs et quelques pommes de terre. Mes coéquipiers m'avaient obtenu une chambre sur le même palier que les leurs. Elle était un peu plus spacieuse avec un petit bureau sur lequel Christopher avait déposé mes carnets de notes.

Je me suis installé, j'ai fait porter leur repas à nos prisonnières. Ensuite, j'ai demandé que miss Brianey me soit d'abord amenée, dès qu'elle aurait terminé.

Elle se présenta dans une robe d'un bleu nuit du plus bel effet. Le lieu de sa détention étant plus adapté à une dame, elle m'en remercia. Puis, sans détour, elle me questionna sur cette histoire de menaces qui pesaient sur sa vie et sur celle des autres. Je lui avouai du bout des lèvres les mauvais traitements subis par Timothy, sans entrer dans les détails. Ainsi que la volonté de certains enquêteurs d'appliquer les mêmes méthodes pour elle et Myrtle.

— Mais quelle horreur ! Comment est-ce possible ? Dieu ! Vous êtes tombés sur la tête ! Où donc est passée la noblesse de votre profession ?

— Je ne voudrais pas vous froisser, miss Brianey, mais vendre des enfants de treize ans à des hommes sans scrupules, cela ne me paraît pas non plus très noble. Il ne s'agit pas ici de mettre en cause notre métier, mais plutôt la folie d'un seul idiot.

Elle se pinça les lèvres, se redressa, vexée, mais ne répliqua pas. Il n'y avait plus place pour les mondanités, les limiers d'Howard étaient sur nos traces, et le temps était mon pire ennemi. Je ne prenais plus de gants.

— Miss Brianey, je suis au courant pour l'éventration de votre fille Elizabeth, et la naissance du bébé.

Je m'attendais à ce qu'elle perde connaissance, mais ce ne fut pas le cas. Son regard ne lâcha pas le mien, noir comme le jais.

— Si c'était à refaire, je recommencerais. Je n'ai fait que ce que j'estimais légitime.

— Vous avez une définition de la légitimité assez étrange.

— Ne jouez pas sur les mots avec moi, monsieur l'inspecteur, je vous en conjure. Je ne suis pas femme à renier mes actes et je les assume. Je prévoyais pour cette enfant un avenir radieux, j'avais dépensé une fortune pour son éducation, pour faire d'elle une dame du monde, une femme qu'on respecterait, qu'on admirerait. Londres et l'Angleterre font fi de la condition de la femme. Elizabeth disposait de tout ce dont elle avait besoin : les toilettes, les parfums, les meilleurs précepteurs, l'argent, la beauté… Mais cela n'a pas suffi. Il a fallu qu'elle se vautre dans la fange, qu'elle m'humilie, qu'elle me salisse et détruise le fruit du travail de toute une vie. Mille fois, j'ai rêvé qu'elle deviendrait respectable. Elle aurait pu avoir toute la noblesse à ses pieds. Mais elle se droguait, offrait sa vertu à des indigents aux mains sales, pour quelques pence. Ne vous y trompez pas, elle serait morte, que j'intervienne ou non, dans les jours, les semaines, ou les mois suivants. J'ai simplement abrégé ses souffrances, et les miennes.

J'étais saisi par la froideur de ses propos, son manque total de regret ou de culpabilité. Je découvrais une femme sans âme, au regard froid, à la pensée diabolique.

— Savez-vous que, pour un tel acte, vous risquez de vous balancer au bout d'une corde ? Pire ! Vous pourriez entraîner Timothy dans votre sillage !

Elle frissonna.

— Laissez Timothy en dehors de ça !

— Je ne suis pas la justice, mais j'ai tout de même l'habitude des verdicts qu'elle rend. Sa participation, son silence seront punis à la même hauteur que vos exactions, je le crains. Vous n'avez donc aucune pitié pour lui ?

Elle expira bruyamment par le nez. Sa voix se durcit.

— Qui vous a dit que je n'en ai pas ? C'est mon

enfant, même si je ne l'ai jamais traité comme tel. Croyez-vous que je puisse oublier ces heures à souffrir ?

— Je vous propose un marché, miss Brianey. Vous me dites à quelle gazette vous avez parlé, et quelles révélations vous avez faites, et je n'évoque cette soirée du 1er mars 1865 ni à mes supérieurs ni à personne. Jamais !

— Votre chantage et tous les chantages du monde ne changeront rien à l'affaire. Je n'ai jamais délivré la moindre information à un journal, je ne comprends pas votre insistance. Le principe le plus important de notre métier, c'est la discrétion. Croyez-vous que je crierais sur les toits le nom de mes clients ? Pour que, deux jours plus tard, je doive mettre la clé sous la porte ? Vous divaguez, je suis désolée de vous l'apprendre, mais vous naviguez en plein délire.

Ses propos, débités à la vitesse d'un cheval au galop, transpiraient la sincérité et j'en fus troublé. Aucun mot ne pouvait décrire ma déception, persuadé que j'étais de tenir enfin la réponse à cette enquête. Je tentai alors une autre approche.

— Dans ce cas, peut-être quelqu'un de votre entourage ? Un client malmené ? Une de vos filles ?

— Inspecteur, je me rends compte que vous ne connaissez pas notre monde. Un client malmené, tout d'abord je n'en ai pas le souvenir. D'autre part, il s'agit souvent d'indigents, d'ouvriers et de buveurs de bière qui n'ont que faire qu'on sache qu'ils fréquentent mon établissement. Et, lorsqu'il s'agit d'un Monsieur, sa plus grande crainte est qu'on apprenne qu'il traîne ses guêtres dans un lupanar. Aucun n'ira se plaindre, croyez-moi ! Quant aux filles, elles sont bien traitées, et elles n'ignorent pas que si elles venaient à parler la punition tomberait aussitôt. Et dans quel but ? Non, je ne vois vraiment pas.

Ma blessure me faisait souffrir et influençait mon humeur, je manquais de patience.

— Il va falloir y mettre du vôtre si vous voulez vous en sortir et sauver Timothy.

Elle haussa les épaules et secoua la tête.

— Vous vous égarez, inspecteur, vous vous trompez de personne, je le crains. Vous vous fourvoyez !

J'avais joué toutes mes cartes, le temps était venu de cesser l'interrogatoire. La douleur m'empêchait d'avoir l'esprit clair.

28

William raccompagna miss Brianey dans sa chambre, puis revint me voir.

— Le bedeau désire s'entretenir avec vous. Je lui ai proposé de s'adresser à moi pour ne pas vous déranger, mais il insiste et dit qu'il a une révélation à vous faire. Rien qu'à vous.

— Qu'est-ce encore que cette histoire ? Faites-le monter.

— Vous devriez prendre un peu de repos.

— Merci de votre sollicitude, mon ami, mais je me sens bien, amenez-le-moi.

Le jeune homme se pencha en avant pour me saluer, un geste révérencieux que je trouvai exagéré. Il prit place dans le fauteuil et me remercia. Il tenait en main un livre de prières, qu'il malaxait de façon maladive. Nerveux, il peina à prononcer ses premiers mots.

— Je vous remercie de me recevoir, je me doute que votre temps doit être précieux, et qu'il vous en coûte avec votre blessure.

— Je vous en prie. Que puis-je faire pour vous ?

— J'aimerais avoir des nouvelles de Mr Timothy, on m'a dit qu'il n'était pas en très bonne forme, et je m'inquiète grandement pour sa santé.

— Qui donc vous a raconté cela ?

— Mrs Forester dit qu'il n'est pas très loin, mais elle ne sait pas où, j'espérais pouvoir lui rendre visite.

— Je ne saisis pas bien la raison de notre entrevue, David, c'est bien ça ?

— Oui, c'est cela, appelez-moi David, cela me fera plaisir. En fait, je connais Mr Timothy depuis très longtemps, il se montre un ami précieux. J'aimerais juste le rencontrer un instant, pour le réconforter.

— Quand je vous dis que je ne comprends pas bien, c'est parce qu'on m'a déclaré que vous aviez une révélation à me faire. Je ne saisis pas le rapport avec le lieu de son hospitalisation. Vous auriez pu voir cela avec mes coéquipiers.

Il tortura un peu plus le livre qu'il tenait en main.

Baissa la tête.

— À la vérité, oui, je voulais vous livrer une information qui a son importance, et qui vous permettrait sans doute de m'accorder cette requête. Je crois que ce Mr Timothy est mon père, et c'est la raison pour laquelle j'aimerais me trouver à son chevet.

Je faillis m'étouffer, tant la nouvelle me parut cornue.

— Votre père ! C'est lui qui vous l'a confessé ?

— Oh non ! Je jurerais qu'il ne me l'avouera jamais. Depuis toutes ces années.

Je ressentis une bouffée de chaleur, la blessure qui se réveillait et la surprise d'une telle annonce.

— Mais qu'est-ce qui vous fait dire que Timothy est votre géniteur dans ce cas ?

Le bedeau posa son missel sur ses genoux, se redressa et cette fois m'accorda toute son attention. Ses mots se suivirent à un rythme soutenu, bousculé par l'excitation qu'il ne parvenait pas à maîtriser.

— Cela remonte à plusieurs années. Huit ans, je m'en souviens très bien. Mr Timothy était venu nous rendre visite à Mrs Forester et à moi-même. Nous étions allés marcher un peu dans le parc, à l'arrière de la cathédrale. Nous étions en août, proche de l'Assomption. Une guêpe ou une abeille est venue nous importuner, elle a tourné autour de Mr Timothy. L'insecte s'est niché dans son cou et il a tenté de le chasser de dessous son foulard. Il porte toujours un col relevé, une cravate, vous n'avez pas remarqué ?

— Sans doute, et puis ?

— Tandis qu'il s'agitait, craignant d'être piqué, son foulard s'est soulevé, et j'ai distingué la tache de vin… en forme de clocher d'église, avec les deux entailles comme des coups de hache.

Le bedeau se leva, baissa le col de sa tunique et me montra dans son cou une tache similaire à celle qu'il venait de décrire. Il reprit place et poursuivit :

— Vous allez me dire que c'est peu, mais la rebouteuse m'a confié qu'une telle marque, exactement la même, au même endroit, ne peut se voir que chez des gens de même souche. Il est en âge d'être mon père, et nous nous ressemblons. Vous ne trouvez pas ?

Je le regardai un peu mieux, ce qui ajouta à ma surprise. Effectivement, maintenant qu'il le disait, je trouvais quelques similitudes entre Timothy et lui. Il était de taille égale, le menton vaillant, la mâchoire finement découpée. Le bedeau avait sans doute raison, mais je ne lui parlai pas de ses ascendants, et encore moins de la tache que le père de Timothy présentait lui aussi sur la nuque. Je tentai de cacher ma stupéfaction.

— Il se peut, et je comprends mieux votre volonté de le rencontrer. Mais je crains que son état ne permette pas de visite avant un jour ou deux. Je dois aller le voir sous peu, je demanderai au docteur ou à la sage-femme s'il peut recevoir.

— Très bien, je ne m'attendais pas à ce que vous acceptiez tout de suite. Souhaitez-lui un prompt rétablissement de ma part quand vous le croiserez. Mais, je vous prie de ne rien lui confier de notre discussion.

Il se leva, voulut me serrer la main, une question m'échappa :

— Vous parlait-il de son travail ?

— Non, très peu, je crois qu'il évolue dans le commerce, mais je n'en sais pas plus.

— Oui, on peut considérer cela de la sorte. Je vous demande de m'excuser, ma blessure me fait souffrir, et je ne peux vous raccompagner.

— Ne bougez pas, je ne vous importune pas davantage. Bonne journée, inspecteur.

Une fois sorti, je ne pus m'empêcher de penser à Timothy. Il serait donc le géniteur du sacristain ? Je ne donnais pas vraiment foi aux croyances populaires, encore moins aux guérisseuses, mais je me posais des questions sur la transmission de cette tache. Rebecca m'avait parlé de la trace dans le cou du père de son fils. Timothy m'aurait-il caché quelque chose ? Et si cette trace n'était qu'une hallucination du bedeau ? Pourtant, miss Brianey, quand j'avais évoqué l'éventration, n'avait pas tenté de nier quoi que ce soit… Si elle avait vu cette tache dans la nuque du bébé, elle aurait sans doute hésité, elle n'avait même pas demandé ce qu'était devenu l'enfant. Je devais en avoir le cœur net. Mais je ne me sentais plus la force de sortir ; la douleur se manifestait de façon lancinante et je fatiguais. Je reportai la visite au lendemain. Il me restait encore à m'entretenir avec Myrtle, et je ne m'attendais pas à ce que ce soit de tout repos.

29

Myrtle entra quelques minutes plus tard, la mine fatiguée, les cheveux en pagaille.

— Vous semblez préoccupée.

— Qui ne le serait ? On nous extrait de notre prison pour nous conduire ici, sans autre explication que notre sécurité, il y a de quoi être préoccupée, tu ne crois pas ? Tu ne parais pas non plus en grande forme. T'as une tête, on dirait que t'as croisé le diable dans son mauvais jour.

— Il y a un peu de ça.

— Bon, on fait quoi ? On se boit une petite liqueur verte pour fêter nos retrouvailles ?

Elle parvint à m'arracher un sourire, que je calmai bien vite, car il réveilla mes douleurs. J'optais pour une approche différente auprès de Myrtle. Les derniers événements jouaient en ma défaveur, et il m'était primordial de la mettre en confiance et d'abattre mes cartes.

— Non, pas cette fois. J'ai une terrible nouvelle à vous annoncer : ceux qui m'ont chargé de cette enquête m'ont limogé. Je ne suis donc plus officiellement en droit de vous questionner. Celui qui a endossé mon rôle est un jeune détective qui se montre prêt à tout pour avancer et obtenir la reconnaissance de ses supérieurs. Pendant que je me trouvais chez Rebecca, il a interrogé Timothy et utilisé des méthodes que je qualifierais de barbares.

Ses traits se crispèrent, elle fronça les sourcils.

— Qu'est-ce que tu veux dire ?

— Il a été maltraité, frappé. Deux des phalanges de sa main droite ont été brisées, son visage est méconnaissable. J'ai provoqué l'homme qui est à l'origine de cela en duel, et j'ai perdu, c'est pourquoi on vous a conduites ici, au secret. Mais ils finiront par nous retrouver. C'est une question d'heures, au mieux de jours. J'ai vraiment besoin que vous m'aidiez, Myrtle.

— Je peux voir Tim ?

— Pas pour l'instant, une infirmière prend soin de lui. Dès qu'il se portera mieux. Il ne s'agit pas d'un piège, je vous assure, regardez mon épaule.

Elle posa les mains sur sa bouche. Elle avait quelque chose à dire, mais elle hésitait.

— Très bien, je vais te dire ce que je sais. De toute façon, il ne me reste pas une éternité à vivre. Si on me jette en prison, je n'y moisirai pas longtemps. Si je le fais, c'est pour Tim

— Je comprends, je vous écoute.

— Je sais. Je vais t'expliquer ce qui s'est passé après la disparition d'Elizabeth. Rebecca s'est repliée sur elle-même, elle me laissait tout gérer et ne s'occupait plus de rien. Pendant près d'un an, elle n'est pas sortie, recluse dans ses appartements. Timothy n'était pas beaucoup mieux : renfermé, distant, éteint. C'était en 1865. Puis, petit à petit, après quelques mois, la vie a repris son cours. Les années suivantes, les affaires sont devenues florissantes, on en arrivait à manquer de vierges, alors Rebecca a eu l'idée de les élever.

Je crus presque m'étouffer.

— Pardon !

— Oh, ne me regarde pas comme ça, elle n'avait rien inventé, d'autres maisons le faisaient déjà depuis des lustres, mais pas nous. Il suffisait de récupérer les petites quand elles étaient toutes jeunes, deux ou trois ans ou un peu plus. Souvent des enfants de prostituées, qui nous étaient vendues pour deux ou trois livres, mais aussi des orphelines, des enfants de familles nombreuses de la campagne. On dit que certains s'approvisionnaient même à l'étranger, tu vois que ça dépassait nos frontières. Je me suis mise à la recherche d'un endroit convenable, que j'ai dégoté dans la banlieue nord de Londres à une heure de calèche : Arnos Grove. Il s'agissait d'un bâtiment vide, d'un corps de ferme que nous avons loué pour pas trop cher. On pouvait y loger facilement une trentaine de petites ; et c'est ce qu'on a fait. Elles étaient bien traitées, sans doute mieux qu'elles ne l'auraient été dans leur propre famille. De temps à autre, elles aidaient le métayer voisin. Trois femmes surveillaient la marmaille, et en 1880, on a vendu les premières filles.

Dans un geste incontrôlé ma main se posa sur mon front.

— Je ne parviens pas à m'imaginer cela possible.

— Oh que si, et ce n'est pas si vieux que ça ! Et, en 1882, il s'est passé un truc étrange, que jamais je n'aurais cru pensable. Un coup du destin, appelle ça comme tu voudras. On était en mai, j'étais allée conduire une petite à la ferme. Elle avait cinq ans, je l'avais réservée pour une livre sterling à son père qui vivait seul avec six enfants. Sa femme était morte d'une mauvaise toux deux ans auparavant. Je crois que cette famille devait manger un jour sur trois, c'était si misérable chez eux. L'aîné des garçons, âgé de dix ans, était le plus maigre. Il se sacrifiait pour ses frères et sœurs, j'en aurais mis ma main au feu. J'ai donné deux livres à cet homme : belle entorse aux règles auxquelles je m'astreignais. Dans le fiacre qui nous conduisait à Arnos Grove, la petite s'est collée contre moi, elle tremblait tellement qu'on aurait dit une feuille prête à tomber de l'arbre. Je n'ai pas entendu le son de sa voix, pas un seul mot. Elle a attrapé ma main, et elle l'a embrassée, juste une fois… Elle s'appelait Scarlett. Je l'ai déposée à la ferme, comme toutes les autres avant elle. Et quand je suis partie, elle a pleuré à la fenêtre de la porte, en me faisant au revoir. Tu te rends compte ? C'est idiot, la vie : tu récupères un oiseau tombé du nid en pensant le soigner, et c'est lui qui panse tes blessures. Je me suis prise d'affection pour la môme. Je suis retournée la voir toutes les semaines, puis deux fois par semaine. Elle était vive, câline, espiègle. Plus le temps passait, plus je m'attachais à elle, et plus je me disais que ce qu'on faisait était mal. Mais on avait le doigt dans l'engrenage, on ne pouvait pas tout arrêter, et Rebecca n'aurait pas compris.

Je croyais rêver, cette femme sans cœur, prête à tout pour un penny, m'expliquait qu'elle avait un cœur.

— Vous aviez des remords !

— Oui, je sais que c'est difficile à gober.

— J'ai peine à croire à votre repentir.

Elle se fâcha presque et haussa la voix.

— Attends avant de juger.

— Je ne juge pas, je m'étonne simplement.

— En 1885, un homme est venu me voir, un certain William Thomas Stead, un journaliste américain. Tu vois de qui je parle ?

— Il me semble.

— Il voulait écrire des articles pour bousculer les mentalités, montrer cette horreur qui se déroulait au grand jour, sans que personne ne bronche. Il prétendait qu'il était socialiste, qu'il espérait que l'opinion publique se réveillerait et qu'on protégerait enfin les petites filles. Il m'a juré que mon nom ne serait jamais cité, qu'il ne faisait pas cela pour nous culpabiliser, mais pour que la honte rejaillisse sur les législateurs qui autorisaient par la loi une telle pratique. Alors, j'ai accepté de répondre à ses questions. Je l'ai adressé à d'autres racoleuses, des entremetteuses qui s'étaient rangées ou qui avaient pris leur retraite. Je l'ai présenté à la sage-femme qui recousait les enfants. Pendant un mois, il a mené son enquête avec quelques amis, ils ont arpenté les ruelles de l'East End, les bordels. Ils ont vu qu'il y avait du beau linge dans les bars des bas-fonds, dans les lupanars, derrière les rideaux tirés. Il ne me croyait pas quand je lui racontais que certains messieurs commandaient des pucelles de moins de treize ans. Je lui ai suggéré de se faire passer pour un de ces hommes. Et il a vu et constaté de lui-même que tout ça était vrai. Il était horrifié, écœuré.

Un souvenir plus précis me revint concernant ce journaliste et ses accusations.

— C'est à partir de là que sont parus tous les articles dans la *Pall Mall Gazette* ?

— Oui, ce fut un scandale immense, je n'aurais pas pensé qu'il oserait tout publier et que cela ferait autant de bruit. Les gens se sont mobilisés, surtout les femmes. Après tout, protéger les fillettes, c'était se protéger elles aussi. Elles sont descendues dans la rue, elles ont manifesté, elles se comptaient par milliers. Jamais aucun aristocrate n'a été cité dans les articles, mais tout le monde pouvait reconnaître untel ou untel. Des pontes de la haute société, même des membres de l'entourage de la Couronne. Bien entendu, personne n'a jamais été jugé, sauf ce pauvre Stead qui, je crois, a fait quelques mois de prison l'année suivante.

Les événements, que j'avais suivis d'un œil distrait à l'époque me revenaient. On parlait de scandales plus ou moins sérieux, mais surtout du mouvement féministe qui prenait de l'ampleur.

— Je me souviens très bien de tout cela, c'était il y a quatre ou cinq ans. La Chambre des lords avait, à plusieurs reprises, refusé de modifier l'âge du consentement légal, ils l'avaient maintenu à treize ans.

— Tu m'étonnes ! Ils n'allaient pas se tirer une balle dans le pied ! Mais l'opinion publique a tout changé. Des comités se sont montés, des associations. Il y a eu comme un soulèvement. Les music-halls, les bordels, même les prostituées étaient dans le collimateur. Rebecca a commencé à se poser des questions. Je ne lui ai jamais avoué que j'avais informé le journaliste Stead, pourtant c'est pas Dieu possible le nombre de fois où elle l'a maudit. Finalement, on a arrêté de vendre des filles vertes. J'étais vraiment fière de moi, Rebecca a décrété qu'on ne fournirait plus une seule fille de moins de seize ans. Bien entendu, ça s'est ressenti sur les affaires, mais sous la pression de la presse, les messieurs se faisaient de plus en plus rares. Et enfin, je m'en souviens comme si c'était hier: le 14 août 1885, les Communes votèrent le *Criminal Law Amendment Act* qui élevait l'âge du consentement légal des filles de treize ans à seize ans. C'était fou, inespéré, comme si je me sentais pousser des ailes. En plus du recul de l'âge, la loi aggravait les poursuites contre les proxénètes et les tenanciers de bordels. Je sais, cela peut te paraître étrange de m'entendre me réjouir de tout ça, mais la petite Scarlett m'avait ouvert les yeux, elle était un peu le symbole de toutes celles qui seraient sauvées après elle. Quand la nouvelle a été annoncée dans les journaux, plus de deux cent cinquante mille personnes sont descendues dans les rues pour fêter ça. Surtout des femmes, d'ailleurs. Tu le croiras ou pas, mais j'y étais.

— Myrtle, vous me surprenez, je n'aurais pas imaginé cela de vous.

Son visage prit des traits que je découvrais, un sourire radieux, une fierté non dissimulée.

— Je sais, on me voit comme une vieille bique endurcie, mais cela a été vrai si longtemps que je ne peux en vouloir à personne.

— Et cette petite Scarlett? Qu'est-elle devenue?

— Elle est toujours à la ferme, avec ses amies. Je m'efforce de rendre leurs jours meilleurs. Au moins, mes économies servent à quelque chose. Elle grandit vite, et sait lire et écrire, enfin elle débute. Tu sais qu'elle m'appelle «grand-maman»!

Elle m'arracha un sourire.

— Je vois qu'elle vous a mis le grappin dessus.

— Oui, c'est rien de le dire. Quand je la vois, j'ai

l'impression de me retrouver petite, de pouvoir lui donner une chance que les autres n'ont pas eue.

Finalement, je tenais donc face à moi celle qui avait été à l'origine de la dernière chronique retentissante et le serait pour la suivante. Je n'aurais pas misé un penny sur cette femme. Je tentai d'en savoir plus.

— Donc Myrtle, si je ne me trompe pas, avec tout ce que vous venez de me confier, le prochain scandale, c'est à vous qu'on le devra ?

Elle grimaça, secoua la tête.

— Ah, mais non, pas du tout ! Je ne suis pour rien dans cette affaire, tu peux convoquer le ban et l'arrière-ban, cela ne changera rien à la chose !

— Mais, je ne comprends pas. Pourquoi m'avoir raconté tout ça ?

— Tu m'as demandé mon aide, je t'ai dit ce que je savais, voilà tout. Pour le reste, depuis cette histoire, je n'ai jamais revu ce journaliste, ni aucun autre. D'ailleurs, je crois qu'il est retourné aux Amériques. Je veux juste te prouver que je n'ai rien à cacher. Pour être sincère avec toi, depuis deux ans, si les affaires marchent moins bien, c'est surtout parce que je me suis retirée du business. Rebecca continue à me verser dix pour cent des rentrées d'argent. Cela me suffit amplement, je moisis dans mes quartiers, et deux fois par semaine, je me rends à la ferme, ma vie se résume à ça.

Elle venait de se confier à moi, sans entrave, sans menace, librement. Comment ne pas la croire ? Je revenais à la case départ.

— Très bien ! Je vous remercie de votre honnêteté, j'espérais en apprendre plus pour nous sortir de ce bourbier. C'est dommage, il va falloir que je me fasse à l'idée. Vous pouvez retourner dans votre chambre, je vous informerai si les choses avancent. Encore merci, Myrtle.

— Fais pour le mieux, mais fais-le vite, je ne tiens pas à tomber entre leurs mains. Tu me diras quand je pourrai voir Timothy ?

— Oui, promis.

— Que le Bon Dieu te vienne en aide !

— Merci.

30

Je commençais à sérieusement désespérer. Et si on m'avait simplement envoyé Rebecca, Myrtle et Timothy, uniquement parce qu'on savait que l'un d'eux était à l'origine du scandale de 1884 ? Sans aucune preuve, sur la base d'un vague soupçon. Et si d'autres équipes travaillaient aussi dans l'ombre, avec des suspects différents ? D'autres besogneuses du vice ? Je m'interrogeais sur le bien-fondé de cette enquête. Sans doute valait-il mieux que ce scandale, si scandale il y avait, éclate aux yeux de tous. Je jouais le jeu des pervertis, des oppresseurs, des détenteurs de la toute-puissance, qui voulaient qu'on croie à une société prude et digne, quand dans l'arrière-cour elle n'était que honte et décadence, pouvoir et abus.

On m'avait fait comprendre sans l'ombre d'un doute que tous les coups étaient permis, la torture y compris, alors pourquoi pas un meurtre ou un enlèvement ? Ils étaient prêts à tout, et la question désormais se posait : étais-je dans le bon camp ? On m'avait présenté ces trois-là comme des dangers pour la Couronne, pour notre nation, mais ils n'étaient en fait que les victimes d'un système permissif, instauré par notre pays même. Naître pauvre, suer sang et eau pour un modeste morceau de pain, vendre la chair de sa chair pour ne pas mourir, sa vertu et ses charmes afin de sortir la tête de l'eau, là se trouvait l'avenir de milliers de jeunes filles issues des bas-fonds. On criait haut et fort qu'elles étaient l'engeance du diable, la cause de tous les malheurs, la raison des épidémies, le terreau du vice… tout cela pour mieux cacher la réalité.

Derrière un voile puritain, des prières dominicales, de bonnes manières et des mots enrobés de panache, on dissimulait la vraie cause du mal : le pouvoir. Le pouvoir et ses excès, ses envies démesurées, son ennui qui se noyait dans la perversion.

Ce pouvoir était parvenu en quelques mois, à coups de manigances, à discréditer William Thomas Stead, le journaliste du scandale. Sa tentative d'acheter une fille verte à une famille, qui aurait prouvé que de telles ignominies existaient, se retourna contre lui. Les parents jurèrent que jamais ils n'avaient vendu leur enfant, et que le journaliste l'avait enlevée contre leur gré. Apparurent d'autres témoins, étranges, qui prétendaient sous serment que le journaliste avait menti, qu'il avait exagéré les faits, contrefait les déclarations, qu'il s'agissait d'un coup monté de toutes pièces, d'une manœuvre politique destinée à attaquer et fragiliser les fondements de la société.

Après un long procès, où un nombre incalculable de personnes vinrent déposer, il écopa de trois mois de travaux forcés. La loi protégeait désormais les jeunes filles jusqu'à seize ans, le scandale sentait la calomnie socialiste pour déstabiliser la Chambre des lords, la nation. On pouvait de nouveau dormir sur ses deux oreilles, l'honneur était sauf, ainsi que les apparences.

Moi, je savais aujourd'hui… je savais que Myrtle, Rebecca et Timothy ne mentaient pas. Parce qu'un jeune détective pratiquait la torture sur ordre, parce qu'un autre scandale se préparait, et que l'élite de la société londonienne tremblait à l'idée que le masque tombe.

Qu'allait-il advenir de ces trois-là, de la petite Scarlett et de ses amies, de William, de Christopher, du bedeau et de moi-même ?

Et si, en découvrant en quoi consistait ce scandale je ne faisais qu'envoyer toutes les personnes impliquées à leur fin ? J'étais la main qui tenait la lame du pouvoir, et qui allait la planter dans leurs cœurs.

Je ne pouvais imaginer que chacun retournerait tranquillement à ses occupations, qu'on laisserait les témoins se promener en toute impunité. J'avais été naïf, au point de croire que les règles seraient respectées et de me persuader qu'il s'agissait d'une enquête comme une autre ! J'avais été la dupe de ma fierté, tout à la vanité d'avoir été choisi pour cette mission. Et cela reflétait une image de moi que je ne voulais pas voir. Celle d'un inspecteur-chef, jeune, talentueux, dévoué, mais surtout carriériste et prétentieux.

Je convoquai William et Christopher. Je leur présentai les choses telles que je les comprenais désormais, et ils ne me contredirent pas. Les traits du visage de William s'étaient alourdis, il pensait sans doute à son épouse.

— Rassure-toi, William, je trouverai un moyen de te

sortir de cette histoire sans une égratignure. Il est hors de question que vous sombriez avec moi.

Le jeune marié s'offusqua.

— Mais monsieur, je ne me suis plaint de rien.

— J'en conviens, mais tu es jeune, tu as une femme, je ne peux te demander de te sacrifier.

Christopher intervint :

— Sa femme attend son premier enfant pour septembre, il n'ose pas le dire, mais je sais que ça le mine.

Je comprenais d'autant mieux sa fatigue apparente.

— Et tu ne le disais pas, malheureux ! J'ai plus d'un tour dans mon sac, ne crains rien, tu seras auprès de ta famille le moment venu.

Il lâcha un remerciement marqué de doute et d'inquiétude.

Toute cette histoire prenait une tournure qui me déplaisait de plus en plus. Je me reprochais mille choses, le duel, la fuite, d'avoir accepté Howard et son compagnon. Je devais trouver une porte de sortie honorable, mais rien ne me venait à l'idée. Je tentai de jouer ma dernière carte.

— Il me reste à entendre Timothy. Le lieu de sa convalescence est-il éloigné d'ici ?

— Vous n'y pensez pas, lança Christopher, vous n'êtes pas en état de marcher si loin, vous devez récupérer encore un peu.

— Je sais, mais il faut que je le rencontre. Faites-moi conduire chez lui, appelez un fiacre, je n'en mourrai pas, je vous assure. Et de nous deux, c'est lui qui reste le plus à plaindre.

— Si vous n'y voyez pas d'inconvénient, me dit Christopher, le mieux serait que je me rende seul sur place tout d'abord. Je vérifierai ainsi s'il est capable de s'exprimer. Je ne voudrais pas être déplaisant, mais hier cela ne semblait pas être le cas.

Il avait raison, et j'abdiquai. Il revint une demi-heure plus tard, et m'expliqua qu'il serait plus sensé d'aller le rencontrer le lendemain. Timothy était très fatigué, les douleurs l'obligeaient à prendre des drogues et lorsqu'il s'exprimait, cela n'avait que peu de sens.

31

Le lendemain, dès potron-minet, j'attendais mon breakfast dans ma chambre quand Christopher s'excusa de me déranger. Le plateau dans les mains, il était pourtant le bienvenu, j'en profitai pour lui demander de couper mon morceau de lard.

— Wallace, vous ne devinerez jamais ce que j'ai appris en furetant çà et là, en discutant avec le cuisinier et des âmes charitables de la paroisse.

Il semblait excité comme un jouvenceau le matin de ses noces, je l'encourageai.

— Vous attisez ma curiosité, cher ami, dites-moi vite.

— Notre jeune bedeau, David March…

Il s'arrêta et me dévisagea, un peu comme s'il s'attendait à ce que je l'implore de poursuivre.

— Eh bien ? Allons, ne jouez pas avec mes nerfs, ils sont déjà à rude épreuve ces temps-ci.

Il céda.

— L'année dernière, il a fait un séjour sous les verrous.

— Pardon ! En êtes-vous certain ?

— Oui, et je vous défie de trouver dans quel contexte judiciaire.

— Christopher ! m'écriai-je.

— Pardon. Il est resté quatre jours en cellule dans le cadre de l'enquête sur Jack l'Éventreur.

Je ne pus retenir un sourire, tout cela était grotesque.

— Vous ne devriez pas écouter les ragots de la sorte, vous en perdez votre sérieux, mon ami.

Une mouche le piqua.

— Quand dix personnes vous en parlent dans les mêmes termes sans variation aucune, il y a forcément un fond de vérité.

— Sans doute, mais nous sommes dans l'incapacité de le vérifier tant que nous n'avons pas accès aux archives de la Division H.

— J'y ai un ami précieux, je lui ai envoyé une missive par l'entremise d'un gamin des rues qui ne sait pas lire, il devrait me rapporter la réponse dans la matinée.

— Je reconnais là votre sens professionnel. Je vous en prie, quelles informations avez-vous glanées ?

— Ce jeune sacristain vit ici depuis sa naissance, il est connu et apprécié de tous. Il s'occupe du bon déroulement des offices, sonne les cloches, fait la quête et aide parfois à la préparation des cérémonies. Il officie comme bedeau, marguillier. Mais en plus de ces tâches qu'il exécute de façon bénévole, il est aussi fossoyeur : il creuse les tombes, entretient le cimetière, gère les mises en terre.

— Je ne vois pas bien où vous voulez en venir.

— Il a une autre particularité. Il s'occupe de préparer les défunts pour les veillées funèbres, et cela, quelle que soit leur religion. On l'appelle souvent de très loin, surtout dans les mois de fortes chaleurs, si vous comprenez mieux mon propos.

— Non pas vraiment.

— L'été, les corps mûrissent plus vite, se dégradent, exhalent la mort, et David se charge de faire en sorte qu'ils soient présentables. Pour cela, il éviscère, il enlève quelques organes gênants et il recoud. On dit que sa dextérité est digne des plus fines couturières.

— Il s'agit sans doute de la raison de son séjour en cellule. Mais rappelez-vous que dans l'affaire Jack l'Éventreur même des bouchers ont été emprisonnés, cela ne prouve rien. Si ma mémoire est bonne, quatre-vingts d'entre eux ont dormi en cellule. De toute façon, cette enquête a été un vrai fiasco. Je n'aurais pas aimé en être le superintendant.

— Vous avez raison, quatre-vingts bouchers, libérés, comme notre sacristain, car un autre meurtre avait eu lieu pendant leur détention. Mais reconnaissez que c'est assez troublant. Des prostituées, pour la plupart d'un certain âge, auxquelles on enlève les viscères… notre enquête…

— Christopher, vous vous égarez !

— Sans doute mon ami, mais je tenais à vous le dire.

— Vous avez bien fait !

32

Un peu avant midi, j'entrai chez la sage-femme. Elle me fit bon accueil, m'apprit que les blessures au visage de Timothy dégonflaient, mais prenaient des couleurs violacées. Elle craignait pour son œil gauche, il distinguait les formes de façon vague, mais ce n'était que momentané. Les fractures de sa main n'étaient pas belles et, malgré les attelles, il risquait de ne plus pouvoir se servir de deux de ses doigts.

Elle me conduisit dans une pièce lumineuse qui donnait sur un jardin. Timothy s'y trouvait, allongé sur un lit à baldaquin, il semblait profiter de la vue. Je le saluai, mais je n'eus aucune réponse. Il somnolait.

Je m'installai dans un fauteuil d'osier à ses côtés, et j'attendis. Ce moment suspendu, assis là à regarder les buissons de rosiers sauvages, le pommier au fond qui versait ses derniers pétales sur l'herbe grasse, et le vol désordonné des chardonnerets, me remplit d'une plénitude inouïe. Cette enquête, menée tambour battant depuis deux jours, m'avait fait m'engouffrer dans les méandres de la nature humaine. Je m'enlisais dans un marais d'horreurs, de réalités immondes. La cruauté de la vie collait à mon âme, rongeait mon insouciance, gangrenait mon optimisme naturel, et pesait sur chaque minute que je vivais. Assis dans ce fauteuil, à attendre que Timothy se réveille, je me sentais mieux. Comme par miracle, la nature lavait cette boue qui maculait ma vie quotidienne. Je me sentis le cœur léger de veiller sur cet homme maltraité, de ne rien attendre qu'un peu d'humanité.

Je restai ainsi dix minutes avant qu'il reprenne ses esprits. Il fut surpris de ma présence, me salua et me demanda des nouvelles de Rebecca et Myrtle. Je lui racontai le duel, la blessure, la fuite vers l'auberge du Coche. Je m'excusai une nouvelle fois pour les actes odieux qu'il avait subis.

Il parlait avec peine, prononçait les « s » comme des « che », avalait les « r », mais je le comprenais sans difficulté.

— Timothy, j'ai discuté avec David March hier. Il s'inquiète beaucoup pour vous. Il voulait venir vous rendre visite, mais j'ai pensé qu'il valait mieux attendre encore un peu.

Il m'était impossible de lire une quelconque expression sur son visage déformé. Son œil à demi fermé baignait dans le sang, son front tuméfié, violet par endroits, sa joue démesurée et sa lèvre supérieure qui cicatrisait à peine le rendaient méconnaissable. Il balbutia :

— C'est un homme au grand cœur, j'aimerais tant qu'il entre dans les ordres. C'est son vœu le plus cher.

— Timothy, est-ce que vous m'avez tout dit à son sujet ?

Il tourna un peu plus son visage vers moi et me répondit d'une voix hachée par des respirations saccadées.

— Vous êtes quelqu'un de très surprenant, monsieur l'inspecteur. Vous avez ce don de poser des questions qui ne le sont pas. De laisser le doute planer comme un aigle recherche sa proie et d'attendre qu'une réponse sorte de son terrier. Je vous gratifierais bien d'un sourire, mais je n'y parviens pas. Pourtant ce n'est pas l'envie qui m'en manque.

Il s'accorda une courte pause, avala dans une grimace une gorgée d'eau et reprit :

— Si je vous demande de préciser votre question, vous allez vous imaginer que j'ai plusieurs choses à vous raconter. Si, en revanche, je vous réponds, rien ne me dit que ce sera ce que vous attendiez comme réponse. Vous pêchez avec une seule ligne, mais bel et bien deux hameçons.

— C'est très juste. Ne voyez pas ici une façon de vous piéger, mais le moyen de constater si vous êtes honnête avec moi ou pas. Je pourrais vous poser une question précise, ou deux, même trois, mais cela vous enlèverait toute possibilité de vous sentir coopératif. Le moment est grave, Timothy. Les hommes qui sont à nos trousses n'ont pas de limites, vous en êtes la preuve. Je suis le seul qui puisse vous aider, qui puisse tenter de vous sauver tous. Je ne puis rien garantir si ce n'est d'essayer de donner le meilleur de moi-même.

— Très bien, je vous crois, vous n'êtes pas comme les autres. Par où voulez-vous que je commence ?

— Par ce qui vous tourmente depuis trop longtemps et qui vous poursuit la nuit.

De sa main valide, il frotta doucement le dessus de l'autre en évitant les doigts blessés. Il saisit le missel posé sur la table de chevet, le porta à ses lèvres et l'embrassa.

— Il est vrai que je me repens chaque jour que Dieu fait, et je vais vous avouer ce que je n'ai dit à personne. (Il posa le missel à côté de lui.) Le soir où j'ai remarqué l'échelle de corde suspendue au balcon, je l'ai utilisée, et je suis monté dans la chambre d'Elizabeth. Depuis sa première escapade, elle s'enfermait à l'intérieur, et je n'avais aucun moyen d'entrer. J'avais l'intention de réveiller Rebecca pour lui montrer l'absence de sa fille, et je me suis dit qu'Elizabeth avait peut-être une explication, une bonne raison. Je me suis assis et je l'ai attendue. Elle est rentrée vers trois heures du matin, elle a enjambé la rambarde du balcon, et son ombre s'est mise à tituber sous les rayons de la lune. J'ai allumé un chandelier. Elle était ivre ou droguée et tenait une bouteille à la main. Ma présence ne l'a même pas surprise. Elle portait une robe qui dévoilait largement ses épaules et sa gorge, un pan de dentelle en était arraché. Je lui ai fait une remarque sur l'inconvenance de son accoutrement, et elle m'a ri au visage. D'un rire prétentieux, moqueur, sale, qui m'éclaboussait. Alors, je l'ai poussée sur le lit. Elle s'est calmée d'un coup, m'a dévisagé, puis s'est fâchée. Elle m'a demandé pour qui je me prenais, m'a dit que je n'étais que son larbin, que le toutou de sa mère, une pièce rapportée, une moitié d'homme. Je n'ai pas répondu, j'étais blessé, mais ses mots avaient le goût de l'alcool. Elle s'est assise sur le bord du lit, et s'est mise à pleurer. La voir ainsi m'a troublé. Je me suis toujours senti gauche et minable à ses côtés, indigne d'elle, ce qui ne m'empêchait pas de l'aimer. Je ne l'ai pas réconfortée, je ne lui ai rien demandé, elle me détestait sans doute, mais être avec elle me suffisait. Je crois qu'elle aurait pu me frapper que je n'aurais pas répliqué. Puis, pour la première fois de sa vie, elle m'a regardé droit dans les yeux, presque comme une amie et elle m'a supplié de l'aider.

Timothy voulut se redresser un peu, il en grommela. Je me levai pour l'aider, mais il refusa et parvint à se hisser sur l'oreiller. Sans doute espérait-il un peu de dignité dans sa posture. Il poursuivit, sans me regarder cette fois.

— Rebecca avait des projets pour elle, des projets dont je n'avais pas idée. Elizabeth m'a dit que trois semaines plus tard elle devrait être emmenée dans une école privée, un dispensaire, ou une sorte de couvent dont elle ne connaissait pas l'emplacement. Elle savait simplement qu'il se trouvait au pays de Galles. Elle devrait y rester trois ans afin de parfaire son apprentissage des bonnes manières, son éducation. Le but était de pouvoir se fondre dans les plus hautes sphères de la société, sans qu'aucun ne puisse crier à la supercherie. À la sortie, elle se métamorphoserait en une tout autre femme, elle hériterait d'un nouveau nom et deviendrait une cousine éloignée d'un lord décédé à la descendance hasardeuse. Elle acquerrait ainsi ses lettres de noblesse. Notre mère avait tout prévu, tout ficelé, un contrat était déjà signé avec un aristocrate, dont elle ignorait l'identité. Le texte en était d'une simplicité affolante : Elizabeth allait devenir la dame de compagnie d'un jeune lord, être comme son écran de fumée, un paravent qui cacherait une vérité que la société rejetait. Le lord en question n'aimait que les garçons, mais il se devait de donner le change, et Elizabeth serait son alibi.

— En quelque sorte, Rebecca vendait sa fille en échange d'un titre de noblesse ?

— Oui. La somme devait être colossale, je présume… Jusque récemment, les comportements homosexuels étaient punis de pendaison. Aujourd'hui encore, c'est la prison et les travaux forcés.

— Il est vrai que l'on pendait les invertis jusqu'en 1861. Ce qui est étrange et me surprend d'autant plus, c'est que dans le nouveau texte de loi qui accorde aux jeunes filles le droit de disposer de leur corps à l'âge de seize et non plus de treize ans les législateurs font aussi état de ce crime : ils durcissent les peines et précisent les actes propres à l'homosexualité qui seront passibles de poursuites. On peut donc comprendre qu'un tel contrat *de mariage* ait pu être signé.

Timothy acquiesça. Je voyais que tout cela le troublait. Il tenta cette fois de s'asseoir et je l'aidai de ma main valide. Il me demanda un verre d'eau. Il semblait fatigué, mais déterminé à poursuivre son histoire.

— Je connais Rebecca, seule sa volonté de voir évoluer sa fille dans les hautes sphères de la société la motivait. Elizabeth avait vraiment peur, elle disait qu'elle ne vivrait jamais avec un homme qui ne l'aimerait pas, qu'elle ne resterait pas verte toute sa vie, qu'elle désirait avoir des enfants. Elle était souvent sortie avec son ami Isaac, le poète, mais l'homme était un rêveur, il était resté sage, n'avait jamais tenté de la séduire. Lui ne pensait qu'à ses vers, et aux vapeurs d'opium. Elle était ivre, et elle a soulevé un peu ses jupons pour me dévoiler une cheville. Elle m'a lancé un regard boudeur, m'a demandé si elle n'était pas désirable, si elle était si laide qu'aucun homme ne saurait la conquérir. J'ai tout de suite compris son petit jeu, et cela m'a mis en colère. Je lui ai dit sans détour qu'elle voulait que je la déflore juste pour se soustraire à l'obligation d'entrer dans ce couvent. Elle a ri, comme une enfant diabolique, et elle s'est approchée de moi. Elle était ivre, et moi je brûlais pour elle, je brûlais, telles les braises de l'enfer. Elle m'a murmuré que je ne la reverrais plus jamais si elle partait pour sa nouvelle vie, et c'est elle qui m'a séduite. Nous nous sommes aimés comme on découvre une nouvelle terre, comme on conquiert un nouveau monde. Dix fois, j'ai cru mourir dans ses bras, mille fois, mon sang m'a brouillé les yeux. J'ai vécu cet instant comme une naissance. Une île jaillissait de l'eau, un volcan de feu sortait des plaines gelées. Et quand tout fut fini, nous étions encore allongés sur le parquet, elle m'a chuchoté à l'oreille : « Maintenant, retire-toi de mon ventre et ne m'adresse plus jamais la parole. »

Timothy s'était tu, il frottait sa main sans l'épargner cette fois. Je ne savais que dire, et je ne dis rien, je respectai son silence, j'avais honte du mien. Je compris mieux à ce moment précis l'horreur que j'avais lue dans ses yeux quand je lui avais annoncé que Rebecca était sa mère naturelle et non pas adoptive. Son acte prenait une tout autre dimension, celle de l'inceste. Je le plaignais intérieurement ; le destin montrait avec lui sa face machiavélique.

— Le lendemain matin, quand Rebecca est entrée dans sa chambre, Elizabeth était toujours ivre, elle avait fini la bouteille qu'elle avait rapportée. À l'odeur, j'ai compris qu'il s'agissait d'alcool mélangé à de la poudre d'opium. Elle divaguait. La suite, vous la connaissez.

— Tu savais donc que David était ton fils ?

— Non, même si je savais que c'était possible, Elizabeth avait fugué pendant une longue période, elle s'était prostituée, elle pouvait être enceinte d'un autre. Mais quand j'ai vu la tache de vin dans le cou du bébé, je n'ai plus eu aucun doute.

— Pourquoi ne pas l'avoir gardé avec vous ?

— Avec ce signe comme une signature, Rebecca aurait compris que j'étais le père. Elle m'aurait chassé ou, pire, tué.

— Vous ne l'avez jamais dit à David, pourquoi ?

— Pour qu'il ne m'en veuille pas de l'avoir abandonné, je préfère être un bon ami, un confident. Je pense que le rôle de père ne m'aurait pas permis d'être plus proche.

Devais-je l'informer que son fils, lui, connaissait la vérité ? Je n'en eus pas la force, ou au contraire j'eus le courage de laisser les choses en l'état. Après tout, ils fonctionnaient comme ça depuis si longtemps ; changer la donne aurait sans doute détruit la frêle embarcation sur laquelle ils naviguaient tous les deux.

33

Timothy me posa alors une question à laquelle je ne m'attendais pas :

— Croyez-vous qu'après tout cela, quand les choses se seront arrangées, il serait possible qu'elle soit enterrée dans une vraie sépulture, qu'elle repose enfin en paix ?

— Je crains que cela n'implique votre inculpation, ou au moins des poursuites. J'y songerais à deux fois à votre place.

— Je sais, inspecteur, mais j'ai souvent l'image de ce pauvre corps mutilé qui me revient pendant mon sommeil. Je suis persuadé qu'elle me supplie de lui offrir un lieu pour qu'elle trouve enfin le repos.

— Vous pensez pouvoir retrouver la fosse dans le cimetière ?

— J'y retourne chaque année, le 1er mars, le jour anniversaire. On m'a même demandé si j'étais ami avec l'homme qui était enterré là, au-dessus d'elle. Quand je lui rends visite, je lui donne des nouvelles de son fils, je l'implore de me pardonner. Je crois qu'elle ne se serait jamais enfuie si je ne l'avais pas… Le Maudit se complaît en moi, monsieur l'inspecteur, j'ai sa marque dans mon cou.

— Que racontez-vous ! Ne prêtez pas caution à ce genre d'inepties.

— Oh que si ! Mais pas de la façon dont les vieilles folles parlent du démon, pas une possession qui me rendrait autre ou me ferait délirer. Il n'a point besoin de cela. Non, le diable est bien plus malin, bien plus subtil. L'archevêque le dénonce dans ses prêches. Il peut prendre mille visages, mille formes, mille vies. La mienne lui a été offerte, tout entière, depuis le jour de ma naissance, je le sais. Ma mère a dû me damner, et mon père aussi.

— Mais que racontez-vous ?

— Quand je rends visite à David, j'assiste souvent à la messe en sa compagnie. Mrs Forester m'ayant toujours refusé toute obole directe, je n'avais qu'un seul moyen pour la remercier : la quête pour la paroisse. C'est ainsi que j'ai pris part pour la première fois à une cérémonie religieuse. Au fil du temps et des sermons, j'ai compris que j'étais le bras armé du malin. Ma vie est son œuvre.

— Timothy, c'est sans doute vos plaies ou le traitement qu'on vous administre qui vous font parler de la sorte.

Malgré ses blessures, sa difficulté d'élocution, je perçus de l'énervement dans sa voix. Il insista, et cela me surprit.

— Non ! Toutes ces femmes, toutes ces prostituées qui vendent leur chair et leur âme obéissent au diable. Toutes ces jeunes filles prêtes à se déshonorer pour quelques pièces de monnaie sont manipulées par le démon. Tous ces traîne-potence qui souillent l'innocence des enfants, et cèdent à leurs viles tentations. Rebecca, Myrtle et moi, nous servons le Mauvais. Je le sais.

Je découvrais la face cachée de Timothy, un pan de sa personnalité que je n'avais pas soupçonné et cela m'inquiéta. Mais, en l'observant, une idée me vint, presque comme une évidence.

— David pense comme vous, je suppose ?

— Sans aucun doute, il essaie de m'aider, comme il le peut, le pauvre.

— Il sait donc ce que vous faites, enfin je veux dire dans quel monde vous évoluez.

— Oui, je ne lui ai avoué qu'il y a peu, je devais en parler à quelqu'un, il était le seul à qui je pouvais me confier.

— L'histoire de votre emploi dans le commerce, c'était avant, alors ?

— Pardon ?

— David m'a dit que vous travailliez dans le commerce.

— Oui, j'avoue ce mensonge, je lui avais raconté ça au début, j'avais trop honte de ce que je faisais.

— Donc, il sait pour les jeunes filles, les messieurs qui commandent, le lupanar, et tout le reste ?

— … on dirait que cela vous pose un problème ?

— Non, rassurez-vous, aucunement. C'est simplement que… je ne pensais pas que vous auriez pu lui en parler.

— J'en ai ressenti le besoin, et cela m'a apaisé. C'est un garçon ouvert, il sait écouter, me rassurer, me conseiller aussi.

Le bedeau m'avait donc caché cela et je me demandais bien pour quelle raison. Même si ce point ne me paraissait pas important, il faudrait que je lui en parle, par curiosité. L'enquête tournait en rond, je commençais à perdre espoir, mais je devais poursuivre.

— Les affaires de Rebecca marchent au ralenti depuis deux ans, si j'en crois Myrtle. Est-ce de votre fait ?

— Non pas vraiment. Rebecca a cessé de vendre des filles vertes, si elles n'ont pas seize ans révolus. La clientèle s'est détournée vers d'autres lieux de perversion.

— Cette décision a été prise par Rebecca seule ?

— Oui, enfin... Myrtle s'est démenée pour qu'on arrête, elle répétait que ce n'était pas bien. En vieillissant, elle s'est ramollie. Rebecca ne m'écoute pas, mais j'ai quand même dit à plusieurs reprises que je n'aimais pas entendre les petites pleurer. Je crois qu'elle a eu peur des représailles, ou bien elle a eu pitié.

— Les loyers et les revenus du pub suffisent à subvenir à vos besoins ?

— Depuis trois ou quatre mois, Rebecca est sur les nerfs. Myrtle ne travaille plus depuis deux bonnes années, elle sort deux fois par semaine pour aller visiter les filles qu'elle élève. Elle ne veut plus entendre parler d'entremise. Elle prend de l'âge, cela se comprend. Rebecca ne se fie pas à moi, et ne me donne aucune tâche de confiance, elle pense que je suis un retardé, incapable de gérer quoi que ce soit. Je crois que son bas de laine se vide, et qu'elle s'inquiète.

— Elle doit avoir de confortables économies, j'ai visité ses appartements, elle ne manque de rien, tableaux, tapis, bijoux, meubles aux essences rares...

— Le loyer est très cher, et elle dépense beaucoup trop. Il y a deux mois environ, je l'ai accompagnée dans un salon de thé, sur Regent Street. Elle devait rencontrer un homme pour une affaire lucrative. Il se nommait Charles Hammond, je ne l'avais jamais vu, mais il portait du beau linge à la dernière mode, la trentaine au plus. Il parlait tout doucement, mais j'ai pu facilement écouter ce qu'il disait à Rebecca. À ses manières, j'avais tout de suite compris qu'il s'agissait d'un proxénète, et cela me fut vite confirmé. Il tenait un bordel au 19 Cleveland Street, à côté du salon de thé.

Il s'est arrêté, persuadé que j'allais l'interrompre.

— Ce nom m'est totalement inconnu, ai-je dit.

— Ce Charles Hammond a mis Rebecca en confiance, en prétendant que des gens très respectables lui avaient parlé d'elle, qu'il était persuadé qu'elle pourrait répondre à ses attentes. Il a ajouté qu'elle était connue dans le milieu, et que de nombreuses personnalités pensaient grand bien de sa discrétion.

— Vous pensez que cela peut m'intéresser ?

— En fait, je me dis que ce que vous cherchez est sans doute là, mais cela ne m'avait jamais sauté aux yeux.

Je m'approchai un peu de lui pour ne rien perdre de ses confidences.

— Hammond est un malin, il se croit intouchable, mais il a trop fait confiance à Rebecca, il en a trop dit. Il tient un bordel de jeunes garçons. Ils sont tous âgés de plus de seize ans, à l'exception d'un seul qui n'a que quinze ans. Ils travaillent presque tous à la Poste principale, ils sont télégraphistes. Comme ils perçoivent un salaire, personne ne s'inquiète de les voir gagner de l'argent. Dans ce bordel, Hammond ne reçoit que des aristocrates triés sur le volet, les nouveaux clients sont sélectionnés uniquement sur recommandation. Les affaires sont florissantes, mais il ne parvient plus à donner satisfaction à sa clientèle, trop de demandes, locaux trop petits et anciens. Son souhait serait d'ouvrir un second établissement dans un endroit différent, éloigné, mais il ne peut le faire lui-même, pour ne pas éveiller les soupçons. L'idéal, afin de cacher cette activité illégale et sévèrement punie, serait de l'établir dans un lupanar qui aurait déjà pignon sur rue. L'idée était géniale, car les hommes entrant dans le bordel pourraient s'adonner à leur plaisir sans crainte, sous couverture d'un lieu de perdition ordinaire. Mais – car il y a un mais – il est tombé sur un écueil. Rebecca doutait, elle hésitait sur la rentabilité du projet et la réalité de cette clientèle huppée. Je pensais que le sieur Charles déposerait les armes, mais cela a eu un effet bien différent sur lui. La voir résister lui a donné confiance. L'argent coulait à flots, les clients payaient d'avance, une livre pour un garçon, et il ne reversait que quatre shillings aux gamins. Rebecca trouva effectivement que le rendement paraissait très intéressant. Mais, il exigerait un pourcentage, et elle n'attendit pas pour en connaître le chiffre. L'homme se montrait gourmand, sa part s'élèverait à cinquante pour cent, mais il garantissait la clientèle et une partie de la main-d'œuvre, charge à elle d'augmenter son cheptel si elle le désirait. Puis, vint la partie sur la clientèle et il demanda à Rebecca si je pouvais m'éloigner, par pur souci de confidentialité. Elle lui répondit froidement que j'étais son fils adoptif, que j'étais attardé et qu'il n'avait rien à craindre. Alors, il a donné quelques noms, il y avait le colonel Jervois du 2nd Life Guards. Cela surprit agréablement Rebecca, mais sans plus. Il cita ensuite lord Arthur Somerset, qui se faisait appeler « Mister Brown », puis Henry James FitzRoy, comte d'Euston. L'homme était fier de son énumération de grands noms, mais Rebecca se montrait toujours sceptique. Les dangers étaient grands et la prison assurée pour plusieurs années si tout cela venait à être découvert. Alors, Hammond a sorti sa dernière carte, celle qui devait faire fléchir Rebecca. Un de ses clients était le prince Albert Victor, duc de Clarence, petit-fils de la reine Victoria, et fils du prince de Galles. Avec une protection de ce niveau, même si l'affaire venait à s'ébruiter, elle ne risquerait rien.

Je n'en revenais pas, et je joignis les mains devant mon visage dans un geste de remerciement.

— Attendez ! dis-je. Vous voulez dire que le prince Albert Victor se rend dans un bordel homosexuel, ici, à Londres ? Pour se payer la compagnie d'adolescents !

— Je vous le répète comme je l'ai entendu, inspecteur.

Je tenais le scandale, rien de plus énorme ne pouvait éclater. La Couronne, la Reine, le Prince… tout s'accélérait dans ma tête.

— Vous avez vendu cette information à un journaliste ?

— Non jamais ! Je n'ai pas cru à cette histoire, pas plus que Rebecca, je pense, elle n'en a jamais reparlé. Elle a répondu qu'elle réfléchirait, et elle ne l'a jamais recontacté. Je crois qu'elle a sans doute trouvé cela trop risqué pour elle, ou bien elle ne l'a pas cru… Dans la voiture qui nous ramenait chez nous, elle pensait à voix haute et l'a plusieurs fois traité d'imposteur.

— Si vous n'en avez pas parlé à un journaliste, et Rebecca non plus, car elle n'a jamais évoqué cette histoire… qui a pu divulguer cela à un journal ?

Timothy haussa les épaules.

— J'ai peut-être une idée. Ce que je vous ai dit… je l'ai répété à David, et uniquement à lui. Il avait l'air surpris, mais ne croyait pas non plus à toute cette histoire.

34

Je devais retourner à l'auberge au plus vite. Cette information était capitale, je tenais sans doute la clé de cette enquête, le scandale, et, avec un peu de chance, l'identité de la personne qui allait le dévoiler à la presse.

Mon épaule me faisait toujours souffrir, mais l'excitation de résoudre enfin cette affaire avait pris le dessus. Le coche me déposa devant l'hôtel et je convoquai mes amis dans ma chambre pour leur confier mes découvertes.

Christopher se mit en chasse du bedeau et me le présenta quelques minutes plus tard.

Il me salua, à l'évidence contrarié par ce rendez-vous forcé, alors qu'il était en train de balayer la sacristie. Je m'excusai, et l'informai que l'entretien ne durerait pas s'il répondait sans détour à mes questions.

— David, votre père vous a parlé de ce lieu où de jeunes garçons se vendent à des hommes fortunés.

Il écarquilla les yeux, surpris, mais aussi gêné. Sa main droite agrippa la poche de sa blouse.

— Oui, monsieur l'inspecteur, en effet.

— Qu'avez-vous fait quand vous l'avez appris ?

Mal à l'aise, il baissa la tête, et se mit à basculer d'un pied sur l'autre. Il hésita.

— J'ai d'abord pensé que ce n'était pas possible, mais j'ai ensuite compris qu'il n'y avait pas de raison que Timothy me mente à propos de ces choses-là. J'ai prié pour la paix de ces âmes, pour ces enfants qu'on détournait du droit chemin. Ce lourd secret me tourmentait, je n'en dormais plus et j'ai reçu comme un signe, on m'a demandé de porter un pli à un prêtre de l'église Saint-Georges, pas très loin du 19 Cleveland Street. En sortant de chez lui, je me suis rendu à l'adresse du bordel, il s'agissait d'un immeuble ordinaire, sans particularité aucune. J'ai entamé une surveillance, et, après une heure, j'ai aperçu un jeune homme entrer sous le porche. Il ne devait pas avoir plus de dix-sept ans. Quand il est ressorti, je l'ai suivi. Il est allé à la Poste principale. Certes, cela ne prouvait rien de ce qui se passait dans l'appartement, d'autant que je n'avais vu personne d'autre aller ou venir, mais cela semblait confirmer ce que m'avait confié Timothy.

Je bouillais d'impatience.

— Vous avez donc décidé d'en parler à un journaliste, c'est ça ?

— Oh non, monsieur ! Jamais de la vie ! Je ne pense pas qu'il m'aurait cru.

— À qui donc alors ?

— J'ai hésité, vous savez, mais on doit combattre le mal, et j'ai demandé une entrevue à monseigneur l'archevêque, qui m'a reçu le lendemain.

— Et que lui avez-vous dit exactement ?

— Je l'ai remercié. Obtenir une audience avec Son

Excellence est un privilège. Ensuite, je lui ai raconté qu'un énorme scandale se préparait, que le prince Albert Victor, duc de Clarence, pouvait y être mêlé. Mais quand je lui ai parlé d'homosexualité et de jeunes garçons, il s'est presque mis en colère. Il m'a demandé si j'avais des preuves. Comme je n'en avais pas, il m'a congédié. Je n'ai pas compris sa réaction.

— Lui avez-vous donné d'autres détails ?

— Je n'ai cité aucun nom, aucun lieu, ni évoqué le jeune télégraphiste. Monseigneur m'a ordonné d'oublier cette histoire et de n'en parler à personne. Vous êtes le seul avec qui j'ai évoqué le sujet depuis mon entrevue avec lui. Pourquoi me demandez-vous tout cela ? Serait-ce donc vrai ?

— Non, je ne pense pas. Cependant, je vous prierais de ne surtout pas en parler. L'archevêque a raison, il ne faut pas ébruiter de ragots, surtout aussi monstrueux.

J'ai réuni notre petit groupe. Il fallait qu'on discute de l'attitude à adopter et cela ne se présentait pas sous les meilleurs auspices. Je résumai les faits :

— Nous avons un prince, le deuxième dans l'ordre de succession au trône, susceptible d'avoir des entrevues avec des mineurs dans un lupanar de Londres. Si ce n'est pas le scandale du siècle, je ne sais pas ce que cela peut être d'autre !

— Je ne parviens pas à le croire, dit Christopher.

— Je pense qu'on peut faire confiance à Timothy. Ce qu'il m'a raconté me paraît véridique, il y aurait bien un bordel de jeunes garçons, fréquenté par l'aristocratie locale.

— Et pour les journaux ?

— Il semblerait qu'il n'y ait eu de contact avec aucun d'eux. En tout cas, pas encore.

William martelait le parquet d'un pas rapide, cette affaire touchait les plus hautes sphères et il s'inquiétait.

— Si nous en venions à livrer ces informations telles quelles, sans autre preuve, on pourrait nous jeter en prison, Wallace.

— J'y ai pensé. Je vais d'ailleurs vous charger tous les deux d'une mission délicate, mais d'une importance capitale. Je me serais bien joint à vous, mais mon état ne me le permet pas encore. Je vous demande d'aller surveiller les entrées et sorties du 19 Cleveland Street. Faites très attention, je ne veux pas qu'on devine votre présence. D'ailleurs, à ce sujet, je crois qu'il serait bon que vous changiez de tenue vestimentaire. Il suffit d'une minute pour comprendre que vous appartenez à la police ou aux impôts. Demandez au gérant de l'hôtel de vous fournir quelques guenilles, il doit avoir ça sous la main. Et n'arrivez pas sur place en calèche, descendez un peu avant et finissez à pied. Il faut être certains de la réussite de cette surveillance, il y va de notre avenir à tous.

35

La journée me parut une éternité, j'avais fait quelques pas sur le parvis de la cathédrale, tourné les pages du *Daily London*, et je n'étais pas parvenu à me reposer. William et Christopher ne sont revenus qu'après le coucher du soleil. Quand ils s'invitèrent dans ma chambre, je prenais des notes sur mon carnet. Une idée pour nous sortir de ce pétrin avait germé, mais je devais en détailler chaque étape, prévoir l'imprévisible.

William semblait ravi, ce qui, de toute évidence, n'était pas le cas de Christopher.

— L'ambiance dans cette petite auberge, d'où nous avons épié l'entrée, était incroyable, se réjouit le premier.

— L'odeur de poisson et de friture trop cuite, vous trouvez ça incroyable ? Vous m'étonnerez toujours, William !

— Vous n'êtes qu'un rabat-joie ! Moi, j'ai apprécié.

— Rien que des soiffards et des braillards qui ne pensent qu'à finir leur pot de bière, et uriner le plus loin possible !

Je dus interrompre leurs chamailleries. Mes camarades jouaient avec mes nerfs et c'était volontaire.

— Et si vous me donniez plutôt le résultat de votre surveillance ?

Christopher sourit et bouscula son voisin d'un coup d'épaule, tout en lui adressant un clin d'œil.

— On y dit au gentilhomme, quoi qu'on a vu ?

Je grimaçai, mais cette bonne humeur ambiante me rassura. Je les taquinai à mon tour.

— Je ne suis pas certain d'avoir envie de vous sauver quand le chef de Scotland Yard me demandera ce qu'on fait de vous !

Ils se dévisagèrent, sourirent, et Christopher se lança :

— Excusez-moi, la journée fut éreintante. Mais, vous vous doutez bien que nous rapportons de bonnes nouvelles, nous ne serions pas si blagueurs s'il n'en était pas ainsi. Nous avons compté la venue de six jeunes hommes, tous âgés d'une quinzaine d'années environ, nous en avons la conviction. L'un d'eux arborait la tenue du porteur de télégrammes de la Poste principale. Huit personnes, toutes de sexe masculin et d'un âge respectable, sont entrées et sorties du bâtiment. Quelques-uns montraient une certaine appréhension avant de franchir le porche ; regards furtifs, plusieurs passages avant de se décider. Ce n'est qu'au début de la soirée, vers huit heures, qu'un nouveau visiteur s'est présenté laissant porter dans sa manière d'être et de s'habiller la signature des castes supérieures de Londres. Nous l'avons suivi, comme vous nous l'avez demandé, en toute discrétion, notre cocher est resté très loin de la voiture du client. Il s'agit de lord Henry Arthur George Somerset, le troisième fils du huitième duc de Beaufort.

J'aurais voulu crier ma joie, me lever et les serrer dans mes bras.

— Cela corrobore parfaitement les propos rapportés par Timothy. Je vous félicite, vous avez droit à un bon bain chaud, car il est vrai que vous sentez la friture !

— Merci, répondit William. Que devons-nous faire désormais ?

— Pour ce soir, rien du tout, c'est évident. J'ai eu une idée, mais j'ai besoin de la mûrir. Elle pourrait satisfaire tout le monde, faire oublier notre fuite avec les prisonniers et vous permettre de réintégrer vos services avec les honneurs, mais il faut que j'y songe encore. Le risque est grand de nous voir interpellés et jetés sous les verrous pour quelques jours, c'est pourquoi je me rendrai seul jusqu'à Scotland Yard.

— Nous n'allons plus à la caserne ?

— Je crois que les suspects ne doivent plus y être, répondis-je en souriant. Connaissant Howard, il a dû tout mettre en œuvre pour nous retrouver, et c'est sans doute encore sa mission à cette heure.

— Pauvre Howard, je crois qu'on doit jaser dans son dos. Votre idée d'enlever les prisonniers pour les placer à l'abri et disparaître après le duel était vraiment un coup de génie…

— Merci, William, mais le plus difficile reste à faire, la partie n'est pas terminée.

Ils s'effacèrent tous les deux, et je me penchai sur le nouveau problème qui se présentait. J'espérais sauver les trois prisonniers, faire en sorte qu'ils reprennent le cours de leur vie sans trop de casse, mais cela me paraissait compromis. Le pouvoir les laisserait-il libres, avec tout ce qui s'était passé ? Ils en savaient déjà beaucoup, surtout Rebecca et Timothy. Pour le moment, l'identité de David était encore inconnue des autorités, mais le resterait-elle, une fois le pot aux roses dévoilé ?

Une question demeurait en suspens : qui avait prévenu les proches de la Couronne, et en quels termes ? L'archevêque avait vraisemblablement lancé l'alerte, mais pourquoi n'avait-il pas donné le nom de David March, qui aurait pu livrer tous les détails depuis le début ? À moins que certains prélats de l'Église anglicane ne trouvent un intérêt à ce que le scandale éclate. C'était peut-être l'explication, un vrai scandale pour déclencher un retour au puritanisme, une lutte sans merci contre ce mal qui, selon eux, gangrenait la société londonienne. L'hypothèse tenait : on donnait une information lézardée, en espérant montrer sa bonne foi, et on laissait faire, ou pire.

Et si c'était directement l'Église qui avait prévenu la presse ? David semblait prêt à tout pour devenir prêtre... Peut-être avait-il tout raconté dans le détail, mais avait aussi reçu l'ordre de ne pas en parler. L'Église, ainsi, n'était pas au courant. Et on ne peut être accusé de ce que l'on ignore. Dans le désordre de mes pensées, je commençais à entrevoir une forme logique, cohérente, une équation à double inconnue avec cette énigme en creux : la presse avait-elle déjà été informée ? J'en doutais, mais il n'y avait pas de temps à perdre. Le lendemain, je donnerais mes dernières directives à mes amis, et je me rendrais à Scotland Yard.

36

Mireille commence à trouver le temps long. Son mari, dès qu'il a un instant, se rue sur ses écouteurs et disparaît dans son histoire. Cela dure depuis quelques jours et devient pénible.

Certes, il est présent pendant les repas, s'intéresse, discute un peu, mais elle voit bien que ce n'est qu'une façade et qu'il n'attend qu'une chose : retourner dans ce monde d'un autre siècle. Mireille a l'étrange impression d'être oubliée, mise de côté.

— Tu en as encore pour longtemps avec ton revenant anglais ? demande-t-elle une fois attablée.

— Je ne sais pas, pourquoi ?

— J'ai l'impression de partager ma vie avec… un mort vivant. Tu n'as même pas pris le temps d'aller pêcher depuis que ton fantôme a surgi.

La réflexion l'a touché, Jacques ne trouve rien à répondre. Mireille enfonce le clou :

— Je me demande bien ce que tu tires de cette histoire.

— Je suis certain que si tu lisais un peu ce texte tu serais mordue toi aussi, tout comme Aude et moi ! Mais,

Madame ne veut rien savoir, *Madame* fait du racisme anti-mort !

— Oh, mais ne monte pas sur tes grands chevaux, si on ne peut plus te parler maintenant !

Mireille piqua sa fourchette d'un geste vif dans sa pomme de terre.

— Mais c'est toi ! Avec tes réflexions à trois francs six sous ! On dirait que je te trompe avec un revenant ! Tu ne serais pas un peu jalouse ?

— Jalouse ? Mais je me demande bien de quoi !

— Est-ce que je te dis quelque chose, moi, quand tu ne décroches pas un mot de tout l'après-midi, parce que *Madame* ne veut pas qu'on la gêne quand elle lit ?

— De toute façon tu ne demandes pas mieux !

— C'est vrai que si c'est pour entendre des sornettes comme en ce moment, il y a de quoi se poser la question.

— Oh et puis zut ! Tu m'énerves !

— Allez ! C'est reparti pour un tour. Si ça ne te dérange pas, je retourne avec mon copain Wallace l'ectoplasme. Et n'en profite pas pour appeler l'équipe de SOS Fantômes !

Jacques se lève et s'installe dans son fauteuil.

Il enfonce ses oreillettes en douceur, observe son épouse et patiente un peu. Enfin elle le regarde. Il lui fait un signe d'au revoir de la main. Il sait que tout cela n'est que passager, et il aime bien la voir s'énerver, l'amour des vieux couples s'alimente et s'entretient avec d'improbables étincelles.

Je me suis levé aux aurores, et suis descendu à la réception pour prendre un breakfast à la hâte.

Je retournai ensuite à l'étage et m'invitai dans la chambre de Christopher. Il était déjà debout, dans un peignoir du plus mauvais goût, sans doute récupéré dans une friperie. Je lui livrai mes ultimes instructions.

— William et toi devrez emmener miss Brianey, Timothy et Myrtle à la ferme où cette dernière s'occupe d'enfants orphelins. Vous devrez y rester tant que je ne vous enverrai pas un messager.

— Vous croyez qu'ils nous accueilleront ?

— J'en suis persuadé. Sinon, trouvez un endroit dans les alentours où passer la nuit si nécessaire. Si vous n'avez pas de nouvelles de ma part d'ici deux jours… il faudra alors penser à vous débrouiller seuls. Mais nous ne devrions pas en arriver à cette extrémité. Je pars dans une heure pour Scotland Yard, faites en sorte d'avoir quitté l'auberge avant midi.

— Mais…

— Ne cherchez pas à comprendre ! Faites-moi confiance, mon ami. Dans tous les cas, si cela tournait mal, dites que j'ai abusé de mon grade pour vous forcer à me suivre, et que j'ai assuré être couvert par notre hiérarchie. Vous ne tromperez personne, mais il suffit de ne pas dévier de cette version pour semer le doute. Et comme vous le savez, le doute bénéficie toujours à la défense. Je me sauve, je dois finir de ranger mes effets. Je vous laisse mes carnets, si vous n'avez pas de mes nouvelles, brûlez-les.

— Très bien.

Je sortais quand il m'adressa ses vœux.

— Wallace, faites très attention.

— Ne soyez pas inquiet, tout va bien se passer, nous avons des informations à marchander.

J'arrivai à Whitehall Place vers dix heures, puis me dirigeai vers le bâtiment de Scotland Yard. Mon entrée dans les locaux fut très remarquée, et l'accueil original. On me demanda de patienter dans le hall comme un simple visiteur, on me dépouilla de mon arme, et on fouilla mon manteau.

J'étais devenu en quelques jours un loup solitaire que la meute ne semblait plus vouloir dans ses rangs. Un pestiféré porteur d'un virus qui ne méritait que la quarantaine. Il ne me fallut pas attendre longtemps, cinq minutes peut-être, avant que l'on m'invite, d'un ton ferme, à monter dans le bureau de l'inspecteur-chef Frederick Abberline. Celui-là même qui avait été chargé de l'enquête sur les cas de Jack l'Éventreur. Je l'avais déjà croisé à plusieurs reprises, mais nous n'avions jamais travaillé sur les mêmes dossiers.

J'entrai dans son bureau et ne fus pas surpris de le voir accompagné de trois détectives, dont le jeune Howard. Le superintendant, de taille moyenne, vêtu tel un homme d'affaires, portait une moustache épaisse reliée à de larges pattes qui emprisonnaient un menton effilé. Ses yeux sombres, qui manquaient de profondeur, me dévisageaient. Il me pria de prendre place sur un fauteuil face à lui.

— Monsieur Hardwell, je ne vous présente pas mes assistants, je crois que vous connaissez déjà l'un d'eux. Vous savez que votre visite me ravit. Certains, dans cette pièce, me disaient il y a moins d'une heure que vous aviez traversé la Manche et que l'on n'entendrait plus jamais parler de vous. Je gage que votre présence doit les contrarier ou même les agacer. Rien que ceci vaut son pesant d'or.

L'homme se tritura le bord de la moustache du pouce et de l'index et sourit. Il ne cacha pas sa satisfaction de me voir dans son bureau.

— Je dois reconnaître que votre disparition et celle des trois détenus ont laissé des traces dans les esprits. Je constate d'ailleurs que vous êtes seul et j'en déduis que vous allez m'en donner l'explication.

— Oui, monsieur Abberline, mais je ne peux m'ouvrir à vous devant témoins. Ce que j'ai à vous révéler requiert la plus grande confidentialité. Et malgré le respect que je porte à mes confrères, je ne peux me résoudre à évoquer certains sujets devant eux. L'expérience de ces derniers jours me laisse à penser que la confiance devient une denrée rare en ce bas monde.

L'inspecteur-chef, qui tenait ses mains sur le bureau, les joignit et entrelaça ses doigts, comme pour une prière. Il me détailla, plissa les lèvres et émit de petits bruits répétitifs qui résonnaient comme l'hésitation d'un joueur qui va parier gros à la roulette.

— Très bien, sortez messieurs, attendez dans le couloir.

— Mais monsieur, vous ne pouvez lui faire confiance ! s'offusqua l'un d'eux.

— Laissez-nous. Et que je ne prenne pas l'un d'entre vous à écouter aux portes. Allez ! Dehors !

Howard me dévisagea, loin de lire de la colère dans son regard, j'y découvris de l'inquiétude. Peut-être me trompais-je. La porte se referma dans un silence qu'Abberline eut peine à briser.

— Très bien, nous voilà seuls, vous pouvez vous expliquer. Je vous écoute, mais avant, sachez que votre conduite inqualifiable vous expose et que vous encourez une punition telle que la révocation et sans doute un passage devant un tribunal.

— En agissant comme je l'ai fait, je connaissais les risques, monsieur. Et j'en assume seul toutes les conséquences, je tiens à le souligner.

— J'entends bien, mais ce n'est pas le propos pour le moment ! Veuillez me confier ce qui vous a poussé à agir de la sorte et à venir me voir.

Je réfléchis encore quelques secondes, tel un comédien qui répète son dialogue avant une première. J'étais confiant dans mon stratagème, mais le superintendant serait-il réceptif ? Son regard m'annonçait le contraire.

37

— Jacques ?

— Hein ? Quoi ?

— Va mettre une chemise correcte, Aude vient de téléphoner, elle est dans les parages, elle passe nous faire un coucou.

— Qu'est-ce que tu racontes ? Il va être neuf heures ! Et pourquoi je devrais mettre une chemise ?

— Elle veut nous présenter son ami.

— Son ami ?

— Son nouveau copain, quoi !

— Si c'est une plaisanterie, elle n'est pas drôle !

— Mais non, allez, file te changer !

Jacques a la tête qui lui tourne, un peu comme si on le sortait d'un mauvais rêve. Il cherche une chemise, ôte son tee-shirt et se change dans des gestes découpés. Un autre agit à sa place, son esprit, lui, tente de recomposer les morceaux de réalité : Aude vient leur présenter son copain.

Le bruit des voix qui s'entrechoquent dans le salon le fait s'activer, puis une impression étrange le saisit :

cette voix à l'accent anglo-saxon, il l'a déjà entendue. C'est celle de l'arrière-plan, dans les enregistrements de sa fille, aucun doute n'est permis.

Il entre dans la pièce. Un homme d'une trentaine d'années, immensément fin, se tient à côté de sa fille. Il doit mesurer presque deux mètres. Le géant sourit et le soleil illumine son visage. Aude intervient, gênée :

— Papa, je te présente Timothy ! Timothy Robson, c'est la voix qui t'inquiétait dans mes enregistrements.

Jacques s'approche, lève la tête, sourit, lèvres pincées, et ne trouve rien d'autre à dire que :

— Parlez pour voir ?

— Bonjour, monsieur, je suis Timothy. Mon père était un Anglais d'origine sénégalaise, et ma maman est française.

— C'est bien la voix ! On entend bien votre accent anglais.

— Je vis en France depuis quatre ans. Après le décès de mon père, j'ai suivi ma mère qui est originaire de Boulogne.

Les présentations terminées, Mireille invite tout le monde à s'asseoir dans le salon autour d'un thé. Aude explique qu'elle connaît Tim depuis plus d'un an. Il travaille dans le même service qu'elle, il est infirmier, et basketteur à ses heures perdues. Ils ont décidé la semaine dernière de se mettre en ménage et d'habiter le même appartement. Comme les leurs sont trop petits, ils reviennent d'une visite pas très loin d'ici. Aude s'est décidée sur un coup de tête. Jacques écoute, mais une chose le chiffonne, sa fille s'en aperçoit.

— Qu'est-ce qui ne va pas, papa ?

— Rien, rien !

Le jeune homme intervient :

— J'espère que cela ne vous gêne pas que je sois noir ?

— Ah ça non ! Ça ne me dérange pas !

— Papa ! ! !

— Pardon, mais c'est cette histoire… Il est anglais et il s'appelle Timothy, tout comme…

Aude et son ami éclatent de rire.

— Oui, on s'est fait aussi la réflexion. Une sacrée coïncidence, tu ne trouves pas ?

— Oui, et quelque part ça m'arrange que vous soyez… enfin…

— Noir ?

— Pas pareil quoi, je crois que cela m'aurait fait peur sinon. Il y aurait eu de quoi cogiter !

Nouveau fou rire. Seule Mireille reste étrangère à la discussion et garde son sérieux.

— Faudra m'expliquer.

— Ne t'inquiète pas maman, je te raconterai.

Pendant une demi-heure, Mireille ne tarit pas d'éloges sur sa fille, la félicite de son bon goût concernant son compagnon et exprime sa joie de la voir envisager des projets d'avenir. Vers dix heures, le jeune couple s'en va.

Deux coups de klaxon plus tard, Mireille rejoint son mari dans la cuisine.

— Quelle surprise !

— Tu peux le dire ! Il a l'air gentil. Bon, il est noir, mais nous ici dans le Nord, les gueules noires on connaît ! En tout cas, Aude semble très heureuse.

— Elle avait peur de nous le présenter, ça fait trois

semaines qu'elle veut nous en parler, mais elle craignait ta réaction.

— À moi ! Mais pourquoi ?

— Tu as toujours répété que tu n'aimais pas les grands !

— Normal, quand tu mesures un mètre soixante-huit, et que tu vois un bazar pareil, tu te dis qu'il y a comme de l'injustice.

— Je t'adore !

— Hein ? Pourquoi tu dis ça ? T'es plus en colère ?

— Non.

— Eh bien, il a bien fait de passer, le petit !

38

Je scrutai le regard du superintendant Abberline. Il semblait agacé et je me jetai à l'eau.

— Voilà, j'ai découvert quel scandale allait sans doute éclater sous peu, et je puis vous confirmer qu'il est à la hauteur des craintes qu'on m'avait laissé entendre. Cet émissaire, dont j'ignore toujours le nom et la qualité, mais qui disait agir pour protéger l'Empire, ne m'avait donné que peu d'informations, et je crois savoir pour quelle raison. Mais je veux négocier avec vous avant de vous révéler la vérité.

— Négocier ! s'écria-t-il. Mais négocier quoi, monsieur Hardwell ? Vous n'êtes pas en état de barguigner. Nous enquêtons de notre côté, malgré votre fuite avec des témoins précieux, et nous avons aussi des renseignements qui nous laissent penser que nous savons ce qui se prépare.

J'avais tout imaginé, sauf cela, et j'hésitai à enchérir. Il me fixait, attendait une réponse, une riposte. On m'avait dit que cet homme avait mille fois démontré ses talents d'investigateur, ce qu'il m'annonçait était peut-être vrai, ou alors juste une manœuvre pour me déstabiliser.

Je tentai une autre approche.

— Monsieur le superintendant, vous étiez le responsable de l'enquête suite aux meurtres affreux de Jack l'Éventreur. Si vous me permettez, sauf votre respect, ce ne fut pas une affaire mémorable pour vos services, certes, il n'y a plus d'homicides, mais le monstre court toujours. Ce que je vous propose ici, c'est non seulement de préserver la Couronne d'un scandale qu'elle ne peut pas s'autoriser, mais aussi de redorer votre blason au travers d'une enquête qui sera saluée par tous.

L'attitude de mon interlocuteur changea à ces derniers mots : il baissa les yeux, juste une seconde, et je crus lire une imperceptible grimace sur ses lèvres. L'hésitation était désormais dans son camp.

— Quelles seraient vos exigences ?

J'eus envie de lever le poing en signe de victoire, mais je savais que rien n'était fait. Il ne s'agissait que d'une brèche, il me fallait ruser encore.

— Je voudrais qu'il n'y ait aucune faute, aucune poursuite contre les deux détectives qui ont travaillé avec moi. Je verrais même d'un très bon œil une promotion, ils la méritent, je puis vous le garantir.

Il ne sembla pas surpris.

— Vous n'y allez pas avec le dos de la cuillère !

— Ce n'est pas tout, monsieur.

Il haussa les sourcils.

— Vous ne manquez pas de culot ! Surtout au vu du contexte dans lequel vous évoluez. Quoi d'autre ?

— Il se trouve que les trois personnes qui ont été arrêtées ne sont en rien impliquées dans ce scandale. Comme vous ne le savez sans doute pas, l'une d'elles a subi des actes odieux. Le nommé Timothy Brianey a été roué de coups, il souffre de plusieurs fractures à la main, a failli perdre un œil. La torture a été abolie il y a longtemps, vous n'êtes pas sans le savoir, et de tels actes dépassent l'entendement. C'est d'ailleurs la raison de mon duel avec Howard et de notre fuite. Ces gens-là ne méritent pas leur enfermement. Je voudrais qu'ils ne soient aucunement importunés par la suite.

L'homme inspira profondément, s'adossa à son fauteuil.

— Vous savez très bien que cela m'est impossible, ces décisions ne sont pas de mon ressort. Ces trois spécimens ne verront jamais leur image sur une icône biblique, cher monsieur Hardwell. Vous connaissez tout comme moi la nature de leur commerce, nous aurions sans doute cent raisons de les jeter en prison si l'on s'intéressait un peu à leur passé ainsi qu'à leur présent. Quant à cette prétendue séance de maltraitance, je crois que votre naïveté vous joue des tours. L'inspecteur Howard est formel, son coéquipier aussi : votre protégé a voulu les frapper et ils se sont défendus. L'homme a cogné plusieurs fois du poing sur le bureau et s'est fracturé tout seul les os de la main.

Je ne fus que peu surpris par cette version des faits. Je me doutais que les bourreaux n'afficheraient pas leur vrai visage.

— Cette histoire de torture se réglera entre sieur Howard et moi, une bonne fois pour toutes, vous pouvez me croire. Et je ne suis pas surpris qu'ils en viennent à mentir pour se dédouaner de toute poursuite.

— Je vous interdis tout nouveau duel, ce sont des pratiques d'un autre temps et, pour le moment, considérez-vous en état d'arrestation.

— Très bien, monsieur le superintendant… Concernant mes demandes, vous êtes à la tête de la Division A, monsieur, et je gage que rien ne vous est impossible. Vous avez un cercle de relations, qui, je n'en doute pas, vous permettrait au moins d'envisager la chose. Je puis encore tenir ces informations pour moi quelque temps. Mais je ne saurais dire quand la presse s'emparera du scandale.

J'assumais et maintenais la pression. Maintenant, j'étais persuadé qu'il n'avait pas connaissance de la teneur du scandale, il s'en ouvrit d'ailleurs à moi.

— Mon ami, vous parlez de scandale, comme s'il s'agissait de l'annonce de la fin du monde, d'un raz de marée, ou d'une énième pandémie, il faut raison garder. D'autant que vous ne m'apprenez rien sur l'importance de ce ou de ces dévoilements supposés.

— Vous m'avez mentionné que les investigations menées de votre côté vous permettent d'en avoir une idée. Dans ce cas, vous serez d'accord avec moi quand je dis que ces révélations sont bien plus graves pour la Couronne que le scandale de 1884 qui a conduit au *Criminal Law Amendment Act* l'année suivante, et au déferlement des manifestants dans la rue. Sans parler du déchaînement de la presse londonienne, mais aussi internationale dans ce cas précis.

Il se redressa dans son fauteuil capitonné, ce qui fit grincer le cuir. Il se pinça nerveusement les ailes du nez.

— Très bien, je vois que vous avez des arguments qui risquent de peser dans la balance, même si je reste sceptique. Je ne vais pas tourner plus longtemps autour du pot, nos équipes n'ont pas trouvé le plus petit début d'information. J'ai pourtant usé de notre division secrète, mis sous surveillance certains journalistes qui affectionnent la presse à scandale. Rien.

Il tapota du bout des doigts l'accoudoir de son fauteuil et poursuivit d'un ton réprobateur :

— Vous devez vous douter que l'on ne me laisse pas une minute de répit, et que je subis de fortes pressions.

— Je l'imagine très bien, monsieur. Mais le bluff était tout de même bien tenté.

— Je vous remercie, mais on ne vous la fait pas ! Pour ce qui est de réintégrer vos deux amis au sein de nos unités, ce ne sera pas un problème, la promotion non plus, mais elle ne pourra pas se faire dans l'immédiat. N'oubliez pas que cette enquête est de l'ordre de l'ultra-confidentiel. En revanche, je puis m'y engager dans l'année qui vient, ce qui serait déjà un très bel effort de ma part. Pour le reste, cela me semble extrêmement difficile étant donné le contexte. Mais je m'engage à trouver une solution qui satisferait les deux parties, c'est-à-dire vous, et ceux qui tirent les cordes au-dessus de moi. Est-ce que cela vous conviendrait ?

— Je vous remercie de votre franchise, mais à mon tour je me dois d'être honnête, je ne ferai aucune révélation tant que je ne saurai pas exactement quel sort est réservé aux trois prisonniers. J'en suis désolé, c'est une question d'honneur, j'ai promis de les aider et ils n'ont strictement rien à voir avec cette affaire.

Le superintendant se redressa d'un coup et frappa violemment son bureau du poing, tout en hurlant :

— Mais grand Dieu ! Pour qui vous prenez-vous ?

Aussitôt, la porte du corridor s'ouvrit, il se tourna dans sa direction et houspilla la tête qui se glissait dans l'entrebâillement.

— Sortez ! Je ne vous ai pas appelé !

Ses doigts tapotèrent son sous-main de cuir vert bouteille.

— J'ai déjà vu des têtus, mais des comme vous, jamais. Très bien, je vous fais descendre dans une cellule, d'ici deux heures j'aurai une réponse précise. Vous avez intérêt à ce que vos révélations soient solides, sinon vous allez m'entendre, et vous risquez de goûter à l'humidité des prisons.

— Soyez-en certain, monsieur.

Il cria après ceux qui attendaient dans le couloir qui, cette fois, tardèrent à venir.

— Descendez-le en cellule, et traitez-le bien, je vous prie.

39

L'un des détectives entra dans le bureau, et me demanda de le suivre. Une fois sur le palier, je croisai le regard du jeune Howard, franc, presque brillant. Il me railla sans retenue.

— La roue tourne, mon cher Wallace, désormais la prison vous tend les bras. J'espère que votre épaule guérit bien ! Pour les travaux forcés, elle vous serait fort utile !

Il lança une œillade à son voisin, et sourit à pleines dents.

— Ne fanfaronnez pas trop vite, Howard ! Je vous estimais, vous savez ! Notre relation avait commencé sur de bonnes bases… Malheureusement votre penchant maladif pour la violence et le mensonge a freiné cette camaraderie naissante. Mais je ne suis pas homme à laisser choir les amis, je vais tenter de vous remettre sur le droit chemin. Je ne garantis rien, certes, car l'affaire est ardue, mais j'aime les défis, les causes perdues.

Il haussa la voix pour que tout le monde entende bien.

— Vous vous faites trop vieux pour les bravades, et puis, ne vous ai-je pas déjà battu en duel ? Vous avez la mémoire courte. L'âge sans doute !

— Ah oui ! C'est vrai, j'avais presque oublié, n'est-ce pas le jour où vous vous êtes retrouvé chef d'une unité fantôme sans même un suspect à entendre ? D'ailleurs, il semble que depuis on vous surnomme l'« ectoplasme » dans les couloirs de cet édifice.

Il serra les dents, blessé par ma réponse.

— On se reverra, Wallace, je serai là quand vous partirez menottes aux poignets et fers aux pieds pour la prison du comté. Et je me rappellerai à votre bon souvenir. Peut-être viendrai-je vous rendre visite…

On me poussa dans le dos, pour me faire descendre les marches. Dix minutes plus tard, je me retrouvai dans une cellule en compagnie d'un indigent qui venait de dépouiller un commerçant ambulant.

Je patientai bien plus que deux heures. L'horloge à droite du geôlier indiquait déjà quatre heures trente de l'après-midi, et je n'avais aucune nouvelle. J'avais remarqué que ma présence derrière les barreaux suscitait la curiosité, car nombreux furent les passages devant ma cellule. Certains eurent la gentillesse de me saluer, d'autres, à qui le cœur manquait, me regardèrent un peu comme une bête de foire. Détective, et sous les verrous, cela éveillait les pires cauchemars.

Enfin, peu avant cinq heures, on m'accompagna dans le bureau de Mr Abberline. Il semblait préoccupé.

— Inspecteur ! Asseyez-vous. Cela a été un peu plus long que prévu, mais cela valait la peine d'attendre.

Il se retourna, s'adressa à mon escorte et lui ordonna de sortir.

— Nous voici seuls. Je ne vous cache pas que vos

demandes ont été accueillies avec circonspection. Une chose est certaine, aucun risque ne doit être pris et les témoins doivent être écartés. Néanmoins, nous pourrions envisager des solutions alternatives à une incarcération. Donc, oui, en fonction de ce que vous allez me dire, je vous accorde la clémence pour ces trois personnes, mais dans des formes qui ne sont pas encore déterminées. Je ne peux décemment pas aller plus loin.

J'avais donc vu juste, cela tremblait tellement en haut lieu qu'on ne pouvait rien me refuser. Je me sentis plus léger.

— Monsieur, vos propos me satisfont, mais restent assez vagues. Et je n'y vois pas très clair, pour être franc avec vous.

— Je sais, inspecteur, mais vous ne pouvez pas demander plus qu'on ne peut vous offrir, vous avez ma parole, nous ferons pour le mieux et éviterons à nos trois suspects toute incarcération. Je ne peux pas être plus précis.

— Très bien, vous êtes un homme d'honneur et je m'en remets à votre parole. Voici ce que je vous propose. Vous allez faire en sorte qu'une plainte soit déposée par le responsable de la Poste principale, une simple plainte pour vol.

Il s'étonna, et je lus la crainte sur son visage.

— Excusez-moi, je ne vois pas le rapport

— Permettez-moi d'aller plus avant, s'il vous plaît. Une fois cette plainte enregistrée de façon officielle, vous dépêcherez un officier de police. Je vous invite à user des services du nommé Richard Sladden, j'ai déjà travaillé avec ce policier de la ville, il est sérieux, fiable et surtout intègre. Ce personnage au style un peu atypique sait particulièrement se fondre dans la foule sans se faire remarquer. Vous lui demanderez de surveiller le porche du 19 Cleveland Street, et de noter toutes les entrées et sorties pendant une journée, cela devrait suffire. Par la suite, en revanche, il vous faudrait une équipe plus étoffée, afin de suivre et d'identifier quelques clients.

L'homme s'agaçait sur son fauteuil, il doutait maintenant, et ma façon d'aborder l'enquête l'irritait.

— Je ne comprends toujours rien, Wallace !

— Ce lieu, monsieur Abberline, est un bordel où de jeunes hommes, mineurs, vendent leurs charmes. Pour la plupart, ils travaillent comme garçons télégraphistes à la Poste principale. Il doit certainement y avoir des complicités au sein de l'encadrement, charge à vous de les découvrir. Des personnes de haut rang sont clients de cet endroit de débauche. Je peux déjà vous citer l'une d'elles de façon formelle. Mes hommes l'ont suivi et identifié, il s'agit de lord Arthur Somerset.

Ses yeux roulèrent comme des billes, il ouvrit la bouche, interloqué.

— Lord Somerset !

— Oui, mais un nom bien plus important revient dans la liste des visiteurs : le prince Albert Victor, duc de Clarence, le petit-fils de la reine Victoria.

Mon interlocuteur posa sa main sur sa bouche, leva les yeux au plafond et secoua la tête.

— Grand Dieu ! Quelle horreur si cela venait à s'apprendre. D'où tenez-vous cette information ?

Pendant quelques minutes, je lui relatai la conversation entre le patron du bordel et Rebecca Brianey.

— Donc, cela veut dire que cette Rebecca et l'autre sont au courant de cette information.

— Oui, mais nous n'avons aucune preuve de ce que cet homme avance.

— Vous savez, le jeune prince est un garçon que nous pourrions qualifier de turbulent, dissipé, parfois étrange. De toute façon, si son nom a été cité, c'est dangereux. Comment s'appelle le patron du lupanar ?

— Charles Hammond. Il vit sur place.

Il griffonna.

— Ce nom ne m'est pas inconnu. Si c'est le genre de spécimen auquel je pense, il va falloir être prudent. C'est un malin. Mais vous ne m'avez pas précisé comment relier tout cela avec la plainte.

— C'est assez simple, il vous suffira d'entendre l'un des télégraphistes. Il aura, j'en suis certain, beaucoup d'argent sur lui. La prostitution rapporte plus que ce petit travail de coursier. Avec la plainte pour vol de la Poste, vous n'aurez plus qu'à le menacer de prison s'il ne justifie pas de la provenance de cet argent. Ce sont de jeunes garçons, sans doute victimes d'un monstrueux chantage, je ne doute pas que l'un d'eux parlera.

La moue qu'il fit indiquait qu'il trouvait l'idée plaisante.

— C'est brillant, et assez facile à mettre en œuvre.

— Ensuite, il ne vous restera plus qu'à démanteler ce réseau, interpeller ceux que vous voudrez et récupérer tout ce qui serait compromettant pour certaines personnes de la Couronne avant qu'un journaliste ne s'empare de l'affaire. Mais comme je vous en ai prié, sans représailles envers les trois suspects.

— La troisième, la vieille entremetteuse, elle n'est pas au courant ?

— Aucunement, c'est une pauvre femme de

soixante-quatorze ans qui s'est rangée et qui a quitté le métier.

— Wallace, permettez-moi de vous appeler ainsi, vous avez fait un excellent travail, et je vous en remercie. Cependant, en attendant que nous mettions en place cette enquête, les surveillances, arrestations et autres, vous comprendrez que nous ne pouvons pas nous permettre de laisser vos trois témoins en liberté.

— Mais, monsieur !

— Ne montez pas sur vos grands chevaux, je ne parle pas de prison, mais plutôt de maintien à résidence. Vous pourriez les inviter à rentrer chez eux, et nous leur demanderions de ne pas sortir. Bien entendu, la police y veillerait, et les escorterait, nous ne pouvons pas nous autoriser la moindre fuite à ce stade de l'affaire.

J'hésitai un instant, mais je n'avais plus la main sur les décisions, et j'acceptai avec un pincement au cœur.

— Je comprends votre méfiance, et cela me convient. Rebecca et Timothy vivent dans un appartement dans le centre. En revanche, la dame âgée réside dans l'appartement au-dessus d'un lupanar. Le mieux serait de la laisser où elle est, en dehors de Londres. De plus, elle n'est pas au courant du tout de l'existence du 19 Cleveland.

— Nous sommes d'accord.

— Je peux faire revenir mes inspecteurs ?

— Sans aucun problème, leur place est ici.

— J'ai une dernière requête, monsieur le superintendant.

— Je vous écoute.

— J'aimerais régler définitivement mon différend avec Howard.

— Je vous l'ai déjà dit, pas de duel !

— Je pensais plutôt à un combat de boxe. Nous avons le ring d'entraînement au sous-sol. Quelques rounds.

— Mais n'êtes-vous pas blessé à l'épaule ?

— J'en fais mon affaire, j'ai une revanche à m'offrir.

— Vous aimez le danger, mon cher Wallace. Ce jeune détective est un coriace, croyez-moi, vous devriez vous méfier et passer à autre chose. Mais si c'est ce que vous voulez, et si Howard accepte, je n'y vois pas d'inconvénient. Ensuite, je ne veux plus entendre parler de rivalité, de vengeance ou d'un quelconque défi. Est-ce bien clair ?

— Oui, monsieur. Je vous remercie.

Il se leva, serra chaleureusement ma main valide et ordonna qu'on me rende mes effets et mon arme.

40

Le superintendant m'accompagna jusqu'au hall, où se trouvaient déjà Howard et deux autres enquêteurs.

— Messieurs, je vous informe que l'inspecteur-chef Hardwell est libre, qu'il reprend les fonctions qui étaient les siennes et bénéficie d'un accès privilégié à mon bureau en tout temps et à toute heure.

Howard leva les sourcils, surpris. Abberline qui le remarqua ajouta, d'une voix qu'il voulut amicale, mais qui sonnait la froideur :

— Ne faites pas cette tête-là, Howard, d'ailleurs je crois que Wallace a une proposition assez cocasse à vous faire. Et je serais attristé que vous la refusiez. N'est-ce pas, Wallace ?

— En effet, j'aimerais que l'on règle notre différend une fois pour toutes, qu'on reparte sur de bonnes bases, et rien de mieux pour cela qu'une activité saine. Je vous invite à un combat de boxe anglaise amical. Vous et moi. Vous bénéficierez de cet avantage que représente ma blessure. Qu'en pensez-vous, cher Howard ? Vous ne pouvez pas me refuser ce plaisir !

Le jeune inspecteur hésita, puis se fendit d'un large sourire.

— Vous pensez vraiment me battre, Wallace ? Vous allez vous ridiculiser ! Ce sera un plaisir de vous rosser et de vous humilier une nouvelle fois.

— Eh bien, je prends cela pour un assentiment. J'ai diverses choses à régler, mais je vous tiendrai informé du jour et de l'heure. Ce sera au sous-sol, monsieur le superintendant m'a accordé cette faveur.

— Pas dans une semaine, j'ai d'autres chats à fouetter. Et je suis tellement excité à l'idée de vous boxer que je risque d'en perdre le sommeil.

— Bientôt ! Maintenant, excusez-moi, j'ai du travail.

Je m'empressai d'envoyer un télégramme à Christopher. Je lui demandais de laisser Myrtle à la ferme, et de raccompagner miss Brianey et Timothy chez eux. Je l'attendais avec William au bureau le lendemain matin.

Une heure plus tard, je regagnai mon domicile. Je me sentais soulagé, William allait retrouver son épouse, Christopher retrouverait son bureau et pour ainsi dire toute sa vie. Quant aux trois suspects, même si leur sort n'était pas définitivement joué, ils éviteraient la prison. La nuit fut réparatrice.

Le lendemain, mes acolytes se présentèrent avec le sourire à huit heures précises. Je les informai des derniers entretiens que j'avais eus avec Abberline. Le fait d'être réintégrés, sans la moindre question et avec un espoir d'avancement dans l'année, les réjouit au plus haut point. William me remercia chaleureusement ;

le manque cruel de son foyer et de son épouse l'avait éprouvé, et il craignait que tout cela ne finisse mal.

Nous étions le 4 juillet 1889. Vers quatre heures de l'après-midi, Abberline me convoqua dans son bureau. Il arborait un large sourire qui le rendait bien plus aimable que la veille.

— Vous aviez vu juste, mon cher Wallace ! (Il me tendit une boîte au cuir vieilli.) Vous fumez ?

— Non, monsieur.

— Un penchant pour le tabac que je traîne derrière moi depuis des années et qui finira par me tuer. Bref ! Nous avons suivi vos conseils. Un jeune garçon, qui se nomme Charles Thomas Swinscow, a été interpellé en fin de matinée à la Poste principale. Il revenait du 19 Cleveland Street. On l'a trouvé avec dix-huit shillings dans ses poches ! Dix-huit shillings, alors qu'il n'en gagne que quatre pour une semaine complète de travail. Nous l'avons ramené ici. Je dois vous préciser que ce pauvre garçon n'a que quinze ans. Quinze ans ! Quelle histoire ! Vous avez des enfants, mon ami ?

Il parlait vite, ne tenait pas en place.

— Non, monsieur.

— Moi non plus, et quand je vois ça, je me dis que ce n'est pas plus mal. Où en étais-je ? Ah oui, nous l'avons interrogé, et il a tout de suite perdu ses moyens. Il nous a avoué qu'il avait été recruté par Hammond. Il était dans tous ses états. Il nous a raconté qu'il était payé quatre shillings par acte… Quatre shillings ! Pauvre diable !

L'homme marchait de long en large derrière son bureau et, à chaque réflexion qui le chagrinait, secouait la tête. Il me donnait un peu le tournis.

— Le pire, c'est quand je lui ai demandé ce qu'il faisait pour cette somme ! Vous savez ce qu'il m'a répondu ?

— Non, monsieur.

— Que cela permettait l'accès entre ses jambes, et que le client avait le droit de mettre sa personne en lui ! J'avais l'impression de vivre un cauchemar. Dans quel monde vivons-nous ?

— Et Hammond ?

— J'ai obtenu un mandat d'arrêt contre lui, sous l'accusation de « complot en vue de commettre le crime abominable de sodomie ». Le gamin nous a donné les noms d'autres enfants qui vendent leur corps. Ils sont cinq en tout à travailler à la Poste, un sixième est secrétaire, mais il devrait y en avoir d'autres, il ne les connaît pas tous. D'après lui, il y en a plus d'une dizaine. Nous n'avons rien tenté contre eux pour l'instant, de toute façon ce sont des victimes, même si la loi n'a pas ce regard sur eux. Et si on veut pêcher des gros poissons, on doit les laisser frétiller. Le seul qu'on garde c'est le petit Swinscow.

— Et la surveillance du 19, cela donne quoi ?

— Elle a déjà permis pas mal de relevés, les affaires semblent être florissantes, beaucoup de personnes de la haute bourgeoisie passent par cet endroit. C'est encore en cours, nous n'avons interpellé personne. Pour l'instant, nous comptabilisons. Demain j'en saurai plus. Je vous tiendrai informé.

— Je vous en remercie, monsieur.

Il se laissa tomber sur son siège.

— C'est bien la moindre des choses.

— Pour Rebecca et Timothy, monsieur ?

— Ils sont à leur domicile, sous bonne garde, et ne s'en plaignent pas pour le moment.

— Avez-vous pris une décision les concernant ?

Son sourire s'effaça.

— Non, c'est encore trop tôt, vous devez être patient.

— Je comprends, je m'inquiète seulement un peu pour eux.

— Vous êtes trop sentimental, mon cher Wallace, vous ne devriez pas vous laisser aller de la sorte. Vous êtes un détective hors pair, mais cette faiblesse vous jouera des tours.

Nous avons échangé quelques amabilités, il me remercia et félicita de nouveau et je suis retourné dans mon bureau. Je me sentais plutôt satisfait de la tournure des événements, mais avec l'appréhension de n'être une fois encore que la dupe et le jouet du pouvoir. Cette affaire démarrait bien, mais les principaux responsables, ceux qui gravitaient autour de la Couronne, seraient-ils punis ? Je ne le croyais pas, et ce serait aussi grâce à moi.

N'aurais-je pas mieux fait d'alerter la presse moi-même ? Mais que serait-il advenu de mes amis, de Timothy et des autres ? De mon serment de servir la Reine ? De la stabilité de l'État ? De ma carrière ?

Londres n'était qu'un immense bourbier, un marais nauséabond entouré de collines où vivaient, les pieds au sec, les nantis, les riches, les puissants. De temps à autre, ils venaient se mêler à la puanteur des bas-fonds, dans le seul but d'assouvir leurs bas instincts. Il n'y avait pas d'amour, de respect, de curiosité, ni d'envie de partage… simplement un plaisir fugace et tarifé, un moment arraché à leur ennui, à une vie vaine et fade où les ivresses tristes n'avaient ni parfum ni goût. J'avais pitié d'eux, j'avais honte d'eux, honte de moi.

J'ai envoyé à Howard une invitation à un combat en tête à tête avec deux témoins, le lendemain à sept heures du soir, dans la salle de gymnastique.

41

Le jour suivant, sans prévenir ni rien demander à personne, je suis allé rendre visite à Myrtle. Elle était installée dans une grande ferme de caractère à deux ailes, dont l'une flattait l'œil par une façade à colombages et l'autre plus récente, pataude, en pierres du pays, s'étirait vers un verger et des pâturages.

Myrtle fut agréablement surprise de ma visite. Elle glissa son bras sous le mien et m'invita à découvrir cette vieille bâtisse qu'elle louait à l'année. Il s'agissait d'anciennes écuries réhabilitées en logements pour journaliers, lorsque l'agriculture donnait encore assez de travail aux hommes. Les pièces étaient spacieuses avec chacune quatre lits, un mobilier sommaire, réduit au strict nécessaire. Elle m'emmena à l'extérieur. Ses protégées étaient au lavoir. Elles frappaient dans un même rythme le linge posé à même la pierre avec des battoirs de bois. Elles étaient une dizaine environ, la plus jeune ne devait pas avoir sept ans. Myrtle lui fit signe de venir. La gamine, après s'être essuyé les mains sur son tablier, se précipita.

— Qu'est-ce que tu veux, mamie ?

— Scarlett, je te présente monsieur…
— Hardwell, Wallace Hardwell.
— Bonjour, monsieur !

Elle me tendit ses petits doigts que je serrai précautionneusement, elle lança quelques mots avant de s'enfuir en trottinant.

— Je dois y retourner, on va chanter !

Elle était toute menue, fine comme l'herbe folle des prairies, aussi vive qu'un chardonneret. Sa silhouette disparut aux côtés d'une autre, et je ne vis plus que les battoirs monter et descendre en cadence. Ça frappait avec la régularité d'une machine bien huilée. Puis, une première voix de cristal s'adossa aux battements lourds des planches humides. Elle s'intercalait et se cachait avant chaque coup, comme effrayée. Une seconde voix se cala derrière elle, plus véloce, capricieuse, qui zigzaguait et ne craignait personne, roucoulait et s'envolait dans des sonorités entraînantes. Et d'un seul coup, il y eut une explosion harmonieuse de toutes ces voix qui chantaient les peines et les espoirs, la force et le courage, en frappant le linge des hommes.

Myrtle me tira par le bras, et je ne pus retenir une question :

— Vous la faites travailler à cet âge !

Elle éclata de rire.

— Ah, Wallace, comme tu es naïf ! Dans toutes les familles pauvres les enfants besognent, et parfois à des tâches difficiles dès qu'ils savent marcher. C'est elle qui veut laver du linge, elle trouve ça amusant. Elle n'est pas épaisse, mais elle a de la force. Regarde-la frapper !

— Je reconnais que vous m'avez ouvert les yeux sur certaines choses et qu'il me faut encore apprendre.

— Toi aussi tu m'as ouvert les yeux. Tu m'as fait comprendre que dans la police il n'y a pas que des canailles et des coquilles vides. Est-ce que tu veux un thé ? Tu me donneras des nouvelles de Rebecca et Timothy. On m'a expliqué que je ne pouvais pas bouger d'ici tant qu'on ne m'y autorisait pas.

— C'est pour votre sécurité, je crois que c'est mieux ainsi. Je vous rassure, ils vont bien.

Je suis resté une bonne heure et j'ai regagné mon bureau peu avant midi.

À peine assis, j'ai eu la visite du couple infernal Christopher et William, ils se chamaillaient et je ne comprenais pas un mot de ce qu'ils me disaient.

— Que se passe-t-il encore ?

— Vous ne nous aviez pas informés pour le combat de boxe ! s'emporta William.

— J'allais vous en parler, ce n'est que ce soir, j'aurais besoin de vous deux comme témoins si vous voulez bien.

— Mais c'est une folie, Howard fait une tête et demie de plus que vous, et ses bras sont comme ceux d'une pieuvre, renchérit le plus vieux.

— Ce ne sera l'histoire que de quelques rounds, il ne tiendra pas la distance, et je sais encaisser.

William écarquilla les yeux, secoua la tête.

— Je crois que vous vous méprenez. Tout Scotland Yard ne parle que de ça, des paris ont été ouverts, la salle de gymnastique va être pleine à craquer !

— Qu'est-ce que vous me racontez ? Ce ne devait être qu'un combat entre lui et moi avec nos témoins !

Howard avait donc changé les règles.

— Quelles sont les cotes ?

— Les bookmakers annoncent votre défaite à dix contre un.

— Vous avez joué, c'est ça ?

— Non, on ne croyait pas du tout à cette histoire, mais maintenant que vous en parlez… peut-être pourrions-nous…

Christopher n'osa pas terminer sa phrase.

— Faites courir le bruit que je me sens mal, et quand la cote sera au plus haut, pariez une livre pour moi, sur ma victoire.

— Une livre ! Vous êtes devenu fou !

— Faites ce que je vous dis, et vous seriez bien inspirés de miser quelque argent sur ma victoire.

— Mais vous n'avez qu'un bras valide, dit William, et vous êtes de dix ans son aîné.

— Howard n'a jamais fait de boxe, j'en mettrais ma main au feu.

— Détrompez-vous, monsieur, il en a fait, et on dit qu'il n'est pas mauvais.

— Ah ! C'est fâcheux ! Mais misez tout de même pour moi. Je vous rendrai l'argent demain si je perds.

Ils quittèrent le bureau, encore plus excités qu'en y entrant. J'avais présumé de mes forces, car si Howard avait déjà boxé, mon principal avantage s'envolait en fumée. Il était trop tard pour faire marche arrière, mais il était une chose où il ne pouvait m'égaler : ma volonté de venger Timothy.

Mr Abberline me fit venir près de lui dans l'après-midi.

— Wallace, prenez place, je vous prie. Nos affaires

avancent à grands pas, et je voulais vous en informer, je vous le dois bien. Nous avons identifié plusieurs clients, dont lord Somerset. Il est entendu en ce moment même par l'unité chargée de l'enquête. La pêche a été bonne. Nous avons coincé un homme de quarante ans, un certain George Daniel Veck, qui vit au 19 Cleveland. C'est un ancien employé de la Poste principale, licencié pour des actes indécents avec des garçons du service télégraphique. Nous pensons qu'il est le racoleur. Il tient un salon de thé, que je soupçonne d'être un point de rendez-vous ou de recrutement. Nous avons également identifié et interpellé le colonel Jervois du 2nd Life Guards. D'autres noms sont en cours de vérification, mais je puis déjà vous avancer celui du comte Henry James FitzRoy, comte d'Euston. La liste s'allonge, et je pense que nous n'aurons pas terminé avant demain. Vous avez mis le nez dans une sale affaire, et l'odeur qui s'en dégage me donne la nausée.

Il se dirigea vers la fenêtre et l'entrouvrit.

— Et pour Hammond, le patron du bordel ?

— Je ne suis pas en mesure de vous en dire plus à son sujet pour le moment, mais je vous en parlerai plus tard.

— Avez-vous collecté des éléments qui mettraient en cause le Prince ?

Il posa sa main sur mon épaule dans un geste amical.

— Le mieux est que j'évite de vous divulguer quoi que ce soit à ce sujet, moins vous en saurez, mieux ce sera, il me semble.

— Je comprends, monsieur.

— Mais, dites-moi, Wallace, autre chose… On n'entend parler que de vous et de ce cher Howard. Vous vous sentez prêt pour le combat ?

— Vous serez là monsieur ?

— J'y compte bien, je n'ai pas souvenir d'une telle attraction dans les services. Je vais parier sur Howard, mais si vous gagnez, je ne vous en voudrai pas ! Je ne vous retiens pas plus. On se voit tout à l'heure. Je vous souhaite tout de même bonne chance. Étonnez-moi encore, Wallace !

— Je vais essayer, monsieur.

42

Christopher m'avait prévenu, la salle de gymnastique était pleine à craquer. Une centaine de personnes, de tous les services. Beaucoup n'avaient pas trente ans et semblaient être venus soutenir Howard. On m'avait pesé avant d'entrer, j'accusais un poids de cent cinquante-deux livres, et on m'indiqua que les deux combattants étaient de la même catégorie : superwelters. Howard était plus léger : cent quarante-deux livres, et plus grand aussi, ce qui constituait deux avantages non négligeables. À l'annonce de ces dernières données, un bookmaker inscrivit les poids sur un immense tableau noir, la salle s'électrisa, les paris redoublèrent.

Un médecin m'avait ausculté, j'étais en bonne forme. Mais je devais éviter d'utiliser mon bras droit ; la plaie était belle, mais encore fragile. Il me posa une large bande qu'il serra de façon qu'elle ne tombe pas et qu'elle évite un saignement inopportun. Il renouvela son avertissement : « pas de coups avec la droite ». Son insistance me fit douter de son honnêteté ; je me demandai s'il n'avait pas parié contre moi.

Il était temps d'entrer dans la salle. La fumée des

cigares et des pipes donnait à la lumière des ampoules à incandescence des reflets bleutés et gris. Le gymnase de Scotland Yard ressemblait à un obscur tripot des quartiers chauds. À mon arrivée, une vague de commentaires, de cris et d'applaudissements secoua la foule, comme si j'étais déjà au tapis. Je montai sur le ring. Howard y était. L'arbitre vérifia mes gants et agita les mains pour que le silence se fasse. Alors seulement, il donna ses recommandations.

— Nous appliquerons pour ce combat les règles instaurées par le marquis de Queensberry. Les rounds sont de trois minutes, pas de coups sous la ceinture, pas de coups au sol. Si l'un des boxeurs reste genou au tapis plus de dix secondes il sera déclaré perdant. Il s'agit d'un combat amical, le nombre de rounds sera donc limité à six. À l'issue de ces six périodes, c'est la décision de l'arbitre qui prévaudra pour l'annonce du vainqueur. Messieurs, en garde, et que le meilleur gagne !

La foule s'était levée comme un seul homme, des braillements ébranlèrent la salle. Howard s'approcha, il portait un pantalon court de tissu blanc qui le rendait deux fois plus grand. Ses longues jambes glabres le faisaient ressembler à une mante religieuse. Son torse nu n'était pas impressionnant mais montrait une musculature fine et sèche, gage de rapidité. Je remarquai deux cicatrices sur son avant-bras droit, vestiges sans doute d'un duel à l'épée, et une autre sur un flanc qui se sauvait dans le dos. Nos gants se touchèrent, façon courtoise de se saluer, la cloche tinta.

Au tout début, je décidai de l'observer, ce qu'il sembla faire également. Les premières secondes, il resta presque sur place, passant d'un appui sur l'autre, sans réelle souplesse. Puis il s'avança, apparemment irrésolu, et tenta un coup de poing, sans vitesse, sans force, juste pour apprécier la distance. Son bras était long, très long. Il fendait l'air comme le fouet du cocher, il allait falloir veiller au grain, le gamin était rapide. Il tenait une garde un peu étrange, son poids sur la cuisse avant et son gant droit loin devant lui. Une garde conquérante, combattante, mais non conventionnelle.

J'usai de mon jeu de jambes et tournai un peu autour de lui. Loin d'être surpris, il pivota, toujours en avançant sur moi. Une belle frappe toucha mon poignet. Le coup, cette fois plus sec, était d'une force correcte, suffisante pour marquer les chairs.

Une minute environ… La foule s'excitait. Ça hurlait, ça gueulait, ça tapait du pied. La nature de l'homme refaisait surface ; derrière son gilet serré, la bête somnolait.

Je n'avais que mon poing gauche en protection et m'attendais à tout moment à ce qu'il vienne me frapper par ma droite. Et c'était ce qu'il tentait de plus en plus souvent.

Son gant heurta ma tempe, son bras en bout de course n'avait plus de force, mais cela l'encouragea à persévérer. Je tentai de remonter mon bras droit à hauteur de visage, mais la douleur fut trop forte, et je calai ma main sur la ceinture de mon short.

Une minute trente : les battements de mon cœur redoublaient, signe que le corps souffrait déjà. Lui ne pâtissait pas de l'effort, il fouettait l'air de ses poings. Trop à mon goût, beaucoup trop… J'avais encaissé plusieurs droites, et cela ne me plaisait pas. Quant à mes attaques, elles avaient toutes été trop courtes, et prévisibles.

La cloche sonna enfin, je sentais mes joues me brûler, à cause de l'effort, mais aussi de quelques directs bien mis. Christopher posa le tabouret sur le ring, il semblait inquiet.

— Vous allez bien, Wallace ? Vous me paraissez fatigué.

— Ça va, merci ! Si seulement j'étais en pleine possession de mes moyens !

Le deuxième round dura une éternité. J'avais à peine frôlé Howard, tandis qu'il m'administrait une série de coups, dont un crochet au foie qui m'avait fait vaciller. J'étais dominé, c'était une évidence, et je ne trouvais pas la faille. Ma pommette me faisait souffrir, encore quelques coups et elle céderait.

La cloche sonna le début du troisième round. Howard voulait en finir, il redoublait ses attaques, et je ne pouvais que tenter d'esquiver et encaisser. Mais à ce rythme, il ne pourrait pas tenir les trois minutes, cela me paraissait impossible. Il fit semblant de m'envoyer un crochet du gauche et, tandis que j'esquivais, frappa de toutes ses forces du droit. Son poing atterrit sur mon épaule blessée, la douleur fut si vive qu'en reculant ma jambe arrière glissa et je tombai au sol. L'arbitre commença son décompte, scandé en même temps par la foule.

Je me relevai à cinq avec difficulté, il poursuivit encore jusqu'à sept, et relança le combat. Howard souriait, il savait qu'ainsi handicapé je ne pourrais le battre. J'étais malgré tout arrivé à lui flanquer deux gauches bien ajustées, mais elles n'avaient pas suffi à le faire trembler.

Le quatrième round sonna comme le troisième, sous une avalanche de coups. Le pansement de mon épaule se pigmentait de rouge, ma vue commençait à se brouiller, mon arcade sourcilière était touchée. Lui avançait toujours, n'ayant d'yeux que pour mon épaule bandée, mon talon d'Achille.

Je resserrai ma garde et baissai la tête, recroquevillé sur moi-même, comme pour mieux encaisser. Il comprit tout de suite que je m'étais glissé dans une position de défense, soumis, prêt à subir ses assauts. Et, ce qui devait arriver arriva, il lâcha sur moi toute sa fureur: gauches, droites, crochets, directs, uppercuts. Je l'entendais souffler à chaque coup, écumant sa hargne, jetant toutes ses forces, telle une bête endiablée. J'attendis encore trois ou quatre secondes, la tête en feu, et comme dans un dernier baroud d'honneur je le frappai de mon poing droit. Le geste m'arracha un cri de douleur et de haine, le même cri qu'avait dû pousser Timothy quand les os de sa main s'étaient brisés. Toutes mes forces, depuis la cheville en passant par la hanche, l'épaule, le poignet et le poing vinrent heurter la pointe du menton du géant. Sous le choc, sa tête bascula en arrière, puis en avant, et j'en profitai pour lui asséner un crochet du gauche en pivotant.

Son corps se fit guimauve et s'affala sur le sol. Les cris inondaient mes oreilles, anesthésiaient mon cerveau. Je n'entendis pas l'arbitre compter, j'étais dans un état second, sonné moi aussi par la rage qui secouait mon corps. L'arbitre leva mon bras, le gauche, Howard était K.-O.

43

Le docteur n'eut d'autre choix que de recoudre la plaie de mon épaule. J'avais le visage gonflé par les coups, et il me fallut appliquer des compresses que je dus renouveler pour la nuit.

William et Christopher étaient pires que des enfants, ils ne cessaient de parler de cet uppercut magistral, sorti de nulle part et qui avait terrassé la bête. Ils avaient parié eux aussi sur ma victoire, et avaient encaissé un joli pactole, la cote étant restée à dix contre un. Howard se portait bien, aussi bien que pouvait aller un perdant à qui tout le monde en voulait de lui avoir fait perdre son argent.

La nuit fut bonne, bien qu'entrecoupée de réveils douloureux.

Le lendemain, mon entrée dans les locaux de Scotland Yard fut folklorique, j'eus droit à des imitations de combats, à des félicitations, des « Bravo champion ! », mais aussi à des regards en coin. Je me réfugiai vite dans mon bureau. Je ne fus pas surpris de voir arriver mes deux compères quelques minutes plus tard. Christopher me remit la coquette somme de dix livres. Il en avait gagné autant, et William, plus frileux, jubilait d'avoir empoché trois livres. Une somme rondelette qui équivalait à plusieurs mois de salaire.

— Quand j'ai dit à ma femme que j'avais récupéré trois livres sur un pari, elle ne m'a pas cru, cela va bien nous aider pour la naissance du bébé.

— Vous m'en voyez ravi. Pour ma part, je ne sais quoi faire de cet argent.

— Vous avez de quoi vous faire plaisir, mon cher. On ne parle que du combat ici, vous êtes devenu le sujet de conversation général.

Au même instant, on cogna à la porte. Howard voulait s'entretenir avec moi, mes amis hésitèrent à nous laisser seuls et je dus presque user de mon autorité pour les faire sortir.

— Monsieur Hardwell, je suis venu vous féliciter pour votre belle victoire d'hier soir et vous présenter mes excuses.

Je grimaçai, sa démarche manquait de sincérité. Il poursuivit, avec une voix étrange :

— Je ne vous ai jamais parlé de mon tuteur ?

— Non, je n'en ai pas le souvenir.

— Il était major dans les forces coloniales de l'armée britannique. C'est un militaire au regard froid, et à la main lourde parfois. Il m'a toujours dit qu'on devait tout faire pour notre patrie, jusqu'à se sacrifier. J'ai toujours ressenti comme un besoin de l'impressionner.

Il déposa une enveloppe devant moi, sur le bureau.

— Pourriez-vous remettre ceci à l'homme que j'ai maltraité, quand vous le verrez ?

— Qu'est-ce que c'est ?

— C'est une lettre où je lui demande humblement de bien vouloir un jour m'accorder son pardon.

— Et vous estimez que cela suffira ?

— Je ne le crois pas, mais je lui dois ces quelques lignes. Je suis assailli par le remords. Vous devez me croire, je n'avais jamais usé de telles méthodes.

Il poussa l'enveloppe un peu plus vers moi, elle était épaisse, Howard n'avait sans doute pas été avare de mots. Mais, je ne le comprenais toujours pas, ni ne le croyais sincère.

— Comment avez-vous pu faire cela ?

— Sans doute par obéissance, pour montrer que je ne reculerai devant rien, pour satisfaire la Couronne et me soumettre aux ordres. Pour me faire bien voir, pour être meilleur que vous. Pour impressionner mon tuteur.

— Quand vous parlez d'ordres, vous pensez à ceux de ce mystérieux émissaire ?

Il hocha la tête, l'air gêné.

— Entre autres !

Il était toujours debout devant mon bureau. Il paraissait mal à l'aise, semblant vouloir me dire autre chose sans y parvenir.

— On m'a dit que vous aviez parié sur moi pour notre combat de boxe, c'est une fausse rumeur, n'est-ce pas ?

— On vous a bien informé, mais je voulais garder cela secret.

— Et pourquoi une telle ineptie ? J'avoue ne pas comprendre.

— J'ai besoin d'argent en ce moment. Je comptais me coucher au dernier round, un ami a misé de ma part une belle somme sur vous.

— En plus d'être tortionnaire, vous vous essayez à l'escroquerie. Vous m'impressionnez, Howard. Combien avez-vous gagné ?

Il tenta de se dédouaner.

— Les bookmakers sont les premiers aigrefins, je sais de quoi je parle. J'ai récupéré un peu plus de cinquante livres.

— C'est une petite fortune.

— Je dois près de dix livres… j'ai le mauvais goût du jeu, cela va me remettre à flot. Je vais vous laisser. Croyez bien que je suis désolé, je me sens coupable et je sais que rien ne pourra laver mon honneur.

Je l'interrompis.

— Ne croyez pas ça, vous pourriez peut-être donner cet argent à ce pauvre garçon que vous avez malmené ? Pour les frais médicaux et le préjudice que vous lui avez causé, même si cela ne réparera jamais intégralement le mal que vous lui avez fait ni ne lui rendra l'usage de sa main. En d'autres temps, vous auriez pu goûter à l'échafaud.

— C'est-à-dire que… les dettes et…

— Je vois. Briser des doigts, torturer, cela ne mérite que quelques mots d'excuse à vos yeux. C'est cela ?

L'homme face à moi n'était plus ce jeune inspecteur vaillant, impétueux et fier. Il baissa la tête.

— Ce n'est pas aussi simple !

— Rien n'est jamais simple, mais ce sont les choix les plus difficiles qui, souvent, nous font grandir.

— Comme accepter un duel en risquant sa vie et en sachant qu'on sera blessé ?

Je restai impassible et ne montrai aucune surprise.

— Je ne sais qui vous a conté de telles sornettes, mais cela pourrait être un bon exemple.

Sa main droite agrippa le dossier du fauteuil.

— Je ne dors pas très bien depuis quelques jours. Peut-être que me soulager de quelque argent arrangerait les choses, ôterait ce poids sur ma conscience ? Vous le pensez ?

— Je l'ignore. C'est une décision que vous devez prendre seul.

Il ouvrit un pan de sa redingote, en sortit une liasse de billets. Il en retira un, qu'il glissa dans la poche de son gilet, et me tendit le reste d'un geste déterminé.

— Il doit y avoir cinquante livres, je garde juste de quoi calmer un peu l'ami qui commence à s'énerver. Mettez-les dans l'enveloppe et donnez-les-lui.

— Vous en êtes certain ? (Il hocha la tête.) Très bien, je le lui porterai de votre part, mais je crains que cela ne suffise à laver votre honneur.

— Je le sais, mais prenez cet argent, puisque vous y tenez tant ! Et donnez-le-lui !

— Je n'y tiens pas plus que cela, détrompez-vous, mais je cherche à savoir si votre sentiment de culpabilité et vos remords sont sincères, et un tel acte me le prouve. Ce sera fait, je prévois de le rencontrer bientôt.

— Bien, je vous laisse, monsieur.

Il s'éloigna, saisit la poignée de la porte, se retourna et lança à mi-voix :

— Je suis désolé, monsieur, sincèrement désolé, mais parfois, on obéit à des forces supérieures… des…

Il ne termina pas sa phrase et il sortit.

Je ne sus dire si je fus heureux ou triste de cet entretien. Cet homme en était venu à en torturer un autre pour impressionner son tuteur, pour le bien de son pays, ou pour les deux.

Je désespérais de la nature de l'Homme.

Cette enquête, qu'on m'avait jetée en pâture, agissait sur moi comme un révélateur. Elle avait ouvert une fenêtre que je cachais avec soin derrière l'épais rideau de la lâcheté, de l'égoïsme, de la fausse naïveté. Mon monde à moi tournait sans anicroche, pourquoi le défigurer, le rendre plus laid à cause des autres ? Je ne me sentais pas responsable de toutes ces petites filles qui découvraient l'horreur au sortir de l'enfance. Ni de ces femmes qui vendaient leurs enfants pour pouvoir survivre ou de ces garçons qui se prostituaient. Pourtant, je ressentais un malaise, je me sentais sale, sale et triste.

44

En attendant qu'Abberline m'appelle, je regardais un dossier qu'on m'avait déposé le matin même. Un voleur de poules avait poignardé son défenseur de trois coups de couteau. L'avocat ne s'était pas présenté au tribunal pour plaider, le bougre avait écopé de trois mois de travaux forcés. Pendant tout le temps de son incarcération, il avait ruminé sa vengeance. À sa sortie de prison, estimant que l'avocat était responsable de sa peine, il l'avait tué sans sourciller. Le dossier ne constituait qu'une formalité, le scélérat avouait déjà tout sur le lieu du crime. Il fallait tout de même que je l'entende, mais je n'en avais pas le cœur. Je chargeai un des détectives de mon groupe de s'en occuper, prétextant une migraine, qu'il mit sur le compte du combat de boxe.

Abberline me fit enfin quérir. Il était assis, un cigare aux lèvres. Il l'écrasa dans le cendrier et se leva pour m'accueillir.

— Ah ! monsieur Hardwell ! Cher Wallace ! Quel match ! J'y ai perdu vingt shillings, mais sans aucune amertume, vous avez bien caché votre jeu jusqu'au quatrième round, je vous félicite. Et votre bras ?

— Ça va, je vous remercie, toujours douloureux, mais je m'en remettrai.

— Tant mieux ! Je vois que finalement votre visage n'est pas trop marqué, vous avez une sacrée tête de bois !

Je souris à ce compliment qui n'en était pas vraiment un.

— J'encaisse mieux que je ne le croyais. Je suis désolé pour votre pari.

— Ce n'est rien, passons aux choses sérieuses. Vous devez mourir d'envie d'en savoir plus. Les surveillances et les filatures ont été très fructueuses, nous avons identifié soixante clients, mais il a dû y avoir des fuites, car les visites se sont faites moins nombreuses. Soixante prévenus, c'est déjà énorme, et, comme vous vous en doutez, ils appartiennent tous à la grande bourgeoisie ou à l'aristocratie locale. Une partie des garçons ont été interpellés et entendus, certains sont encore en audition. Nous venons de procéder à la fermeture de l'établissement.

— Soixante, c'est inespéré.

— Oui, j'avoue que les trois équipes détachées sur le terrain ont été brillantes. C'est un peu plus long pour les entretiens, je ne veux employer pour cela qu'une Division, disons spéciale, secrète, osons le mot. Je tiens à la confidentialité des témoignages. Concernant Hammond, le tenancier du bordel, car je sais que vous allez me poser la question, il a fui à l'étranger.

— Fui à l'étranger ! Mais comment est-ce possible ? Il est une pièce maîtresse dans ce dossier. Quelqu'un l'a averti de l'opération ?

— C'est une éventualité, même ici les murs ont des oreilles. On dirait que cela vous surprend.

— Un peu tout de même, comprenez-le. Et pour les autres ?

— Les auditions sont en cours, certains ont déjà fait appel à leurs avocats. Mr Augustus Stephenson, le procureur en chef, est prêt à ouvrir un procès dès que nous aurons terminé nos investigations, cela devrait aller très vite. Dans les jours ou les semaines à venir.

— Et pour le Prince ?

Il se saisit du cigare éteint, le plaça entre ses lèvres pour le rallumer, mais le reposa.

— La Couronne sait les dangers qu'il court à rester ici, il devrait partir d'un jour à l'autre pour un périple de sept mois à travers l'Inde et les colonies britanniques. Il quittera l'Angleterre avant le début du procès.

Je ne répondis pas, mais Abberline lut ma déception.

— Je tenais à vous féliciter et à vous remercier, la presse n'a toujours pas publié une ligne sur cette affaire, même si ce n'est plus qu'une question d'heures. Grâce à vous, le scandale est évité et Scotland Yard en sort grandi. Je vous propose de prendre quelques jours de repos, cela vous fera grand bien, votre épaule vous en sera reconnaissante.

— Mais monsieur !

— Ne faites pas l'enfant, c'est un ordre. Laissez-nous dégrossir cette enquête, profitez des beaux jours de juillet. Pourquoi n'allez-vous pas prendre l'air marin à Plymouth ou à Fleetwood, les plages y sont magnifiques. Ce sera parfait pour votre convalescence. Votre salaire vous sera versé en intégralité, et je veillerai personnellement à ce qu'un bonus y soit ajouté.

J'étais étonné, presque déçu de sa proposition.

— Ne revenez que fin août, continua-t-il, les choses se seront un peu tassées, et je pourrai vous informer des décisions prises concernant vos protégés. Pour le moment, ils restent consignés à domicile, rien d'autre. Envoyez-moi un télégramme quand vous serez arrivé, et donnez-moi vos coordonnées.

— Bien, monsieur. Puis-je passer saluer mes deux collaborateurs avant de partir ?

— Je n'y vois aucun inconvénient. Et ne faites pas cette tête-là, on dirait que je viens de vous annoncer que vous êtes gravement malade. Allez, filez ! Et revenez-moi avec des couleurs sur les joues et un bras tout neuf.

Il me tapa sur l'épaule, celle qui était vaillante, et me raccompagna jusqu'à la porte.

45

Ce fut une période assez difficile pour moi, j'avais la nette impression que l'on m'écartait de Scotland Yard pour éviter que j'interfère dans l'enquête. Je ne croyais pas du tout à une quelconque récompense ou à un congé pour me rétablir. On devait plutôt me prendre pour un trublion, un dangereux mouton noir.

La veille de mon départ, je suis allé chez Rebecca et Timothy. Ils furent surpris de constater des marques sur mon visage, je leur racontai le combat. Timothy allait mieux, son œil et sa joue retrouvaient forme et cela faisait plaisir à voir. Sa main était moins douloureuse, seul un doigt restait paralysé.

Je lui tendis l'enveloppe que m'avait remise Howard, sans mentionner son contenu, et lui proposai en son nom d'accepter ses excuses. Il lut la lettre devant Rebecca sans bégayer, elle ne sembla pas étonnée de cette prouesse. J'en déduisis qu'ils s'étaient parlé, que Timothy lui avait avoué son mensonge sur ses pseudo-difficultés de compréhension. Timothy me rendit l'enveloppe avec tout son contenu.

— Merci, monsieur, mais même avec vous comme émissaire, je me vois mal accepter.

— Mais pourquoi cela? C'est beaucoup d'argent! Et rien ne vous oblige à pardonner.

— Vous n'avez pas vu son regard, monsieur l'inspecteur, lorsqu'il me frappait. Ni la rage qu'exprimait son visage. Il aimait ça, je vous l'assure. On aurait dit un monstre, un malade. Même son collègue avait fermé les yeux. J'ai eu peur pour ma vie ce jour-là, et j'en fais encore des cauchemars. Comment voulez-vous que je prenne cet argent? J'espère qu'il brûlera en enfer!

Je récupérai l'enveloppe.

— Je comprends.

— Ce serait trop facile d'alléger ainsi le poids de ses actes. Je n'ai pas besoin de cet argent ni de ses plates excuses. Qu'il vive avec le reflet de sa propre image, celle d'un bourreau. Dites-lui bien que jamais je ne lui pardonnerai.

Je ne fus pas surpris de sa réaction et j'eus presque honte de ma démarche.

— Ce sera fait, mais cet argent, il l'a en partie gagné en pariant sur ma victoire. Il était prêt à perdre le combat pour le remporter, pour rembourser ses dettes, ce serait dommage de vous en priver.

Rebecca intervint:

— Si mon fils vous dit qu'il n'en veut pas, n'insistez pas. Brûlez ce sale argent, ou donnez-le à des œuvres charitables si vous le désirez, mais n'insistez pas. Ou dites-lui que nous l'avons déchiré, et faites-en bon usage.

Pour la première fois, j'entendais le mot «fils» dans sa bouche. Je ne pus m'empêcher de le relever. Rebecca m'avoua alors qu'elle avait tout dit à Timothy et qu'il lui avait pardonné. Timothy, de son côté, raconta qu'il avait cessé de se faire passer pour un idiot, mais il ne semblait pas avoir parlé à Rebecca de David March, et encore moins qu'il en était le père. Il est des secrets qu'il vaut mieux ne jamais dévoiler.

En une demi-heure, nous nous étions presque tout dit, et je compris que ma présence n'était plus souhaitée.

— Eh bien, je dois vous laisser. Je pars pour le sud de l'Angleterre jusqu'à la fin du mois d'août, je vous enverrai un télégramme pour que vous puissiez me joindre en cas de nécessité.

— Cela devrait aller, répondit froidement Rebecca. Nous n'avons rien en commun, monsieur l'inspecteur, nous sommes de deux mondes opposés. Nul besoin de nous écrire. Nous vous souhaitons un bon voyage.

Je fus surpris de ce ton, mais, dans le fond, elle avait raison, nous étions différents.

— J'espère que tout se passera bien pour vous.

— Nous n'avons rien à nous reprocher dans cette affaire, même si cet enfermement à domicile me pèse, heureusement que notre domestique peut sortir. Nous vous souhaitons un bon séjour et un prompt rétablissement. Je pense que nous n'avons plus aucune raison de nous revoir, monsieur l'inspecteur.

Rebecca se dirigeait déjà vers la sortie. Timothy me tendit l'enveloppe que j'avais laissée sur la table.

— N'oubliez pas ça, monsieur l'inspecteur.

— Vous êtes certain ?

— Notre argent est moins sale que le sien, nous dépenserons le nôtre. Ne revenez plus, s'il vous plaît, vous avez fait du bon travail, il n'y a plus lieu de nous importuner.

Je les saluai avec un goût amer dans la gorge, l'impression d'avoir échoué. J'avais chamboulé leurs vies et ils venaient de me le reprocher à demi-mot.

J'ai marché longtemps sur la longue avenue, perdu dans mes pensées, j'ai bousculé quelques passants. J'essayais de comprendre à quel moment le château de cartes s'était effondré, mais je n'avais pas assez de recul.

Aujourd'hui encore, je ressens toute la tristesse qui m'animait à l'époque. J'avais de la sympathie pour cet homme, une forme d'amitié, je la pensais réciproque. C'était ce que je croyais.

Mes pas me conduisirent jusqu'à l'entrée du Regent's Park, le parc de Londres que je préfère. Je me suis assis sur un banc, à l'ombre d'un chêne à l'écorce lézardée par le temps. Mon regard traînait, de poussettes en ombrelles. Ces jeunes nurses, à peine sorties de l'enfance, n'étaient plus les mêmes, à mes yeux. Finies, leurs flâneries insouciantes, leurs innocentes promenades, elles étaient des proies, une marchandise qu'on pouvait acheter avec la plus grande des facilités.

Ma main retrouva dans ma poche l'enveloppe de Howard. Qu'allais-je en faire ? La lui rendre aurait été une erreur. J'ai eu l'idée d'aller jusqu'à la ferme de Myrtle et de prendre le premier coche.

Elle était assise dehors, sur un banc. À ses côtés, une jeune fille lui lisait *Jane Eyre* de Charlotte Brontë. Elle avait les yeux fermés, pour mieux vivre l'histoire. Quand la lecture s'interrompit, elle leva la tête et me sourit.

Je lui ai laissé l'argent, sans rien omettre des détails

de sa provenance. Elle s'en moquait, ces cinquante livres, me dit-elle, allait lui permettre de sauver de nouveaux enfants. Elle me montra l'une d'entre elles, sa dernière recrue. Elle avait six ou sept ans, le visage émacié, et s'agrippait à la main d'une autre pensionnaire. La veille, la cuisinière l'avait trouvée en train de fouiller les détritus, à la recherche d'un peu de nourriture. Elle était orpheline.

Je n'ai pas dit à Myrtle que je prenais des vacances forcées, et lui promis de revenir à l'occasion, avec le sentiment que jamais plus je ne la reverrais. Elle, si coriace, à l'âme si sombre était parvenue à m'attendrir. La nature humaine se montre souvent insondable, mouvante, changeante. Myrtle en était la preuve. La noirceur de son regard, la sécheresse de sa voix, la rigueur de ses rides profondes, ses habits austères n'étaient que la carapace qui protégeait son étincelle d'humanité.

Je passai l'après-midi avec Christopher et William. Les adieux furent sincères avec des promesses de se donner des nouvelles. Ils étaient mes yeux et mes oreilles, et je comptais sur eux pour me tenir informé de ce qui transpirerait de l'enquête. J'exigeai un télégramme toutes les semaines.

Le soir, j'avais bouclé mes deux valises, je n'étais pas parvenu à fermer l'œil de la nuit. Ces impressions d'exclusion, de soudaine inutilité, d'éloignement forcé, me poursuivaient.

Le lendemain matin, j'ai pris le train à la gare principale, seul comme jamais je n'avais eu la sensation de l'être.

46

Je me suis retrouvé à Mothecombe, à côté de Plymouth, là où l'Erme se jette dans la Manche, un endroit paradisiaque, mais si petit que les journées semblaient interminables.

J'ai reçu des nouvelles chaque semaine, comme cela était convenu, par l'intermédiaire de Christopher. Elles étaient chaque fois insignifiantes. Peu d'informations transpiraient et cela m'agaçait. Les quotidiens restaient muets, rien ne filtrait, preuve que le travail des enquêteurs s'effectuait dans la discrétion, mais surtout que la pression s'exerçait au mieux pour que personne ne parle.

J'ai passé le plus clair de mon temps à flâner sur les berges et la plage. De temps à autre, je me rendais à Plymouth, vaste cité portuaire aux relents de fumées industrielles, de poisson et de bière. La misère ici n'était pas différente de celle des bas-fonds. Les pauvres étaient seulement moins nombreux qu'à Londres, et leur visage moins pâle.

La capitale me manquait.

Enfin, le 26 août, je reçus le télégramme que j'attendais depuis des jours. Abberline voulait me parler. Le lendemain après-midi, le cœur battant, je sortais de la gare de Saint-Pancras.

Je suis d'abord passé chez moi, pour déposer mes valises, et j'ai sauté dans un fiacre pour le quartier général de Scotland Yard. Cette absence qui m'avait paru interminable et qui, finalement, n'était rien à l'échelle d'une vie, me donnait l'impression de redécouvrir l'endroit. Tout me paraissait plus vaste, plus lumineux, plus hospitalier. Je me fis annoncer, et frappai enfin à la porte d'Abberline.

Après un accueil chaleureux, et quelques questions de pure politesse, Mr Abberline prit un ton plus cérémonieux qu'à son habitude.

— Mon cher Wallace, nous avons, pour ainsi dire, achevé l'enquête, et je ne vous cache pas que nous marchons sur des œufs. Bien des témoignages nous sont… dirons-nous… compliqués à coucher sur le papier. Mais je ne vous apprends rien. Il est des éléments qu'il nous est impossible de mentionner. Certaines personnes sont gênantes, elles pourraient évoquer, même de façon ambiguë, la présence d'autres, et c'est ce que nous désirons par-dessus tout éviter. Je ne vous fais pas de dessin, je suis certain que vous avez saisi.

— Je comprends tout à fait ce que vous voulez dire. On ne doit pas mêler le Prince à tout cela.

— Très bien, j'espère donc que vous ne vous offenserez pas à l'annonce de ce qui suit. Nous allons vous demander de servir une nouvelle fois la Couronne, dans une tâche délicate, mais que vous prendrez à cœur, j'en suis persuadé.

Il saisit sa boîte de cigares, l'ouvrit et en sortit un qu'il déposa devant lui. Il se racla la gorge.

— Je vais attendre un peu pour l'allumer… Voilà, notre Division a entendu lord Somerset le 22 août. Il niait tout en bloc. Le lendemain, son avocat, Mr Arthur Newton, nous a lancé un ultimatum. Nous devions permettre à son client d'aller et venir à l'étranger comme il le souhaitait. À défaut, lord Somerset évoquerait la présence du Prince dans ce bordel pour hommes. Nous avons donc laissé s'enfuir lord Somerset. Il a obtenu une autorisation de séjourner hors d'Angleterre et de sortir du territoire comme il le désirait.

— Vous pensiez que cela me surprendrait ?

— Non, mais ce qui pourrait vous surprendre, c'est ce que je vais vous demander : nous souhaitons que vous partiez avec lui.

— Pardon ?

— Nous vous présenterons à lui comme son garde rapproché, mais nous avons surtout besoin de savoir où il se trouve, et d'être informés sur ses faits et gestes. On m'a dit que vous parliez un peu français. C'est bien le cas ?

— Attendez ! Attendez ! Mr Abberline, malgré tout le respect que je vous dois, je ne peux vous laisser continuer sur ce chemin. Vous disposez de nombreux fonctionnaires émérites, surtout dans les divisions secrètes, qui pourraient s'atteler bien mieux que moi à cette tâche. Pourquoi moi ?

— Lord Somerset, en cas de gros grain, voudrait se retirer sur la Riviera, dans le sud de la France, il y a pire comme destination. Et vous parlez français.

— Je parle français… c'est assez discutable. J'ai

quelques facilités, mais je suis loin de maîtriser la langue.

— Ne vous dépréciez pas, ce sera suffisant.

Je ne comprenais rien à toute cette affaire. On me rappelait d'exil pour m'envoyer en exil.

— Et si je refuse ?

— Je ne vous le conseille pas, monsieur Hardwell. Vous prendriez un très mauvais parti, ce qui pourrait nous amener à nous passer de vos services ou à je ne sais quelle autre mesure désagréable. Je préfère ne pas y penser. Je ne suis pas seul à décider, sachez-le.

Je me levai et me penchai vers Abberline.

— On veut m'éloigner, c'est ça ? Je suis devenu gênant. On ne me fait plus confiance.

— Wallace, ne soyez pas si ombrageux, ce ne sera que pour quelques semaines, le temps que les choses se tassent.

— Si je comprends bien, c'est une opération de grand nettoyage, et je fais partie de cette odieuse lessive.

Il sourit.

— Vous savez mieux que moi comment les choses se déroulent dans un cas comme celui-ci. Sur la soixantaine de personnes que nous avons identifiées, une vingtaine va fuir l'Angleterre. Je dispose d'autres destinations, vous pourriez être le protecteur de cet ignoble Hammond qui doit être en France en ce moment, ou en Belgique. On m'a parlé du Pérou également, et de pays tout aussi exotiques.

Il s'interrompit, porta le cigare à ses lèvres d'un air victorieux.

— Soyez raisonnable, Wallace, j'ai tenté de vous sauver, mais on n'a rien voulu savoir. La France et lord

Somerset ne sont pas si désagréables. Bien entendu, votre salaire sera maintenu, vous aurez même une prime pour les frais et les dépenses.

— Que va-t-il advenir de miss Brianey et de son fils ? Et de Myrtle ?

— Les cas Rebecca et Timothy O'Brianey sont déjà réglés, nous avons résolu le problème pendant votre séjour dans le sud du pays. Nous avons trouvé un terrain d'entente qu'ils ont accepté avec plaisir.

— C'est-à-dire ?

— Ils résideront dorénavant sur l'île de Man.

— L'île de Man ? Mais c'est un emprisonnement. Elle est au milieu de la mer d'Irlande à des miles des côtes anglaises et irlandaises.

Le superintendant soupira.

— N'exagérez pas, Wallace, cette île est autonome depuis 1866.

— Ne me prenez pas pour un écervelé, c'est une autonomie de pacotille, on y envoie toutes les personnes gênantes et proscrites.

— Ils y seront bien traités, et en liberté. Une demeure splendide leur a été allouée, et ils semblent tous les deux ravis de cette opportunité. J'ai respecté ma parole, et ce ne fut pas une sinécure.

— Et pour Myrtle ?

— Elle reste là où elle est, avec ses protégées.

— Dieu merci !

— Dieu n'a rien à voir dans cette décision. Vous pouvez me remercier, ce ne fut pas facile, et j'ai dû batailler ferme, soyez-en certain. Je ne fais pas la pluie et le beau temps ! Et d'autres que moi auraient baissé les bras dans cette bataille.

Je ne pus m'empêcher de secouer la tête, meurtri par la déception.

— Pour être honnête avec vous, je ne sais plus quoi penser.

— Je vous laisse quelques jours pour digérer tout cela, pour mettre vos affaires en ordre. Le procès n'aura pas lieu tout de suite, il devrait débuter le 11 septembre. Lord Arthur Somerset reviendra à Londres le 23 septembre, il assistera à une vente de chevaux à Newmarket, et il repartira, avec vous cette fois, le 26 septembre. Cela vous laisse un peu de temps. Croyez-moi, Wallace, j'ai tout mis en œuvre pour limiter les dégâts.

— Mr Abberline, je vous en prie, reconsidérez cette décision. Ma vie est ici, je suis londonien, inspecteur-chef, et je ne sais rien faire d'autre que ça. Vous ne pouvez douter de mon attachement et de mon dévouement à la Couronne !

Il se redressa sur son siège, exaspéré.

— Wallace, ça suffit ! Préservez votre dignité et ne me faites pas dire des choses que vous n'aimeriez pas entendre.

— Allons-y, je vous écoute ! Je suis prêt à tout, au contraire, et je ne sortirai pas tant que vous ne m'aurez pas dit le fond de votre pensée.

— Nous ne pouvons pas vous faire entière confiance, et j'en suis triste. Vous êtes un incorrigible optimiste et un personnage faux, un Janus bifront, vous êtes tout sauf un associé. Nous allons nous débarrasser de vous, c'est le plus simple.

— Pardon ?

— Pourquoi, grand Dieu, n'avez-vous jamais évoqué l'existence de ce David March ? Pourquoi n'avoir jamais parlé de cet entretien avec lui ? Pourquoi nous avoir caché que cette Myrtle River était à l'origine du scandale de la *Pall Mall Gazette* ?

— Cela n'avait aucune importance ni d'incidence sur l'enquête !

— Ah oui ? Dois-je vous rappeler que vous n'avez pas toujours obéi… Cette fuite avec enlèvement des témoins essentiels, le refus d'user de méthodes, certes répugnantes, mais nécessaires au bien de la monarchie.

— Je comprends mieux… Vous avez mené une contre-enquête pendant mon absence. Les informations que je vous ai fournies ne vous suffisaient pas, il vous fallait ma tête.

— Ne soyez pas aussi amer. Que croyiez-vous ? Que vous travailliez pour une crèmerie, un marchand de confiseries ? Tout cela ne devrait pas vous surprendre, vous auriez dû vous en soucier avant, vous y préparer.

— C'est William qui vous a confié tout ça. Vous saviez qu'il allait être père, que sa famille était sa priorité, vous lui avez fait peur. Ou alors…

— Ou alors quoi ?

— Rien… Je ne vous demande qu'une chose : conservez à votre service William et Christopher, ce sont d'excellents enquêteurs. Ils ne sont pour rien dans tout cela, ils n'ont fait que m'obéir. Vous auriez tort de vous en séparer.

— Je ne vous dirai pas de qui nous avons obtenu ces informations, mais vous connaissez nos méthodes, et elles ne sont pas jolies, j'en conviens. Quant à vos amis, rassurez-vous, ils poursuivent leur chemin avec Scotland Yard, j'ai fait peser toute la responsabilité sur vos épaules. Vous saviez que cette enquête était brûlante, vous avez pris des risques inconsidérés.

J'avais beau retourner tout cela dans ma tête, il avait raison et à sa place j'aurais sans doute agi de la même façon.

— Ce sera ma consolation. Je suppose que vous aviez des hommes à vous qui me surveillaient à Mothecombe ?

— Vous connaissez la réponse. Nous avions besoin de savoir si vous tenteriez de contacter un journaliste.

— C'est donc pour ça qu'on m'adressait toujours au même télégraphiste à Plymouth. J'aurais dû me poser la question.

— Je suis désolé, nous avons des obligations à tenir.

— Ne soyez pas désolé avec moi, je sais que vous ne le pensez pas. J'ai donc droit à un billet pour la France. Pourrai-je revenir en Angleterre ?

— Bien entendu ! Allons, cher ami, ne soyez pas si négatif ! Nous ne sommes pas stupides, vous nous êtes et vous nous serez encore utile.

Je me levai, récupérai mon melon posé à l'entrée et ne le saluai pas.

— Wallace !

— Oui, monsieur ?

— Vous avez fait du bon travail, mais vous vous êtes sacrifié pour rien. On se revoit bientôt ?

Ma main se crispa sur la poignée de la porte, et soudain, d'un seul coup, une odeur agressa mes narines, un effluve âcre et rance, que j'aurais reconnu entre mille. Celui de l'émissaire, l'homme qui puait l'angoisse et la peur. Je me retournai et dévisageai mon supérieur.

— Vous obéissez donc vous aussi à cet émissaire, cet homme à la peau grise et au nez d'oiseau. Comment se nomme-t-il déjà ?

Il leva les sourcils dans un tic révélateur, hésita.

— Euh… je ne vois pas de quoi vous voulez parler, ni de qui d'ailleurs.

— L'émissaire, l'homme de l'ombre.

— Vous devriez partir et préparer vos valises, inspecteur, croyez-moi. Ne cherchez pas les ennuis !

Je n'insistai pas.

47

Ce moment fut sans doute le plus éprouvant de toute ma pauvre existence. Je savais, oui, je savais tout au fond de moi qu'Abberline avait raison. Je n'ignorais pas qu'en agissant comme je l'avais fait la machine du pouvoir s'était mise en branle. Je me doutais que mon refus d'user de méthodes d'interrogatoire d'un autre âge me vaudrait méfiance et défiance de la part de mes supérieurs, mais surtout de l'homme au nez d'oiseau. Que l'enlèvement des prisonniers me serait reproché. Et il y avait tout le reste, les détails volontairement omis, la façon dont j'avais mené l'enquête, mon humanité… Je savais que j'avais été lâche, que je ne regardais pas la réalité en face, tout cela dans le but de ne pas me mésestimer.

J'évoluais dans un monde où la justice ne se montrait sévère qu'envers les pauvres, les misérables, les petits. Son glaive se soulevait, s'abattait telle la foudre quand l'indigent avait volé, mais il tremblait lorsque l'aristocrate avait violé, abusé, exploité. Et quand cette épée ne vacillait pas, une main habile détournait sa course, ou écartait le coupable du tranchant de sa lame.

J'étais un outil, un ustensile émoussé. J'avais pourtant rempli toutes les conditions. J'étais fiable, je vénérais la Couronne, j'aimais mon pays, j'étais intègre, j'avais foi en la loi, j'avais voué ma vie à mon travail… mais j'avais hérité d'une conscience. J'avais montré la faiblesse de croire en mes principes et au bien. Au bien et à la justice. Au bien, mais pas pour faire plaisir à un Dieu ou à un autre, pas pour combattre un mal que je ne parvenais pas à identifier, non, simplement au bien pour le bien, celui-là même qui permettait de se sentir humain, vivant, de se convaincre que ce passage éphémère sur cette terre avait servi à quelque chose. J'avais tenté d'arrêter les méchants, ceux qui, en fait, n'avaient d'autre choix que de voler et dépouiller pour subsister, pour offrir à manger à leurs enfants, se payer un toit pour une nuit et ne pas dormir sous la pluie. On m'ordonnait de supprimer la vermine, et je chassais, je piégeais, j'appâtais, je pistais tous ces bons à rien qui n'étaient que des malheureux qui n'avaient pas eu la chance de naître dans la bonne maison. Tous ces gens qui n'avaient pour alternative que de survivre, quel qu'en soit le prix à payer.

Désormais, le monde se montrait différent, il s'ouvrait à mes yeux et ce que je voyais me répugnait. Sous peu, j'allais devenir le garde du corps d'un lord qui, pour quelques livres, assouvissait sa soif de plaisir avec de jeunes enfants. On m'écartait de Scotland Yard parce que j'avais eu un sursaut d'humanité, une étincelle de lucidité.

Je ne suis pas reparu à mon bureau pendant deux jours. Après tout, on me chassait comme un malpropre.

Je suis allé rendre visite une nouvelle fois à Myrtle. Elle ne m'accueillit pas avec le même enthousiasme. Rebecca et Timothy lui avaient envoyé une lettre expliquant leur exil forcé vers l'île de Man, et qu'on ne leur avait pas laissé le choix.

Je l'informai de mon départ prochain, et précisai qu'en quelque sorte il s'agissait pour moi aussi d'un évincement. Elle s'adoucit et s'excusa presque de m'avoir répondu si sèchement. Je ne lui en tins pas rigueur. Je promis de lui envoyer des nouvelles, et elle m'en remercia.

J'avais repris une vie normale. William et Christopher savaient ce qui m'attendait et il leur fallut trois jours avant de venir me parler. William était le plus gêné des deux et j'avais dû user de persuasion pour qu'il admette que je ne lui en voulais pas.

Nous nous sommes vus moins souvent. William est devenu père le 7 septembre d'un beau garçon de huit livres qu'il a nommé Alexander.

Le procès a débuté le 11 septembre. Un des jeunes télégraphistes ainsi qu'un homme âgé de quarante ans, un certain Veck, qui avait été évincé de la Poste principale pour des actes indécents, furent les premiers cités à comparaître. Lord Somerset leur fournit un avocat et paya leurs frais de justice puis se rendit à Hanovre afin d'y négocier une vente de chevaux pour le prince de Galles.

Le 18 septembre, le plus jeune fut condamné à quatre mois de travaux forcés, l'autre à neuf mois. La presse mentionnait le scandale, mais de façon assez vague. On écrivait que de nobles lords étaient mêlés à cette affaire, sans jamais citer qui que ce soit. La sentence me surprit. Pour des crimes d'indécence tels que ceux-là, la peine prononcée habituellement était de deux ans, *a minima*. Hammond, sur qui courait un mandat d'arrêt, fut expulsé par la France sous la pression britannique. Étrangement, pas vers l'Angleterre, mais vers la Belgique. De là, il se rendit aux États-Unis, et on ne le revit plus. J'appris que le voyage avait été payé par l'avocat de lord Somerset.

Comme prévu, lord Somerset réapparut à Londres pour la vente de chevaux. Et le 26 septembre, ma malle et moi embarquions sur un bateau à vapeur pour la France. Je quittai mon île natale, sans savoir quand je reviendrais.

Nous nous installâmes sur les côtes françaises, près de Boulogne, dans un hôtel de grande classe. Lord Somerset me fit tout de suite comprendre que ma présence n'était pas souhaitée, et que je devais me faire le plus discret possible. En cas de nécessité, je devais m'adresser à son majordome qui était aussi du voyage.

Je l'avais rassuré, j'étais là à contrecœur, et je n'avais pas l'intention non plus de lui causer un quelconque embarras. Un jeune homme l'accompagnait ; j'appris plus tard qu'il s'agissait de son ami.

Je me morfondais, me lamentais sur mon sort, quand un télégramme rompit cette mélancolie. La grand-mère de lord Somerset, Emily Somerset, duchesse de Beaufort, venait de mourir. Jamais une telle annonce ne me fit tant plaisir. Nous reprîmes le bateau pour Londres, mais nous n'y restâmes que quelques jours pour les funérailles.

J'avais tenté de rencontrer le superintendant, Mr Abberline, mais on me livra mille excuses en réponse et je ne parvins pas même à l'apercevoir. Au soir de notre départ, je reçus la visite de Christopher. Il paraissait tendu, mais aussi très triste de ce qu'il m'arrivait. Je remarquai, au détour de la conversation, qu'une évidente agitation se peignait sur ses traits et qu'il manipulait avec ferveur sa blague à tabac.

— Mon cher, vous semblez angoissé, quel souci vous cause donc cela ?

— Je reconnais bien là votre sens de l'observation. Il est vrai qu'un souci me ronge et je peine encore à vous en parler.

— Voyons, vous savez que vous pouvez compter sur ma discrétion et mon amitié sincère.

— Je sais, mais il s'agit de tout autre chose… Je crains votre réaction. Il faudrait que vous me prêtiez serment de ne rien tenter, de suivre lord Somerset, comme prévu.

— Votre demande m'inquiète. Soit ! Je vous le promets.

— À l'occasion de circonstances bien opportunes, je vous fais grâce des détails, une information est venue à ma connaissance. Notre ami commun, enfin devrais-je dire, notre collègue Howard, cachait bien son jeu et j'ai appris qui il était vraiment.

— Vous m'intriguez !

— C'est le neveu de l'émissaire de la Couronne.

— Pardon ?

— Oui, c'est assez incroyable. Mais jugez de leurs morphologies : grands, minces pour ne pas dire maigres, un nez aux allures familières.

— Je doute que cela suffise à me convaincre, ils ont des similitudes, mais pas à ce point.

— Howard a été élevé par cet homme après le décès de ses parents, lors de la première épidémie de choléra aux Indes. Il semblerait que les méthodes d'éducation du mystérieux oncle furent rudes et sévères. La trique et le fouet n'étaient qu'une partie de son arsenal. Les cicatrices sur ses avant-bras et sur son dos, que j'ai aperçues avant le combat de boxe, en seraient les souvenirs.

— Je n'ose vous croire.

— Il le faut pourtant, mon ami. Ce n'est que la stricte vérité. Cet homme fut major dans l'armée de la Reine, dans une unité qui reçut les honneurs en Inde. On raconte qu'à l'époque il usait lui-même de sévices sur les prisonniers.

— Je comprends mieux pourquoi on m'a incité à prendre Howard dans notre équipe, et pourquoi on me vantait tant ses mérites. Les dés étaient pipés depuis le début.

— Je le crains.

— Dire que je pensais qu'il s'était laissé aller à la torture pour sa carrière, pour la Couronne, comme il disait. Le mal est plus profond. Méfiez-vous de ces deux-là, Christopher !

— Je reste vigilant, soyez sans crainte.

48

Le jour de notre départ, on fit croire en haut lieu qu'on voulait interpeller lord Somerset. Mais évidemment informés au préalable, nous avons quitté l'Angleterre pour Boulogne sans encombre.

Le lendemain, le quotidien d'un parti politique radical, le *North London Press*, sous la signature du journaliste Ernest Parke, émettait des doutes sur la bonne tenue du procès. Il signalait les peines ridicules, la fuite de Hammond, l'implication de certains lords, qu'il ne nommait pas, et qui étaient mêlés à ce scandale sans être cités à comparaître. Cette fois, la presse commençait à s'intéresser à l'affaire.

Nous suivions cela depuis la France. Lord Somerset sortait peu, et quand il le faisait, c'était à la tombée du jour. Nos relations se limitaient à de stricts échanges de courtoisie, très éloignés de toute forme de cordialité. Il ne m'adressait pas la parole, et je ne lui en tenais pas rigueur, je le trouvais hautain, très imbu de sa personne.

Nous recevions la presse avec un jour de retard. Le 16 novembre, les premiers noms d'aristocrates tombèrent. Lord Henry James FitzRoy, comte d'Euston, fut le premier. Les autres furent identifiés les jours suivants. Les journaux s'en donnaient à cœur joie, ils titraient en gros : « Le scandale de Cleveland ». Même les quotidiens étrangers commencèrent à relayer l'information. On parlait de complot pour étouffer le tapage médiatique, du Prince, de Somerset évidemment. Soixante figures de la société londonienne furent impliquées, un tiers avaient fui l'Angleterre.

Les affaires se tassèrent en début d'année 1890, et je retrouvai l'espoir de rentrer enfin chez moi. J'envoyai un télégramme le 3 février à Abberline, mais je n'eus jamais de réponse.

Le matin du 8 mars 1890, tandis que je descendais prendre mon breakfast, j'eus la surprise de me rendre compte que Somerset avait disparu, ainsi que ses compagnons. La réception m'indiqua qu'ils avaient quitté l'hôtel tard dans la nuit, que deux calèches étaient venues les chercher. On me remit un mot laissé à mon attention qui disait ceci :

« Cher Monsieur Hardwell, votre présence, vous l'aurez remarqué, m'est insupportable, je me rends à l'étranger, où j'ai encore des amis précieux. Je suis persuadé que ce départ impromptu vous procurera un grand plaisir et je m'en satisfais. Souhaitez le bonjour à l'Angleterre de ma part, si elle veut toujours de vous.

Lord Arthur Somerset. »

Il avait raison, rien ne pouvait me réjouir plus. J'allais enfin pouvoir rentrer chez moi.

J'aurais dû m'arrêter au sarcasme de sa dernière phrase, comprendre qu'il avait sans doute œuvré dans l'ombre pour que je devienne un paria. On me refusa l'entrée sur le sol britannique et, quelques jours plus tard, après l'envoi de plusieurs télégrammes, on m'adressa une réponse qui me laissa sans voix : j'étais interdit de séjour en Angleterre pour raison d'État et la sécurité de la nation. J'avais finalement reçu un message provenant d'Abberline. Il était succinct et disait juste : « Je ne suis pas responsable. »

J'ai traîné dans les bars du port de Boulogne, écumé toutes les villes du bord de mer. Par beau temps, je distinguais les côtes de mon Angleterre, et cela me donnait un peu plus l'envie de boire. Je migrais d'auberges en petites pensions, d'hôtels miteux en arrière-salles de tavernes. Cela dura jusqu'en octobre 1890.

J'étais triste à voir ; le pas mou d'un homme sans vigueur, la barbe d'un vieux matelot, les cheveux hirsutes qu'une casquette usée maintenait sous le vent, l'œil jauni. Avec les premiers frimas de l'automne, je tombai malade et mon état empira un soir où je m'étais endormi, bouffi d'alcool, sur un banc de la ville. Au petit matin, une âme charitable me conduisit à l'hôpital. J'y séjournai vingt jours, vingt jours pendant lesquels cette personne au cœur noble vint me voir pour prendre des nouvelles. Elle s'appelait Madeleine, elle était petite, aussi ronde que ses sourires, aussi vivante que ses rires, les cheveux d'un blond ensoleillé. Elle était domestique dans la pension où je logeais, et je ne l'avais jamais remarquée. Ce fut elle qui me sauva, avec son sourire, ses mots d'humour et sa façon paillarde de jurer, de cracher dans ses mains.

Quand je suis sorti de l'hôpital, elle m'a trouvé une meilleure chambre, bien moins chère, dans la campagne dunkerquoise, proche de chez elle. Elle disait que je l'intriguais, que je lui rappelais son grand frère.

J'avais un peu repris goût à la vie et je m'intéressais de nouveau aux autres. Au bout de quelques mois, notre relation devint passionnelle, le printemps s'invitait dans mon existence. J'achetai une maison dans le village voisin, à Houtkerque, Madeleine vint vivre avec moi. Malgré notre différence d'âge, nous nous entendions à merveille. La lumière de son regard bleu dissipait mes craintes, la vie m'offrait un peu de répit.

Ce bonheur dura deux ans. Et, un jour, sans explications, elle m'annonça qu'elle devait partir, qu'elle était désolée, que sa pauvre mère la réclamait à l'autre bout de la France, mais sans me dire où. J'ai tenté de la retenir, de la suivre, de savoir pourquoi, mais je n'eus pour seule réponse qu'un « je suis désolée » laconique. « Désolée », cela sonnait comme « désolation », ce qui restait du ravage de son départ. Je ne la revis plus jamais.

J'appris bien plus tard qu'elle s'était enfuie avec un homme plus jeune. Je ne lui en voulus jamais, pourtant il m'avait fallu plusieurs mois avant de cicatriser le morceau de mon cœur qui s'était brisé. Elle laissait en moi un parfum de bonheur. Ne pas l'avoir rencontrée aurait été bien pire que de la perdre.

Les années qui suivirent furent longues de son absence, mais paisibles. J'avais acheté quelques terres et des chevaux. Je passais mon temps auprès d'eux, ils m'apaisaient, m'offraient leur compagnie, sans rien attendre en retour qu'un peu d'attention.

J'appris qu'Abberline avait été mis à la retraite deux ans après le scandale, qu'il avait émigré à Monte-Carlo où il resta détective privé trois ans durant, avant d'être recruté par une société américaine.

William fut père à deux nouvelles reprises. Il resta un rouage apprécié à Scotland Yard et devint inspecteur-chef d'une unité de la Division C, celle des crimes.

Christopher, quant à lui, décida de bénéficier d'une pension bien méritée. Il déménagea pour Liverpool, où il avait encore de la famille et y ouvrit un pub avec un cousin. Cela me fit sourire : lui qui n'aimait pas l'ambiance des tripots enfumés allait s'encanailler avec le petit peuple.

Lord Somerset, bien que jamais interdit de séjour en Grande-Bretagne, n'y retourna pas. Après sa fuite de l'hôtel boulonnais, il passa quelques mois en Hongrie, chez un parent éloigné, puis en Turquie, et acheta finalement une maison sur la Riviera française.

En octobre 1889, après l'affaire de Cleveland, l'avocat de lord Somerset, Arthur Newton, fut jugé et condamné pour complot en vue de fausser le cours de la justice, facilitation d'évasion, soustraction de témoins, et aide à leur fuite vers la France. Reconnu coupable, il ne fut cependant puni que de six semaines d'emprisonnement. La justice l'autorisa même à reprendre ses activités au barreau. La belle justice !

En 1895, il fut l'avocat d'Oscar Wilde, lors d'un procès pour indécence grave avec d'autres hommes. Le poète fut condamné à deux ans de travaux forcés après trois jugements qui le ruinèrent. Homosexuel, harcelé par la rigueur de la morale victorienne, il n'eut droit, lui, à aucune clémence et finit par s'exiler en France.

Miss Myrtle River mourut de sa belle mort en 1895 à l'âge confortable de quatre-vingts ans. Elle légua quatre mille livres à l'association qu'elle avait fondée et qui comptait deux *fermes* et quarante-cinq protégées. L'une des femmes en charge des enfants reprit le flambeau, et on m'annonça qu'un troisième établissement était sur le point d'ouvrir.

Le prince Albert Victor de Clarence passa sept mois dans les colonies britanniques et reparut quand le scandale fut tassé. On lui proposa une fiancée en 1890 : la princesse Hélène d'Orléans. Mais celle-ci refusa la demande sur ordre de son père, car elle ne voulait pas renoncer à sa foi catholique. Il se fiança le 3 décembre 1891 avec la princesse Mary de Teck, sa propre cousine, que la reine Victoria avait elle-même choisie. Mais, par un triste coup du destin, il rendit son dernier souffle le 14 janvier 1892, soit six semaines plus tard, des suites d'une mauvaise grippe, la plus grande épidémie de grippe du XIXe siècle, « l'épidémie russe ». Les rumeurs des causes de sa mort furent nombreuses, certains disaient même qu'un tiers aurait provoqué sa mort par overdose pour changer l'ordre de succession au trône. D'autres racontaient qu'il avait été interné sur l'île de Wight.

La princesse Mary de Teck se fiança l'année suivante au frère du prince décédé, George, et elle l'épousa le 6 juillet 1893. En juin 1911, après la mort du frère aîné de George, ils devinrent le roi George V et la reine Mary d'Angleterre.

Le journaliste à qui miss Myrtle avait soufflé les informations concernant le scandale de 1884, William Thomas Stead, poursuivit son rôle d'agitateur médiatique, toujours à l'affût de campagnes d'intérêt public.

À compter de 1890, il s'engagea dans des luttes pour le pacifisme, dénonça le massacre arménien. Invité à une conférence à New York, il prit le bateau à Plymouth en avril 1912 et décéda la nuit du 14 au 15 dans le naufrage du tant réputé *Titanic*.

David March entra au service de l'Église. Il fut ordonné prêtre en 1893 et officia dans le sud de Londres. Il ne revit jamais son père.

Je n'eus aucune nouvelle de miss Rebecca O'Brianey ni de son fils Timothy. J'ai pourtant tenté d'en savoir plus, par de nombreux courriers adressés à plusieurs connaissances londoniennes. Mais rien ne transpira jamais les concernant. Avaient-ils été libérés ? Envoyés aux États-Unis, comme cela se faisait beaucoup ? Étaient-ils morts ? Je ne le sus jamais.

Les années étaient passées, l'une poussant l'autre. En 1895, j'avais reçu un message de Scotland Yard qui m'informait de ma mise à la retraite, avec le grade supérieur. Mon interdiction d'entrer sur le territoire national était levée.

J'en fus tout d'abord immensément heureux, presque euphorique, et, le lendemain, la question se posa : retourner en Angleterre pour y faire quoi ? Je n'avais pas de famille, mes amis s'étaient dispersés, m'avaient oublié. La campagne était splendide ici, la mer toute proche, j'y avais ma maison, mes animaux, mon potager, et puis cette belle église avec sa flèche pointée vers le ciel. J'aimais la France. Je suis resté, j'ai embrassé cette vie simple. Tous les mois, je percevais une confortable retraite, je n'avais plus qu'à profiter de cette vie paisible.

49

Je viens de passer plusieurs mois à écrire tout cela, à recopier les interrogatoires que j'avais intégralement consignés, à revivre chaque instant de ces heures sombres, ma santé décline de jour en jour. Coucher cette affaire sur le papier, sans filtre, a été pour moi un intermède bienfaisant. C'est un peu comme si je m'étais confié à quelqu'un, à un lecteur imaginaire qui ne sera jamais que moi-même. Je l'ai fait sans me mentir, et je m'en trouve heureux.

En repassant le film de ma vie, j'éprouve quelques regrets. J'aurais aimé me montrer plus fort par moments, avoir le cœur de dénoncer tout cela, mais je faisais partie d'un système, qui finalement fonctionnait bien, même s'il était perverti. On m'avait appris l'amour de mon drapeau, la fierté de naître anglais et surtout qu'un officier de police se doit d'obéir, sans réfléchir. On m'avait gravé dans l'âme qu'une parole donnée valait son entrée au paradis. Et je l'ai cru. De toute façon, déstabiliser ou affaiblir le royaume aurait-il été une bonne chose ? Je crains bien que non.

Je regrette de ne pas avoir fondé une famille, je crois

que j'étais un homme plutôt avenant, sans vice, attentionné, une femme aurait pu se laisser séduire. J'aurais sans doute été bon père, et un mari fidèle.

Je regrette de ne point avoir d'amis, comme en ont certains, des gens sur qui compter et pour qui la porte reste ouverte à jamais, sans condition.

Je regrette de ne pas m'être investi plus dans la quête d'un monde meilleur, de ne pas avoir tenté de changer l'ordre des choses, même un tout petit peu. On pense toujours que rien ne peut évoluer sans des décisions venues du plus haut niveau, et pourtant, en y regardant de plus près, l'évolution de l'homme ne s'est faite que par d'infimes changements.

Je regrette de ne pas croire en Dieu, de ne pouvoir une dernière fois me confesser, prier pour mon âme et celle des autres.

Je regrette beaucoup, mais j'ai eu aussi quelques bonheurs. Cette vie m'a permis de me connaître, de me rencontrer. Vivre est un long périple, qui consiste aussi à se découvrir, en acceptant de n'être pas parfait, à admettre ses faiblesses et ses défauts, pour mieux comprendre et aimer les autres. Je sais aujourd'hui que naître à la campagne, dans les bas-fonds, ou dans une chambre capitonnée de velours et de soies rares peut tout changer. C'est un peu comme jouer sa vie aux dés, certains n'obtiennent que des six, d'autres que des un, difficile avec cela de définir le mot « équité ».

Je sais que l'homme est prêt à tout pour survivre, pour remplir son estomac, trouver un toit, protéger ses enfants, quitte à tuer et pis encore.

Je sais que d'autres sont prêts à tout pour un peu de

pouvoir, pour un peu de fantaisie, pour briser l'ennui, ou assouvir leurs fantasmes, quitte à tuer et pis encore.

Je sais qu'on peut avoir le cœur sombre comme le gouffre le plus noir, mais qu'il suffit d'une étincelle pour éclairer une âme. Que rien n'est figé, qu'on peut changer, simplement parce qu'on le souhaite. Quitte à se brûler les ailes.

Je sais que l'amour n'a pas d'âge, pas de visage, pas de sexe ni de prix. Qu'il nous revient de le provoquer, de le laisser entrer, mais sans jamais chercher à l'emprisonner, et que s'il s'enfuit il reste toujours un peu de lui dans nos souvenirs. Quitte à se brûler les ailes.

Je sais que l'Homme ne deviendra pas bon en quelques décennies, mais qu'au fil du temps, des siècles, petit à petit, il se détachera de ses instincts primaires. Quitte à ce que cela se fasse dans la douleur.

Je sais qu'on doit respecter les autres, surtout les plus faibles, ceux qui n'ont même pas un dé pour jouer, ceux pour qui la partie est perdue d'avance, et que c'est ainsi que le monde ira mieux. Quitte à ce que cela se fasse dans la douleur.

Hier, je suis allé chez le notaire, un homme charmant. Je lui ai fait part de mes dernières volontés. Je lui ai demandé de vendre mes trois pur-sang à quelqu'un qui en prendra grand soin. L'un d'eux se fait vieux, mais je tiens à ce qu'il reste avec les deux autres, quitte à ajuster le prix du lot. Ce sont des chevaux racés qui valent une petite fortune. Je souhaite que l'argent récolté soit ensuite donné à la paroisse. Le prêtre semble très investi auprès des plus pauvres.

Je lègue ma maison et mon potager à Élise Chardonnet, la dame qui travaille chez moi depuis plus de quinze ans. C'est elle qui me fait la cuisine et s'occupe un peu de tout. Elle a encore deux jeunes enfants, et elle aime la maison. Son mari est mort dans les tranchées et, depuis, elle se démène seule. Je lui laisse également une somme d'argent qui lui permettra de vivre sans se trouver dans le besoin.

Enfin, j'ai décidé d'être enseveli ici, à Houtkerque, une tombe simple, sans fioritures, et le notaire devra s'assurer que ma valise en fer soit enterrée avec moi. J'y glisserai ces pages, elles seront un peu mes confessions, mon mea-culpa, mon billet d'entrée vers, je l'espère, une autre vie, où les hommes seraient bons, un autre lieu où le mot « humanité » aurait un sens.

Cela est signé J. Wallace Hardwell.

La voix d'Aude résonne différemment dans le casque, plus douce, comme soulagée.

— Voilà papa, il n'y a rien d'autre à traduire. Quelle histoire ! On en discute bientôt. Je t'embrasse.

50

Jacques ne parvient pas à reprendre ses esprits, il reste assis sur le canapé, les écouteurs vissés aux oreilles, un peu triste ; il vient de perdre un ami.

Sans doute la voix d'Aude lisant les écrits de Wallace y est-elle pour quelque chose, mais il a l'impression d'avoir entendu une histoire vraie, de l'avoir vécue dans son être et dans sa chair. Jamais il n'avait ressenti cela.

Il éteint son ordinateur et se tourne vers Mireille.

— Voilà, c'est terminé.

— Eh bien, quelle tête tu fais ! On dirait que tu as perdu un parent !

— Oui, tu as deviné juste, c'est un peu comme si je quittais un ami. Tu sais, ce Wallace était un homme bien.

— Je suis heureuse de te l'entendre dire, mais bon, ce n'est qu'une histoire, et rien ne te prouve que ce qui y est écrit soit vrai.

— Le contraire m'étonnerait, il parle d'une dame qui aurait hérité de sa maison en 1917, une certaine Élise Chardonnet, ça te parle ?

— Élise Chardonnet ? Non, mais c'est un nom du

coin. Donc, ça y est ! Elle est finie cette histoire, on va pouvoir passer à autre chose, enfin ! N'oublie pas de remettre tout ce que tu as trouvé avec les ossements de ce pauvre homme.

— Ne t'inquiète pas, c'est prévu, Aude doit me rapporter les documents dans la semaine. J'ai gardé le sac de toile, je n'aurai plus qu'à glisser tout ça dans la valise en fer.

Ce soir, Jacques se pose mille questions, et la première est : est-ce que tout cela est vrai ? Et si oui, pourquoi Wallace n'a-t-il jamais révélé ce qu'il savait ? Certes, il avait prêté serment de servir la Couronne, mais après toutes ces années, il aurait pu se sentir libéré de son vœu. Et qui est-il, lui, Jacques, pour juger cet homme, mort depuis près d'un siècle ?

Mais, ce ne sont pas les seules interrogations qui lui traversent l'esprit, d'autres sont plus sournoises : et lui, il écrirait quoi s'il devait emporter l'histoire de sa vie ? Et lui, est-ce qu'il avait fait quelque chose pour que le monde aille mieux ? Avait-il prêté attention aux autres ? Se serait-il rebellé comme l'avait fait Wallace ?

Jacques secoue la tête et chasse les questions qu'il trouve soudainement stupides. Mireille se lève.

Tu veux un thé ?

— Oui, bonne idée.

Il s'approche de l'îlot central de la cuisine et prépare les tasses.

— On dirait que cette histoire te tracasse… c'est le cas, n'est-ce pas ?

— C'est encore tout frais, ça va passer, mais je me demandais si le fait d'avoir lu ce que cet homme avait vécu pouvait influencer ma vie aujourd'hui.

— Je te reconnais bien là avec tes questions toutes tordues. On ne se laisse jamais influencer que si on le souhaite, la réponse est là. Crois-tu que les romans que je lis m'influencent ?

— Je ne sais pas. Oui, tu as raison.

Le lendemain à la première heure, Jacques se présente au secrétariat de la mairie, salue tout le monde et se dirige vers le bureau de Gisèle.

— Dis, tu pourrais me renseigner, s'il te plaît. Je voudrais savoir si on a encore des gens du nom de Chardonnet dans le village ?

— Chardonnet ? Cela me dit quelque chose, mais je ne suis pas certaine. Attends, je regarde sur le dernier recensement. Chardonnet… non, je n'ai rien. Pourtant, ça me parle ce nom. (Elle ouvre un second registre et s'exclame :) Oui, je me disais bien ! Chardonnet Jean-Marie. Mais il n'habite plus ici.

— Tu n'aurais pas sa nouvelle adresse ?

— Si, il est dans une maison de retraite, L'Âge d'or sur la commune d'Ypres, en Belgique. Il est de 1936, ça me semble logique. Pourquoi tu veux le voir ?

— Non, juste comme ça. Je te remercie, Gisèle, tu es une perle !

Le jeudi soir, Aude appelle sa mère pour prévenir qu'elle passera vite fait dire bonjour avant d'aller travailler.

Elle apporte une bonne nouvelle : Timothy et elle ont trouvé un logement dans le quartier de la Croix-Rouge, un peu avant Bergues. Elle est ravie, l'appartement est coquet, un peu en retrait de la route. Ce n'est qu'à dix minutes de l'hôpital et à la même distance de chez ses parents. Ils emménagent dans trois semaines, elle est impatiente. Avant de partir, elle appelle son père.

— Je t'ai rapporté les documents de Wallace. On n'a pas eu le temps d'en discuter, mais Timothy et moi avons fait des recherches sur Internet. C'est incroyable ! Les deux scandales qui sont mentionnés sont bien arrivés, et le journaliste décédé sur le *Titanic*, c'est pareil, c'est vrai. Quand tu penses à toutes ces petites filles et les misères qu'elles ont dû subir. J'en frissonne encore.

— Tu veux dire que tout ça ce n'est pas un secret ?

— Non, enfin si, sans doute l'enquête de Wallace, mais pour le reste… Même en ce qui concerne l'histoire du Prince à la fin, personne n'a vraiment prouvé quoi que ce soit, mais les rumeurs existent bien. Il y a des trucs qu'on a lus, qui racontent que le prince Albert Clarence machin a bien trempé dans l'affaire de Jack l'Éventreur, mais bon là, on est en plein délire.

Son père l'accompagne jusqu'à sa voiture. Elle lui tend les documents.

— Tout y est, il ne manque pas une seule page. Tu peux les remettre avec Wallace. C'était un type bien, et il n'a pas eu beaucoup de chance.

Le lendemain, en fin de matinée, Jacques va au cimetière, un sac blanc sous le bras. Il ne lui faut que quelques minutes pour ouvrir la dalle de la fosse commune et récupérer la valise de métal. Il y glisse le sac, qu'il a préalablement emballé dans un sachet de plastique épais. Quand il dépose le coffret, il ressent comme un pincement au cœur et ne peut retenir quelques mots :

— Au revoir, Wallace, rassure-toi, tu as été un gars bien, repose en paix ! Tu vas me manquer !

Jacques se redresse, remonte sur sa mini-pelle et referme la dalle. Une page est tournée, pense-t-il.

Le soir, ses pensées sont confuses, son émission animalière ne le captive plus comme avant.

— Demain, j'irai pêcher.

— Tu vas où ?

— Je n'ai pas décidé, peut-être aux étangs de Bergues ou dans l'Yser. Tu veux venir ?

— Oh non ! Demain j'ai les courses, et mon amie Judith passe prendre le café à la maison. Tu veux que je te prépare un casse-croûte ?

— Non, c'est gentil, je ferai un arrêt à la boulangerie.

51

Le samedi matin, le réveil sonne à six heures, Jacques s'empresse de l'éteindre. Il se lève sans bruit, passe par la salle de bains et enfile la tenue qu'il ne porte que pour la pêche, un vieux pantalon de l'armée acheté dans une friperie et sa veste aux multiples poches.

Un café et il est dans sa voiture. Il fait un détour par la boulangerie, achète un croissant et un sandwich, et reprend la route.

Le chemin qu'il emprunte n'est pas celui qui le conduit à Bergues, mais vers la Belgique. Il est sept heures quand il s'arrête devant la maison de retraite de L'Âge d'or. Il est bien trop tôt, il décide de se promener un peu. Un café à la façade avenante lui tend les bras.

Il achète le journal et se plonge dans l'actualité internationale. Enfin, sa montre indique neuf heures.

La jeune femme à l'accueil est surprise, des visiteurs à cette heure, c'est rarissime.

— Vous avez un parent ici, monsieur ?

— Non, enfin un ami, M. Jean-Marie Chardonnet.

En fait, je pars pêcher, et comme je passais devant chez vous, je me suis dit que ma visite lui ferait plaisir.

— Normalement, il n'y a pas de visite avant dix heures, mais le service du petit déjeuner est terminé.

Jacques gratifie la réceptionniste d'un large sourire qui obtient l'effet escompté.

— Exceptionnellement, mais juste pour cette fois, vous pouvez y aller.

— Merci, madame, il est dans quelle chambre ?

— Le couloir à droite, porte 117.

— Merci, je ne reste pas longtemps.

— Vous avez tout votre temps, je vous en prie.

Jacques frappe plusieurs fois à la porte avant qu'on l'invite à entrer. L'endroit est coquet : un lit, une table, deux chaises, un meuble télé, deux armoires et un vieux fauteuil près de la porte-fenêtre au fond. Un homme y est assis.

— Entre, c'est déjà l'heure des médicaments ?

— Bonjour, monsieur Chardonnet ?

— Oui, entre, petit ! Ah… mais tu n'es pas l'aide-soignant !

— Non, monsieur, je suis de Houtkerque et j'aurais voulu vous poser une question ou deux.

— De Houtkerque ! Avance ! Ah, mais je te reconnais ! Tu es le cantonnier !

— Oui, c'est ça. Je ne vous dérange pas ?

— Grand Dieu non ! Je serais prêt à payer pour avoir de la visite, alors, non, tu m'embêtes pas tiot ! Qu'est-ce tu veux ?

— J'aimerais savoir si vous avez entendu parler de Wallace Hardwell ?

— Bien sûr ! C'est un peu le bienfaiteur de la famille, c'est lui qui a donné sa maison à ma grand-mère Élise.

Pendant quelques minutes, le vieil homme se plonge dans ses souvenirs et raconte des anecdotes qui ont traversé les deux générations qui le séparent de sa grand-mère.

— Elle ne disait que du bien de cet homme, mais mon père a dû vendre la propriété et les terres après-guerre. Elle a été touchée par un obus lorsque les Alliés ont tout bombardé pour chasser les Allemands. Il y aurait eu trop de travaux. Elle a été rasée, il y a un champ maintenant à la place.

— C'est bien dommage.

— Tu lui veux quoi, au vieux Wallace ?

— Rien, rien, je pensais que vous aviez encore une photo ou deux, pour voir à quoi il ressemblait.

— Il devait bien y en avoir, mais tu sais comment c'est avec le temps, ça jaunit, ça parle de gens qu'on ne connait plus, et ça finit dans un sac-poubelle.

— Ce n'est pas grave, je ne vous ennuie pas plus. Je dois y aller !

— Tu vas pêcher, comme tu es là ?

— Oui, je vais aux étangs de Bergues.

— Attends, gamin ! J'ai un truc pour toi. À moi, ça ne me servira plus.

Le vieillard se lève avec peine, ouvre la porte d'un meuble, puis un tiroir et en extrait une petite boîte de carton jauni par le temps.

— Tiens ! Prends-la.

— Merci, qu'est-ce que c'est ?

— Ouvre-la !

Jacques soulève le couvercle et découvre une flasque en vieil argent.

— C'est magnifique.

— Ça appartenait à l'Anglais, c'est le seul truc qui a traversé le temps.

Jacques retourne le flacon. Dessous, trois lettres sont gravées ainsi qu'une date : J.W.H 1889. Il est ému.

— Vous êtes certain ?

— Je n'ai plus de famille, ma femme et mon fils sont partis avant moi. Au moins, il sera en de bonnes mains. Passe me dire bonjour à l'occasion, on parlera du village, et des poissons.

Jacques reprend sa voiture et, cette fois, il va aux étangs. Il y finit la journée en gardant la flasque dans la main. Elle est lisse et brille par endroits. Il ne peut s'empêcher de la manipuler, de glisser son pouce sur la surface accueillante et froide. Cet objet appartenait à Wallace ! Il devait la ranger dans sa poche-poitrine, contre son cœur.

Jacques repense à la scène du duel, quand Wallace voulait retirer sa redingote, et que son ami William avait insisté pour glisser une flasque en argent dans son gilet – « c'est une petite protection, mais elle pourrait vous sauver la vie ».

Jacques la glisse à son tour contre son cœur, indissolublement lié à ce personnage mystérieux avec qui il vient de passer plusieurs semaines et à qui il parlait déjà dans le cimetière avant de devoir *déloger* cette tombe inconnue, au nom étrange, et à l'histoire impénétrable.

Un peu avant que le soleil se couche, Jacques range ses cannes. Pas un poisson n'a mordu.

Il replace avec grand soin la flasque dans sa boîte. Il ne la montrera pas à Mireille, elle ne comprendrait pas.

52

« Nouvelle maison, nouveau poupon », dit un adage de la région. Et comme toujours, avec les proverbes, c'est une vérité. Aude annonce sa grossesse à ses parents au début du mois de février. Elle est enceinte de trois mois.

Le samedi 24 février 2018, Jacques prend sa voiture et va à la station-service. Le voyant de la réserve d'essence s'est allumé et cet après-midi, il doit aller voir sa fille et Timothy. Encore quelques mois et il sera à la retraite, moment bien mérité, qui suivra de peu la naissance de son petit-fils, ou de sa petite-fille. Les parents ne veulent pas connaître le sexe de leur enfant. L'échographie peut tout leur dire, mais ils préfèrent garder le mystère.

Jacques allume la radio. Quelques chroniqueurs à la verve vendeuse se disputent sur des sujets d'actualité. Il écoute d'une oreille distraite, puis l'un des journalistes se met à parler du scandale du jour, l'affaire de la petite Sarah, onze ans, abusée par un adulte de vingt-huit ans, que la justice vient de déclarer « consentante » aux actes sexuels qui lui ont été imposés. Consentante. 400 000 personnes viennent de signer une pétition pour réclamer un seuil légal de la majorité sexuelle à quinze ans.

Jacques monte le son de sa radio, il n'en croit pas ses oreilles :

« Ce que les gens ignorent, dit le meneur du débat, ce qui est stupéfiant, moi je n'en reviens toujours pas, c'est qu'un seuil légal, si l'on peut dire acceptable, existait depuis 1863 avec une majorité sexuelle à treize ans, et à vingt et un ans, dans les cas d'inceste. Et aujourd'hui, à onze ans tout est permis ! La loi a changé en 1980. L'enfant est présumé "consentant" à tout âge, sauf s'il fournit la preuve du contraire. Une enquête que l'Association internationale des victimes de l'inceste a menée avec des historiens et des avocats le montre très clairement... »

Jacques arrive à la station-service, mais il veut focaliser son attention sur l'émission et se gare sur une place de parking du centre commercial.

Ce que le commentateur annonce sonne étrangement à ses oreilles.

« Dès 1832, le législateur a fixé un âge au-dessous duquel la violence sera toujours présumée, pour la raison que l'enfant n'a pas encore le discernement nécessaire pour donner un consentement libre et sérieux. Cet âge est celui de onze ans révolus. En 1863, la protection des mineurs est renforcée. En se fondant uniquement sur l'âge de la victime et sur le lien de famille, la loi précise alors qu'aucun mineur (c'est-à-dire de moins de vingt et un ans) ne peut consentir à l'inceste et qu'aucun enfant de moins de treize ans ne peut consentir à un acte sexuel.

Comme en Angleterre, pense alors Jacques. Le journaliste continue sur sa lancée :

« Cette limite de treize ans, appelée à tort "majorité

sexuelle", est portée à quinze ans après-guerre, par une ordonnance de juillet 1945. Mais, tenez-vous bien ! c'est au cours des années 1970 et 1980 que, sous la pression active des lobbys, les lois réprimant les infractions sexuelles contre les enfants sont adoucies en faveur des agresseurs. »

Il y eut ensuite l'interview au téléphone d'un professeur de l'université Paris I qui confirma que la notion de « non-consentement automatique » limitée depuis 1863 à quatorze ans pour le viol et à treize ans pour l'attentat à la pudeur avait été supprimée par la réforme des lois sur les violences sexuelles en 1980. « Il appartient désormais aux victimes de prouver qu'elles n'étaient pas consentantes, continua l'historienne du droit. En prétendant moderniser l'arsenal juridique français sur les violences sexuelles, la réforme de 1980 a donc en réalité créé un vide juridique favorable aux agresseurs en laissant à la libre appréciation des magistrats la question du consentement. »

Jacques est abasourdi par cette information. Nous serions donc, en 2018, en France, dans un état de fait pire qu'à Londres en 1884 ! Bien sûr, on ne parle pas de prostitution, mais les enfants disposent donc de leur corps à onze ans, et la loi le précise. Cela ne peut pas être vrai.

En rentrant chez lui, il allume son ordinateur et effectue une recherche : « Pontoise, Sarah, 11 ans ». Une longue liste de pages mentionne le fait. C'est donc vrai ! Des dizaines de journaux parlent de ce jugement et pourtant Jacques n'a pas l'impression que cela provoque un scandale.

Le lendemain, il téléphone à sa fille et lui raconte, il ne peut garder cela pour lui. Elle n'a pas entendu parler de cette affaire. Comme Jacques, elle fait le parallèle avec l'histoire de Wallace et trouve cela très étrange.

Alors il lui mentionne les articles dans les journaux.

— Mais comment est-ce possible au XXIe siècle ?

— Je ne sais pas, je ne comprends pas. C'est une honte !

Cette histoire monopolise les pensées de Jacques, il lit, se documente, effectue des recherches. Tout concorde avec ce qu'il a entendu à la radio.

Puis, sans doute sous la pression médiatique, des associations de protection de l'enfance, et de la société civile, le gouvernement et l'Assemblée nationale se jettent sur le dossier. Plusieurs mois de débats, des pressions multiples, des amendements, on parle beaucoup de violences sexuelles, surtout depuis l'affaire Weinstein. Sur les réseaux, un slogan bat le pavé : « Balance ton porc ! » Tous les voyants sont au vert.

Le Parlement, en dernière session avant l'interruption estivale, se prononce enfin. Après un marathon législatif, une nouvelle infraction est créée contre le harcèlement de rue, une contravention pour « outrage sexiste » : toute personne sifflant une femme, commentant son physique ou ayant des propos sexistes sera passible d'une amende. Jacques s'en réjouit. Pour certains crimes commis sur des mineurs, la prescription de l'action publique passe de vingt à trente ans. Cependant, critiquée par des associations, la notion d'« atteinte sexuelle avec pénétration » pour les moins de quinze ans a été enlevée *in extremis* du texte.

Les espoirs de Jacques s'envolent, tout comme sa foi en un monde meilleur.

53

Le 12 août 2018 est une journée que Jacques n'oubliera jamais. À onze heures, le téléphone annonce la naissance de la petite Violette. La mère est en pleine forme, l'enfant pèse 3,6 kilos.

À quatre heures, ils sont à la clinique. Leur petite-fille sommeille dans son couffin. Elle est belle à en pleurer, des yeux effilés aux cils immenses, une peau douce comme la soie.

Timothy est fier, il a assisté à l'accouchement et vécu cet instant comme un pur moment de magie. Jacques et lui s'entendent bien, à plusieurs reprises ils sont allés ensemble assister à un match de basket. Jacques lui a fait découvrir la pêche.

Aude est fatiguée, l'accouchement a été long.

Violette se réveille. Son père la saisit doucement et la pose dans les bras de Jacques.

Il n'ose plus bouger, pétrifié par la peur de lui faire mal, de l'entendre pleurer. Jacques ne peut dissimuler son émotion.

— Papa, ne sois pas si émotif, c'est ta princesse Violette, et personne ne lui fera de mal ! Je sais à quoi tu penses, mais il ne lui arrivera rien, nous y veillerons.

Aude a les larmes aux yeux. Elle ajoute :

— Un jour, ils seront tous princes, elles seront toutes princesses, le monde entier les respectera.

Jacques relève les yeux et sourit tristement à sa fille.

— Ce jour-là, nous pourrons avoir foi dans la loi des hommes.

PAPIER À BASE DE
FIBRES CERTIFIÉES

Le Livre de Poche s'engage pour
l'environnement en réduisant
l'empreinte carbone de ses livres.
Celle de cet exemplaire est de :
350 g éq. CO_2
Rendez-vous sur
www.livredepoche-durable.fr

Composition réalisée par Soft Office

Achevé d'imprimer en septembre 2021 en Espagne par
LIBERDULEX
Dépôt légal 1re publication : octobre 2021
LIBRAIRIE GÉNÉRALE FRANÇAISE
21, rue du Montparnasse – 75298 Paris Cedex 06

21/0089/5